蔡勋 —— 著

叶语集

百花洲文艺出版社

图书在版编目（CIP）数据

叶语集 / 蔡勋著. -- 南昌：百花洲文艺出版社，
2022.3

ISBN 978-7-5500-4604-7

Ⅰ. ①叶… Ⅱ. ①蔡… Ⅲ. ①中国文学-当代文学-
作品综合集 Ⅳ. ①I217.1

中国版本图书馆 CIP 数据核字（2022）第 002734 号

叶语集　　蔡勋　著

YE YU JI

责任编辑	杨　旭
特约编辑	张立云
装帧设计	云上雅集
出 版 者	百花洲文艺出版社
社　　址	南昌市红谷滩新区世贸路 898 号博能中心一期 A 座 20 楼
电　　话	0791-86895108(发行热线)0791-86894717(编辑热线)
邮　　编	330038
经　　销	全国新华书店
印　　刷	长沙市精宏印务有限公司
开　　本	889 毫米×1194 毫米　　1/16
印　　张	18
版　　次	2023 年 7 月第 1 版第 1 次印刷
字　　数	250 千字
书　　号	ISBN 978-7-5500-4604-7
定　　价	89.00 元

赣版权登字　05-2022-191

网　　址　http://www.bhzwy.com
图书若有印装错误,影响阅读,可向承印厂联系调换

目录

第二辑 片言

第三辑　文事

第四辑　尚艺

第五辑　漫笔

第一辑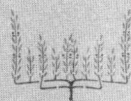

品读

我读《笔耕岁月》

春和日丽，居住柴桑城的徐席岗先生来文联造访，本以为他发表新作特来与我分享，未期摆在我面前的是两本厚厚文稿：一本是诗词雅集，一本是综合文集。绿色封皮，让我眼前一亮，催生出某种期许。

2018年，带着二十多篇发表的诗文，徐席岗先生如愿以偿加入了九江市作家协会。徐先生地到来，让我倍感亲切。

出身农家、初中毕业、有过木工学徒十三个月、六年军旅生涯的徐席岗，与我柴桑同乡，年龄上乃我父辈，因为写作且话语投机，有过一些云淡风轻的流光往来。情绪饱满、眼睛明亮的徐席岗，既谦和低调，又豪爽简约，且不失幽默，人情练达，明理守正，颇受我尊重。

翻开《笔耕岁月》文集，有乡村纪事，有故事讲述，有人物通讯，有随行漫笔，有修身感悟，有族谱铭文。文章题材形式多样，很难给这部文稿一个归类。有道是，敝帚自珍，但凡过往，皆为序章。徐先生专程送达，意欲我为文集写序，待秋后付梓。

世事纷纭，文心如故。我无从拒绝一位七旬老人的再三嘱托，尽管杂务繁忙，惟恐分身无术。

自此，利用闲暇，前后三个月时间，初略读完徐席岗先生或远或近、或咸或淡的文字。透过岁月沧桑、烟火气息，揣思一位慈父老者内心世界的情感，在理性之光的护航下，从人生一个港口抵达又一个港湾。

文字平实，却有自己独到的见解；结构严谨，不乏用心表达的真挚。从文字表面看，观其形象性呈现；往内在看，察其思想性发端。自幼在父亲谆谆教诲下琢磨古语古训、四处收集乡土故事、勤于记录人生行脚的徐席岗，他汩汩流淌的写作源于他经年累计的素材库，大大小小的记事本过百，仅退休后就记了三十多本，他该是用心如初、潜心如故地勤恳用力。徐先生文字，属于那种不起眼却不涩眼的表达，宛如在乡村大地随处可遇的青丝柳叶，又如在街坊铁铺叮当敲打迸出的几点火星，不时让你眼花缭绕。品咂人生，过往的是模糊和枯乏，拾起的却是鲜活和美味。

首先要说，徐先生乡土语言丰富，那些苦水浸泡和滋养、略带些地域风味的词儿，如同炒蚕豆一般不时炸响并在面前跳跃，相当一部分词语属于赣北方言的生活化表述，如"上十天"（十几天），"咩咩"（婴幼儿），"不得脱体"（病不得好），"半上昼"（上午十时左右），"末独儿"（最小的孩子），"踏肉"（贴心），"作兴"（欣赏）等。有些生僻的词，品咂起来自有一番陌生而向往的体验，如"起手""被股煞""椿萱""利势包""毛蜡烛""打瓦封""捞稍"等。富有生活情趣和处世经验的街坊俚语，在这部文稿里更是多见，熟练且精准运用，给人带来阅读的快意，如"你有难处来找我，没来错，不是湖中雁不落""涨水鱼儿胀破笼，退水虾子用手捧""吃得亏，才能在一堆""凡事都要让利于人，抓一把，洒一把，才能吃整耙"等。

其次，要说的是故事细节。文学作品，细节不可或缺，细节形似钥匙开锁，意在纽扣正衣。读《笔耕岁月》，诚然，细节不如我所想象的那么多，那么晶亮，却也不时读到，如写童养媳母亲放牛时，"她偷偷将裹脚布松开，无法恢复原样，回家惨遭养母毒打"；写自己少年辍学拜师学木匠，那个时代的家装标签，如"宁波橱柜""乡下梁床"；至于乡村生活、劳动的场景描写，他更是得心应手，信手拈来。在《我给父亲当下手》里，父子一边拉锯一边猜字谜的情景活灵活现，透散出劳动人民的智慧，也早早开发了他"文以启智"的心灵世界。在《家乡的小河》里，一年四季的景致描写有声有色、如诗如画。徐先生乡土叙事散文里，习俗、礼数写得细腻，文字扎实，祝语丰盈，比如写过年"三十夜里火，十五夜里灯"，比如写马回岭庙会盛况，把庙会由来交代得清楚、铺陈得入贴，庙会情景锁定在一个个形象活泼的细节之中。还有些写人物的取材角度较好，且有故事细节支撑，比如《母懿典范丁重菊》，母爱场景、母教故事写得较为出彩，读来令人印象深刻。

再次，诙谐活俏的词句煞是养眼，如同坡地上挖野菜一般俯拾皆是。如"寅食卯粮""打牙练嘴""两眼定了珠""下雨，天上死哼死哼；天晴，就像死虾一样，躲在屋檐下一动不动""天不生绝人之路，地不长吊根之草""世上只有懒人没有懒土""除了栗柴冇好火，除了郎舅冇好亲""偷人的婆儿专说人，做贼的婆儿紧关门"……茶余饭后，属于底层劳动人民的快乐时光，家长里短，插科打诨，海阔天空的任意调侃，俗雅相宜文采彰显。透过形象趣味文字，可以窥探徐先生的思想意识里对中华农耕文明、传统孝道文化"活到老，学到老"的坚持和笃信，嬉笑怒骂的俚语，将中华文化隐秘的心理展陈出来，诚如他挂在嘴边的一句话："奉劝子孙把书读，免得祖人受风霜。"

在徐先生的文集里，最动人的篇章当是他引以为豪的军旅生涯的记录和描写，充满青春活力、富有革命豪情、彰显英雄气质的文字可谓耐读，有感染力。在蓬勃青春、铁血军魂的表达里，一处过往驿站，一轮普通集训，一次作战动员，翔实的人物和数据，都是那样牢靠，在深情记忆中渐次鲜活起来。比如他在雷达维修班的工作日记里，带给我们许许多多的军事科普知识：雷达型号辨识、雷达使用性能、雷达维修技巧等。在援越抗美的战斗中，置身异国他乡，举目青山长岭，一片又一片感人至深的思乡情愫，一篇又一篇行云流水的军旅日记，给人印象深刻。

还有些工作亲历的记录文字，具有史料和文献价值，如《江西"第一路"》，工程浩繁的建设过程交代得很清楚，矛盾交集和转化在他笔下得心应手；又比如《沙河土改工作的回忆》，引用数据翔实，事例入微得体，场景中的人物有鼻有眼，看似枯燥的工作记录读起来亦快意可人。

徐先生的作品不乏揭批人性幽微、命运各异的职场人物和故事，突显出他坦荡正直、崇尚清明的内心世界。《专员真能品味》，极尽嘲讽看似光鲜外表后面的"难闻骚气"；《一碗鸡蛋饭》，一个官职不高架子不小、不愿与百姓同甘共苦的领导形象栩栩如生，故事发展让人大跌眼镜哭笑不得。

诚然，徐先生以文自娱，吟诗下酒，他从不妄言自己是一个作家、诗人。他从未受过文学创作的专业训练，文章的内在表达尚有意犹未尽之感，文章的逻辑结构安排不尽合理，思想指向有时不够集中，段落之间关联显得松散，起承转合随意，如同饭后散步并无既定目标，随心所欲走哪算哪；部分游记散文，时空把握上不够灵动，笔随目走，情由景生，停留在具象层面，记事琐碎，选材取舍不尽精准等。

晚年的生活，看云舒云卷，得夕阳美好。下象棋、打门球、打桥牌、浇花种菜、户外健身、时光一分一秒都让他珍惜。然，自幼喜欢诗文的徐席岗还是把更多时间留给看书、摘录和闲思，人生洗尽铅华，每以清风明月为伴。行伍出身的他不逢迎和吹拍，更不说虚情假意的话。因由如此，在偌大家族，他是一位受人尊敬的长者，虽没有显贵家世，没有丰厚学历，却有着不可多得的人生阅历，有着知足常乐的理性豁达，有着"耕读传家"的家风传承，在族人心中自然占有一席地位。

徐先生像蜜蜂一样辛勤采集的文字，记录了他的人生历程，表达了他的生命立场。当手写的文字化作油墨飘香，着实是一件让人高兴的事。徐先生当岁月行歌、回眸一笑矣。

2021年6月28日于八里湖畔

寻梦理想的青春表达

在九江市的几所中学，九江三中的文学活动颇多，热浪般的文学艺术氛围培养出一批批文学艺术新人。九江三中连续几届的谷雨诗会活动中，有一个学生的名字被我记住了，她叫扈佐佩，每次活动都有她的参赛作品，且都被我们一致看好。

九月底的一天，扈文捷先生捧着一本书稿走进我的办公室。他告诉我书稿是在三中读高三的女儿佐佩这些年参加全国、全省、全市各项征文活动的优胜作品结集而成。时下，一家人商量着给女儿出版一本文集，给女儿留下一份关于青春的缤纷记忆。文捷一再请求我给该书题写序文，客套地说给女儿写作予以鼓励。我没有任何推辞便答应：面对这么优秀的文学新人，面对如此热忱恳切的家长。

书稿乃扈佐佩本人命名《过站不停》。打开书稿，一篇篇获奖作品，照亮了我的眼睛。在文稿的后记里，有这样两句话：父母和老师鼓励我保留一部分，作为对逝去青春的某种祭奠。在这样一个"过站不停"的变革时代，将写我所写、吁我所吁的最初痕迹留下来，而对于未来则是路漫漫其修远兮。前面一句话似乎有些沉重，生命都是由青春的稚嫩走向厚实的成熟，何以悲观称其为"祭奠"呢？通过接下来的阅读，我理解了她所谓"祭奠"的真实含义：从青春走向成熟，成长的过程其实就是不断远离"美丽童真"的过程，在她的一首《慢慢慢摇》的诗歌中，她是这样表述青春的迷茫：//我们开始了横冲直撞/不得不学会缝补坚强/我们开始了乘风破浪/不得不学会选择放弃/我们开始了勇敢徜徉/不得不触碰未知恐慌//……后一句话的意思，在后来的见面交谈中，佐佩解释说，之所以为"过站不停"，景为不要以为时间在等你，人生要有所成就，就得把握和顺从时间向前流淌的惯性和力量。我被小才女明亮而坚定的目光所感染。我进一步审读和思考，在她一首《过站不停》的诗歌里，我似乎能更加准确地获取她的内心世界关于"过站不停"的情感密码：//彼岸花开牵引着追梦风帆/我在奔跑/时间沙漏为勇者记录状态//……//萧瑟日子总会过去/这一路上未必孤单/过站不停/说好就要整装出发/人生路上勇于担当……

《过站不停》这部书稿，共收集作者获奖作品57篇（件），分了六个部分：诗歌、小说、童话故事、散文、随笔、影评。她能诗能文，亦评亦议。所写题材，既有浪漫抒情的青春写作，也不乏丰富联想的"穿越写作"，更有诸多切入社会敏感神径的社会叙事，着实让人不可小觑。作品中数不胜数、俯拾皆是的精彩人物描写和瑰丽奇想，不得不称叹佐佩同学极富灵性和才情。

小说《飞翔的梦》里，她这样描写晁爽的俊俏：出生在中国的他，脸上却嵌着一双水蓝色的大眼睛，这双眼睛，是他全身上下最引人注目的地方。上帝将他降临到人世的时候忘了给他什么东西，但也赋予了他别人所没有的东西。

小说《桑树天》里，她这样描述梦境中的美丽异国：有个头戴皇冠，身穿龙袍的人在和一只手拿金色棒的猴头攀谈；一个憨态可掬的大眼猪身穿铠甲，在讨着身穿纱衣抱着玉兔的一个美女的欢心；一个漂亮的姐姐头上顶着五彩的光圈，手提一篮彩色的石头正在补着一个大大的"口袋"……

小说《老壶》里，谭谦才应朋友老李之邀偶然走进了收藏生活。他志丕地坐在餐桌上，眼里看到：有的穿着格外体面，全身名牌，小肚子挺着，一副私企小老板的模样；有的穿着休闲，衬衫外搭马甲，戴着深色贝雷帽，胡子拉碴，散发一股子艺术气息……当然，也有几个像老李和谭谦才这样，怀着好奇和钦羡之情的"粉丝"。

《一只坏了的灯泡里》，她是这样描写冬天的：冬天，总是黑得特别快，而且黑得特别彻底。

《拾荒者》里，捡垃圾为生的父亲好不容易把唯一的儿子送到远方的表哥那里寄养后，她是这样描写父亲的复杂内心：他觉得自己很没用，现在的他可以说是无牵无挂了。他觉得很舒坦，同时又感觉心里像被抽空了一般，紧紧地疼。

《邻里之间》里，楼上张大姐在她的眼里：张大姐是个奔五十的中年妇女，具备这个年龄段大部分女人应该有的一切特征：体态发福，喜欢穿碎花布做的睡衣在院子里四处逛，遇到熟人爱神经兮兮地打听家长里短，待人接物总有些刁蛮。

《猫式花语》里，她这样写：偷偷从主人家里溜出来的我，再也无法在黑魆魆的房间里独自待着，我学会了舔舐手掌来清洁面部，但是我学不会舔舐由内而外的孤独……

《小鸟的梦》里，和善的老人被猎人枪杀后：恍惚中，我看到了那位和善的老人，他正慈善地对我笑着。我还看到了果园里和煦的阳光，还有阳光下锃光发亮饱满的果子。我好似看到了那幸福无限的生活……

类似这样的精彩描写太多太多，令我多次在阅读中击节叫好。毕竟佐佩才芳华十八，能以如此的细腻和犀利目光观察生活，描写人物丰富斑斓的内心世界，较之同龄人委实不多。

《过站不停》这部书稿，我最为看好的作品有小说《梦里依稀见过你》《换脑之后·佐佩续写》，童话故事《猫式花语》《小鸟的梦》，散文《可爱的李白》《思绪里的那道风景》《嗅觉记忆》《隔靴搔痒》等篇目。小说也好、散文也好，童话也好，除了文笔上的流畅，结构上的合理，文字的张力与灵性，我更为看好的是佐佩写作主题思想的明晰和自觉探寻。所谓主题表达，所谓文章立意，所谓思想审美，在佐佩的诸多作品里都得到了合理体现和鲜明表达。具有浪漫情怀的清纯少女，写出一组华美的文字并不罕见，而写作中始终沿着一条思想主线去架构、去推进、去升华，却是不容易做到的。这就体现了写作者的智性或者说写作的成熟。没有主题的表达是苍白的，有主题却分散无形的文章是无力的。通读佐佩的作品，大部分作品都是灵魂写作，通过一个故事表现历史变迁，通过一个人物映照当下社会，通过一段内心独白审视人性的真善美丑，通过一则童话表达她对幸福生活和光明世界的理解等等。

《钥匙串》以时空跳跃的方式串起祖孙三代人的生活，串起责任传承的生命记忆。

《飞翔的梦》告诉我们，有梦的人生是幸福的人生，梦想的世界是一个创造神奇的世界。

《桑树天》表达了这样一个立场：世道人心，一切都在变；物是人非，真情永难忘。

《猫眼》向我们提出了这样一个值得探讨的社会问题：为保护个人隐私安全，却无意侵害他人权益，类似这样的"灰色现象"，我们当如何面对？

《老壶》想要表达的是：在"一切向钱看"的今天，许多人为了物质利益而异想天开，蠢蠢欲动，弄巧成拙，丢失了许多原本值得用终生去收藏和珍惜的东西。

《梦里依稀见过你》通过"穿越"的手笔，透视出"90后"一代新人对中国传统文化的价值认同和情感态度，以及对幸福人生、光明世界的积极追求。

《拾荒者》想要表达的是：当一个人贫困到一无所有的时候，亲情和牵挂会成为其平凡生命全部的价值和意义。

《猫式花语》通过一只流浪猫的遭际，似乎在启示我们：喜好特立独行，便注定了流浪漂泊的命运；流浪的生活也是真实的生活，不乏诗意的期盼，不乏智慧的修炼。

《可爱的李白》一文，通过对李诗的解析，意境的体会，把中国古代书生未能及弟的那番寂寞愁绪，时运不济的无奈心理生动地表现出来。

《生活絮语》把少年一片洁白、清澄的世界展现给我们，以一种平静的心态对待生活，平凡的生活也将回馈给我们一份丰厚的回报——获得自由的钥匙，领略生命的美丽。

……

佐佩的影评文章，我认为非常值得一读。这些影评文章，让作者宽泛的文化视野，敏锐的生命感知，独到的艺术审美都得以体现。喜欢看电影和会看电影是两码子事。前者更多是文化参与，后者则体现一个人的思想深度和艺术素养。佐佩所写的影评文章，无一例外地拿捏住了主题，用简短的一段文字，精准地把影片推介给了我们。她善能抓住影片里最为生动的细节、场景和人物的内心活动，把影片的思想性、艺术性、观赏性一一展现在我们面前。

佐佩的影评文章，有颇多思想发现，颇多艺术体验，颇多精神探索，颇多人物内心世界的发掘。

观看美国大片《泰坦尼克号》，作者用了这样的一组文字表达她对爱情的认知：真爱，不是肤浅的卿卿我我，也不是庸俗的利益交换，更不是一个简单的可以随意说出口来的字，而是一种坚定，一种勇敢，一种笃信，永不放弃。对于承载和沉没了许多人梦想的Titanic，作者这样评述：Titanic是一次虚荣与真实的较量，是一次生命与自然的较量，是一次丑与美的较量。每一个人都应该重新审视自己，忏悔过去，祈祷未来。

看了电影《叶问2》，作者写了《人格的宗师》。在她的眼里，宗师是这样的一种定义：他是一个平凡的百姓，他为了生活也要努力奋斗；他是一位不凡的武师，他维护着令人心生敬畏的国家尊严。看到这里，我一下就被感动了！武术比的不是力气，而是人格，中国武术的精魂是"中和之道，不争之争"。文章的结尾处，她这样写道：作为一个普通的百姓，我们要有对家的责任心；作为一个普通的公民，我们要有对祖国的责任心。这种升华十分完美而且必要。

电影《孔子》带给佐佩对于孔子的全新认识。她在观后感里写道：令人感动的是他的"礼"，他拜见比自己地位高的人，总是要一叩再叩，一拜再拜，夫子一行回到鲁国，面城而拜，孔子颤抖的身躯，窥见的又何止是衰老？"知我者春秋，罪我者春秋"，这是孔子的话，也成为佐佩的收尾之笔，引用之精准到位，足见她的丰满才情！

看完纪录片《舌尖上的中国》，佐佩写了《文化的味蕾》，她这样写道：《舌尖上的中国》主要内容为中国各个地方的美食生态，通过中华美食的多个侧面，展现食物带给中国人的仪式、伦理等方面的文化，见识中国特色食材以及与食物相关、构成中国美食特有气质的一系列元素，展现食物背后人类的生存法则与智慧，串起中华儿女浓浓的乡情与民族情结。文中，作者对色彩的处理，听觉的安排，以及人物的心理活动描写都十分细腻，令我欣赏有加。

微电影《调音师》给佐佩带来的艺术体验是：影片以假装盲人的调音师为主角，通过对调音师经历的叙述，折射出社会中一些人冷漠冷淡、事不关己高高挂起的病态心理，以及人们相互防备的虚伪姿态；人们可以在盲人面前卸下面具，调音师也可以借助"盲人"这层身份去"偷窃"，即使被戳穿，也抱着侥幸的心理逃避责任，逃避现实。一段概述，足见作者对人性的敏锐洞察和对世态炎凉的切中认识，令人叹服。

一篇好文章，应有大智之理、大善之情、大美之格。对佐佩的写作，我也想提一点中肯的建议。所谓文以载道。什么为道？载什么道？这当成为每一位写作者首当思考和面对的。再精美的文字，再精巧的设计，终究要为主题服务。文章的主题应稳稳建立在人文精神的基础之上。人文精神即人与人之间的伦理精神。任何时候，写作都要牢牢把握，致力弘扬生命至高、至上的人文精神。希望佐佩通过更加广博的阅读，更加深厚的蓄养，夯实科学知识基础，逐步建立起"独立之精神，自由之思想"的哲学思辨体系，对所谓幸福、信仰、理想、价值观等有一个正确的理解和核心把握。有这样的用心和思考，作品一定能承载起厚实的生命。在选材上，应牢牢把握著名小说家刘庆邦先生反复强调的"贴着地面写"，从自己的生活出发，与真实的世界面对，一定能够写出真实、大气、感人的文学作品。融入生活，其中的呼吸注定成为一个写作者写作气场的一部分。

灵气、才气、稚气，构成了佐佩写作的基本格调。灵气，是她的敏锐观察和丰富联想；才气，是她的文化积累和个我表达；稚气，是她的天真烂漫和真实情怀。她的文字，给了我们青春的气息，生活的味道，缤纷的世界，理想的原点。她对色彩十分敏感，她对光线富有想象，最为可贵的是她对文字的驾轻就熟。读她的文字，时常会有一种欣喜，又会有一种意犹未尽。评论也是写作，写作也是评论，然而写好一篇小说一篇散文，往往比写好一篇评论文章更难。就像一件衣服，当没有任何参照的时候，设计起来十分困难。衣服做好了，要你来点评，那就容易多了：这里长了，那里短了；这里肥了，那里瘦了；这里太夸张了，那里太守旧了……你尽可以说出很多道道。基于这种认知和理解，我不敢说点评佐佩的作品，只能作为一个文友，真实地将自己的感觉和感受进行一个整理。但愿，佐佩能够从中觅得一点微微的亮色，从中得到一点启示。

童年早已经收拾行李跟我说拜拜了，我还沉醉于长辈们的关爱，我还沉醉在酸奶的味道里……走过幸福的童年，走过"慢慢慢摇"的青春，心智日益成熟的扈佐佩被破格吸收为九江市作家协会会员。凭着她对文字的敏锐，凭着她对艺术的追求，破茧为蝶，集腋成裘，在文学的天空里，飞扬生命的智性，激扬生活的浪花，升华人生的品质。写作，使她的世界更加开阔；热爱，使她的信仰更加坚定。作为她的长辈、文友，除了虚度年华自叹不如的自我认识，更有一种美丽愿景，在未来的中国文坛上，有一颗闪亮的星星属于九江，这颗星星，她的名字叫扈佐佩！

写作的坚持，就是生命的胜利。

文学的建构，就是精神的不朽。

佐佩，愿你把更多的美和发现，带给我们。

2013年10月10日于市文联

胜览浮图益心智

——《庐山宗教史话》片解

"庐山到处是浮图"，仅此一句，足以把庐山与宗教紧紧地关联起来。庐山既有如此众多的浮图景象，"宗教庐山"足以成为庐山文化的闪亮名片。

历史学科班出身、对文化尤其是对宗教文化研究持有热情且有学术造诣的张国宏先生，继《庐山学》《庐山》《宗教与庐山》等丰厚论著后，近日又为我们奉献了一部集典史性、学术性、文学性于一体的《庐山宗教史话》，另辟一个角度，对庐山的宗教人文进行发掘、整理、概述和解析，为我们打开了一扇庐山宗教文化的窗口。身为学者，他的学养、学识是丰厚的，他的治学态度是严谨的、缜密的、具有开拓性的；身为作家，他富有创意的学术写作突显出文化自觉和历史观照。秉承着"离开宗教看待和研究庐山的历史是不足以还原和透视'庐山真面目'"这一使命，他一直从事庐山宗教文化的发掘和研究。他的写作是执着而轻松、辛苦而享受的，这是文化之于每一位衷情之人的一种馈赠。

一宗一派，该书对庐山宗教的发脉、传承、走向进行了深度发掘和思想概述，使我们全景式地领略到庐山浮图万千气象的历史画卷。

从秦汉开篇到中华人民共和国成立，作者用八段精炼的文字概述，为我们精心描绘了一幅庐山宗教文化兴盛起伏的走势图，使我们对庐山宗教文化的沿袭、传承、创新、发展有了一个总体认识。《混沌与觉醒》，这是对敬畏鬼神，崇拜天地的秦汉时期，发脉于庐山道教文化的总体觉察；《凤凰涅槃》，这是对魏晋南北朝时期，以慧远、陆修静为代表的高僧大德为抵达人生最高理想境界而为精神献身的崇高礼赞；隋唐时期，政治清明，经济繁荣，文化昌盛，释道同尊成为这个时期从统治者到士大夫阶层乃至市井社会对庐山宗教普遍奉持的一种态势；宋元王朝奉行的是"国家至上，君主至上"，需要宗教为其注入新的思想内涵，在此背景下，佛道礼仪和教义自觉融入王道，禅学思想的运用达到了一个高峰……

一衣一钵，历代僧人在庐山弘法布道、精进修行，彰显了宗教思想的广博宏远，宗教文化的源远流长。

因庐山的灵秀和仙气，九江先天得宗教文化之光耀。在这片文化福田，留下了一串串高僧大德在庐山弘法、传教、修性、布道的闪光足迹，也留下了他们呕心沥血、矢志不移的人生追求。"风流天下闻"的慧远和尚为法忘躯，一生践行着如何使佛教得以在中国蓬勃发展的宏大信愿；浔阳"十八高贤"之一的宗炳，将慧远"形尽神不灭"和"法性论"的佛学思想融会贯通于他的山水绘画理论，创造性地把精神自由作为中国山水画审美的最高追求；笃好文籍、穷究象纬的得道高人陆修静在庐山修道七年，巧妙地将佛教教义充实到道学之中，促进了佛道文化本质上的一致；出身儒门、生逢乱世、几举不弟的吕洞宾受庐山道风熏陶，从他人那里学到了延寿之术——金液大丹之功和天遁剑法，从而名满天下，云游四海……

一问一答，机锋敏锐、智语灵光的神思哲辩，透散出关爱苍生的大悲情怀。

菩提本无树，明镜亦非台。佛家看破红尘，了却尘世俗念，心智便如溪流般清澈，在青山环抱之间奔流不息。在佛教的五个门派中，尤其以禅宗最让人心仪神动。一问一答，皆是人生妙语，皆是灵魂影像，皆是思想之光。苏东坡参禅多年，用心良苦，却一直未能参透。被贬黄州时，与归宗寺大德佛印方外交好，惺惺相惜，酬唱往来。正是在佛光的照映下，在智者的启悟下，苏子题作的《题西林壁》一诗，妇孺悉知。后来在杭州任上，回思当年的庐山参禅，苏子思有所悟，留下了"庐山烟雨浙江潮，未到千般恨不消。及至到来无一物，庐山烟雨浙江潮。"这样一首首尾呼应、妙语机深的禅作。人生如潮，潮起潮落，百川归海，潮无痕迹，人生亦不过此耳。

一诗一文，历代高僧大德与文人雅士心智相通、思想交融，为我们对宗教的思考和认知打开了一个窗口。

九江素有"文献之乡"之称，这一美誉与九江宗教莫不相关。慧远大和尚足不出山，迹不入俗，闭门译经释典，为宗教界树立了学究示范。至唐，东林寺建起了藏经廊，内藏经书一万余卷，在全国丛林中首屈一指。有"中国古代四大书院之首"之称的白鹿洞书院更有存世佳话。唐代刺史李渤不时抛开军机之事，隐入洞天府地，专心读书，世人送号"李万卷"。但凡来过庐山的雅士名流，或深或浅都与庐山佛性有过接触或关联，有的结为参禅之侣，有的结为方外之交。《庐山宗教史话》记录了大量的精美诗文，奇思妙意，天然而成。"五岳寻仙不辞远，一生好入名山游"的诗仙李白25岁来到庐山，被庐山山水、诗韵、佛音所吸引，每每有"吾将此地巢云松"的隐遁之念。

掩卷沉思，《庐山宗教史话》是一部具有宗教学术价值和历史人物典藏价值的著作。时下，商业文化蓬勃如潮，学术思想无力软绵，能让人有所智益的著作并不多见。而《庐山宗教史话》既有典藏价值，又有学术发现，且文字的洗练、精准令人印象深刻，可算得上一本有品位的佳作。

2013年8月22日甘棠湖畔

乡土记忆的痛感表达

——《鄱阳湖与女人》赏析

　　形似"宝葫芦"的母亲湖、生命湖、希望湖、财富湖——鄱阳湖，见证了一次又一次历史浪潮，演绎出一曲又一曲人间悲欢。从鄱阳湖历史文化的纵深中，走出了一个个神思妙笔、气质芳华的作家。或者纪实，或者浪漫；或者穿越，或者魔幻。怀着乡土情怀，担着文化使命，举着精神旗帜，田园叙事、炊烟往事、生命记忆、生活体验、文化思考等命题，如一幅幅妙趣横生的山水画，亦如一幅幅写真纪实的油画，一一呈现给世人。年过不惑的李冬凤，不经意的几年之中，已由一位机关干部，华丽转型为一位学有所致、著有所成的青年作家。她以拾穗者的姿态，怀着对土地的深情，对土地和劳动的赞美，每一次弯下腰身，都能从田园中拾起一株闪着晶莹珠光的稻菽，从粮食的定义中找到生活的本真，从生命的疼痛中发掘人性的光亮与阴暗。《鄱阳湖与女人》记录着她的成长，集结着她的乡土经验。

　　鄱湖地带，农耕与渔猎交织。面对面的人际关系，终老家乡的盘根错节，积淀了厚重的民风民俗。生生不息的人文传唱中，女人似水一样坚韧，似水一样柔情，似水一样生生不息。如果鄱阳湖是一个周而复始、春秋轮回的圆圈，那鄱湖水韵便是岁月荡开的涟漪，荡出渔舟唱晚，荡出五谷飘香。家族在春夏秋冬里开枝散叶，生活在柴米油盐中悲欣交集，所有这一切，都缘于一根人伦纽带的维系。那就是生于斯长于斯终老于斯的女人。

《鄱阳湖与女人》是冬凤的处女作，一经出版便引来多方关注。我一口气读完了这部慰情之作，在此就其中的几篇谈点印象：《牯牛父母》讲述作者孩提时代惊人一幕，认牯牛为父母，温暖地叙述了万物有灵、感应相生的生命理念。《大山深处》展现给我们的是蓼子花海、紫云英的田塍，是山坳、湖汊，是一条通向外面世界的道路，因这条情感之路，大山深处的儿女子孙从传统走向现代，风俗民情有了新的内涵，鄱湖女人精打细算的日子，也就有了一番新的天地。《小脚外婆》是一个女人的编年史，在风俗风情里展开延伸，在亲情编织的伦理中生根发芽、拔节扬花，同时也是鄱湖人家、乡土人文的编年史，人人相同、年年相似的人情礼俗、喜怒哀乐集结在一个鄱湖女人的身上，鄱湖女人似水的特质滋润万物，女人是鄱湖乡土的胚胎。《青瓷》《大娘》《外婆》几篇，同样是写鄱湖水边的女人各不相同的生活遭遇，苦难与悲剧，坚韧与倔强，带着鄱湖女人普遍具有的光泽，照亮了四世同堂、儿孙绕膝的记忆，鄱湖女人的性情与命运，在一个个活生生的故事中，在日复一日琐碎无趣的物事上，在一波三折的人生经历中，如琵琶急促，如洞箫呜咽，如唢呐哀婉，如古钟沉寂……

冬凤笔下，大部分是写女性，展现女性命运，描写女性情态，寻思与女性有关的幸福和爱情，打捞与鄱阳湖有关的生活和历史记忆。她以女性的细腻笔触，她以生命亲历的深刻体悟，她以鄱湖灵气赋予她的想象力，讲述一位又一位平凡母亲，记录一场又一场岁月雨风，解析一道又一道幸福公式。她的笔下，把母亲叫"姆妈"，一个"姆"字，把鄱阳湖边女人的生活和命运鲜活而精准地勾勒出来。"姆"的工作是服侍他人，"姆"的身份是从属他人，一个"姆"字，足以令人起敬，一个"姆"字，足以审视鄱湖女人的生命走向与情感归属。冬凤笔下的奶奶，似乎个个都生了一大堆子女，个个都经历了生命的磨难，个个都年寿较高而结局令人扼腕痛惜！"二外婆"的命运最为惨痛，她竟把亲生儿子当成双节棍耍失手断送了一个女人一生的幸福和依赖；浪漫主义手法描写的"青瓷外婆"，她的精明算计却没算计到偷取她终身守护的宝物青瓷，演绎出一场啼笑皆非的生活闹剧；刀切豆腐——两面光的"赛娥奶奶"

失去"老倌"之后，仪容枯槁，形似光斑摇晃的黑影；翠娥的命运，似乎从她出嫁时的一辆独轮车上读出了某种预示；"药罐子"大娘，不为五房子女接受而凄凉离世；师范毕业，正处风华正茂的小云和枝丫头，一个死于车祸，一个涉黑被送上断头台，青春的一次相聚却成为苦涩记忆的一场祭奠……

从小在农村长大，靠读书改变命运的冬凤，对乡村的生活再熟悉不过，于是，她的笔下，欢乐的民谣、亲切的俚语、动人的故事、鲜活的民俗四处可见，给人印象至深。民谣、俚语、故事、民俗构成了乡村田园叙事的优美乐章，汇成了作者入乡随俗、遵从传统的乡村生活经验。在该书中，有多处细节写得十分精彩，如榨菜籽油、抽麻丝、老人入殓、姑娘出嫁、渔家生活等等。没有一颗热爱生活的心灵，没有在泥土中长大的切身经历，料难写出如此细致入微、朴素动人的乡村乐章。从这个意义上说，冬凤的写作接了地缘，接了地气，也接了人气。她以女性的细腻，抓住了人物内心每一细小的情感波澜，她以痛感的表达，凸现出她对生命的尊重、对爱情的向往、对真善美的热爱、对人心不古的悲叹。她的语言，有泥土的湿度，有鄱水的风度，有稻谷的温度，有情感的适度，也有精神的维度。

在此之前，我读过冬凤的诗歌，给人清新之美、文辞之美。这部作品里，或叙或议，或咏或叹，如诗一般优美雅致的表达俯拾皆是。形容龙灯灵巧：龙虬冲天翘，眼似铜铃照，龙舌鲜如血，龙身似云飘；描述鄱阳湖的美丽景象：夏风吹，霞为缀，鄱湖晚景一池泓；千里寻，月满盈，舟中渔火烟霭中；解读渔舟唱晚：闲来看风景，馋时访渔郎；写鄱阳湖的秋韵：碧云天，黄叶地，秋色连浩渺，波上寒烟翠……类似这般诗意的句式随处可见；还有大量的古诗词、典故的精准运用。中国是诗词的国度，文学的本质乃是诗意表达，冬凤的写作便有了艺术升华的意义。在写作中，作者凭着扎实厚深的乡土文化经验，把一个个美丽的故事娓娓道来，把一次次切肤的生命感知和体验诉诸笔端："母亲送过来一大碗豌豆，晶莹润泽，似颗颗翡翠珍珠，白色的豌豆花幻化着一段段沉睡的记忆""成片的柚子树害羞似的把圆滚滚沉甸甸的柚子掩藏在密密的树叶底下，成熟的韵致在不经意间诱惑着我们""春天，一树玉兰花开，家家屋顶落花瓣；秋天，一株桂花开，全村香气飘上天""哀婉的唢呐声吹皱了满池塘的清水，大娘躺在鲜红的棺木里，不知道是在做她几十年人生长河里最后的念想，还是在听我们真真假假的哭泣""烧制出来的天青色青花瓷在光线暗淡的地方，呈现出淡淡的蓝，犹如清澈的湖水""爱是翠娥眼里的点点滴滴，爱是水泉心中的涓涓细流。山盟海誓，天荒地老，都是魔鬼口中的垂涎"。

美丽的文字折射出作者美丽的情思情怀，她写二胖嫁女：二胖给女儿打好了十二只木箱，刘氏给女儿精挑细选了十二箱绫罗绸缎，每个箱底压十二吊铜钱，箱底的铜钱是娘给女儿的保命钱。写小脚外婆离世入殓的情景：舅妈打开一个樟木箱子，拿出一件大襟夹袄和一条大红裙子，说这是娘的嫁衣，也是娘的寿衣，给娘穿上。我懂外婆，嫁衣当作寿衣穿，外婆是想漂漂亮亮地嫁给大地，嫁给她心中的未来。

四十不惑，熟谙社会规则和职场法则的冬凤，在她这部《鄱阳湖与女人》作品中，很少去写职场上纷纷扰扰的争端，摇摇坠坠的沉浮，整部书，我只读到一篇与职场有关的短篇小说《官瘾》。冬凤似乎把写作的热情都倾注在生她育她的土地上，把思想的镜头一次次对准和聚焦于她所熟悉、依恋的鄱阳湖和湖边的一草一木，一人一事。在她的心中，鄱阳湖如此美丽而富有神韵：三月蒿，四月草，五月湖底找；渔是鄱阳湖的魂，生长在鄱阳湖边的人，不管你走了多远，渔和鱼无不让你魂牵梦萦；鄱阳湖的魅力就是四季分明，让你激情满怀。春天，绿满湖；夏天，水满湖；秋天，雾满湖；冬天，雪满湖……正是怀着对母亲湖的一片深沉依恋，她笔下的渔民、渔村、渔火、渔歌，是那样地抓人，是那样令人向往。一个家族就是一段历史，一个女人就是一片湖景，由此观照出作者内心的宁静、对艺术的热爱以及生命的纯粹。二十一世纪的文化传播方式是讲故事，冬凤的写作契合了这个时代的文化诉求，她的作品中，随便一抓就是一把故事，"半年粮""白果树""山神水怪"，每个故事都有说道，每个故事都令人着迷。冬凤的笔下，那些泼辣、活俏的文字，犹如从湖里网捞上来一群群活蹦乱跳的鱼儿，令人欢悦快意：试试，你的脸蛋可以卖给他；冬莲生孩子却像下楼梯，一格接着一格；家里的鸡鸭鱼肉堆积如山，把窈窕的老婆喂得肥肥嫩嫩的，啃一口就能流出油来；命运似乎也是势利眼，只愿锦上添花，不愿雪中送炭……还有那么多被她拿捏得好的乡土物语：积善之家，必有余庆，闲来多动手，病痛绕道走；人生八字，生有时辰，死有地点；大门不出，二门不迈，咸吃萝卜淡操心……还有，冬凤的写作善用比喻，许多比喻既生动又形象，气息饱和，喻义丰沛，很是可人：小巧恬静的村庄就像温润俊美的闺女，柔柔地在一瞬间就抓住了你的心；精瘦的小男孩黑得像一条乌鱼，眼睛像他们的母亲一样明亮；父亲翻脸比翻书还快，刚才还晴空万里，瞬间就阴云密布；激情的瞬间竟如浸润的油画，只剩下五彩斑斓的油迹；二外婆的一双小脚，裹得像生姜瓣似的；大娘挥着棒槌，手背上的青筋在斑驳阳光下，如田间小道无限延伸……善于运用比喻的人，一定是对生活有着细微观察、思想敏锐的人，冬凤的文字之所以动人，之所以令人赏心悦目，全在于她对生活的用心体会，由此生发出一串串妙趣横生的想象。她又是个勤奋思考、乐学至上的人，故而，她的笔下，除了乡村叙事、人物命运、情感体验，也不乏对工业文明的追问，对现代人文的思考。她的写作，透出当代女性的智慧，透出知识分子的责任和良知。在《家风碎片里的人性自觉》这篇文章中，她坦然面对生活，由孩子失手摔碎了一只碗而被奶奶庇护，勇于当面拣奶奶的"过"；在《大娘》这篇文章里，对子女不孝不义之举进行了有礼有节的追问。

诚然，有些文章，情感走向不尽流畅，章节布局未必协调；有些文章结尾缺失升华，或者升华不够；也有个别文章，层次显得纷杂，结构上需要进行更为合理的调整。都说文章的标题，犹如人的一双眼睛，在标题的定义上，冬凤也还要加深思考，打磨文眼，提炼作品的思想主旨。

唯其有痛感，方为大美写作。痛并快乐着，这是我读完冬凤作品之后的总体感受。

2015年8月18日都昌东湖宾馆

一颗向往文学的心

——读胡一敏先生文集琐感

人生总在际遇之中，由此相识相知。与胡一敏先生的认识源于廖平东先生。廖、胡二位先生皆已过耳顺之年，诸多时光用于文学写作、阅读以及一切与文学相关的活动。四十岁往上的许多人在年轻时做过文学梦，作家成为绚丽人生的理想追求，然在历经生活磨砺后，文学之梦渐行渐远，成为许多人心灵彼岸的风景。胡一敏先生放弃舒适的田园悠闲，再度拾起这一梦想，并为之极力用心，不由使我敬重。

第一次到文联来，胡老师揣着厚厚的一叠文稿，一脸虔诚地请我看看他的几篇小说和散文稿，后来我把他的一篇小说和两篇散文在《浔阳江》上发了出来，这似乎给了他一些写作动力，日后不时有新作出来，他也因此成为九江市作家协会一名会员。作协活动不少，通知会员参加活动需要人手，胡老师主动请缨，打理一些琐事，为我，当然也是为了作家协会分担了一些联络会员、服务会员的事务。

一辈子投身教育战线的胡一敏先生衷情文艺，喜爱文学，工作之余，大多沉浸在文学阅读的快意和勤奋写作带来的收获中。尤其是近几年，大有"井喷"之势，每日必文，写作使他人生的晚秋时节布满霞光满天的灿烂。此际，他将部分文章结集出版，我十分理解他的心意：立德、立言、立功。读他许多随笔文字，足以透出他澄明的心智：文章千古事，瀚墨永留芳，人活一世，能有文字留给后人，将是生命的延展，更是文化和精神的自觉传承。由是，追忆往事，追念亲情，记录生命，人生杂感，成为胡先生写作的主旨，而将这些流淌的情感以铅字的方式保留下来，则是他热爱生活、热爱生命的一种表达和言说，是他视为展现自我价值、精神传家的一份担当。

读胡一敏先生的散文，有两个较为集中的印象：一是诸多文章，对朴素乡村、青春年华、乡土生活点滴的记忆白描，不经意就把我打动，在他的眼里，乡村生活是物质贫乏的，而乡村面容是明亮可人的。一堆砖瓦，堆起了他对人生的认识高度；一盏油灯，点亮了他对幸福生活的渴望。作为一名乡村老师，最底层的一名文化教育工作者，他把热情、热爱献给了一片让他牵怀、让他感念的土地。他的知识、学识化作了一粒粒闪亮惹目的米黄。第二个较为集中的印象是他对亲情、友情、世情的追忆，"人间重晚情"为他的写作贴上了一枚动人的标签。有那么多往事需要一一展开，有那么多记忆需要重新找回，有那么多与他生命关联的面孔从他朴素而明净的叙述中一一走到了我们面前。

写实是胡一敏先生写作的一个鲜明特色。艺术的感染力在于还原生活的真实，还原人性的本我。在人生后半段，打开记忆的行囊，穿过时光的曲径，拾拣一串串淡了颜色的人事实属不易，胡先生居然形同一个孩童，光着脚丫，跑到大海边，怀着满心的兴奋，拣回了一堆又一堆晶亮剔透的珠贝。在他平静的写实中，一个个鲜活的人物，江黄毛、陈金牛，跃入我眼帘。在他紧贴大地、紧贴生活的写实中，一串串富有乡村生活情趣、质朴而又生动的语言让我每有回味："你总把我当软柿子捏""远重衣帽近重人""儿到百岁要娘亲""钱用得完，德却是用不完的""五祖寺的菩萨，应远不应近""难道你又想当地主，想翻天不成"……

读胡先生文章，给我留有几许余温和回味。让我更为看好的文章，如《端砚纪事》，这篇文章里叙述的代爹（大爹）这位主人公，颇有不少出彩的诗词佳作值得品味；他追忆母亲生平的《祭母文》里，有不少动情文字和精美表达："慈母手中线，缕缕暖儿身""梅枝铮铮带雪去，桃花灼灼送春来""每念母之遗训，哀恸之曲不散，感德之衷永怀""夜夜盼月圆美梦，音容笑貌现慈来"；再如《泰水悠悠》这篇文章，对岳母大人的追唁文字读来让人感动，该文在全国"永恒的母爱"征文活动里获一等奖，想必也一定是牵动了评委的心肠使然。

作为文友，我也想就写作的几个要义，与胡先生切磋。一是文章立意乃为写作之首，没有立意，文章就没有思想主题；没有立意，文章就容易写乱，写得分散，抓不住中心，不能给读者带来深度思考。二是文章标题，如同人的一双眼睛一样重要。三是细节的运用十分重要，抓住了一个生动的细节，就抓住了读者的心。细节传神，注重细节是写作的基本功。《在广济师范求学的日子里》这篇散文，胡先生写到"全面发展，面向小学"的校训，面对这一个"小"字进行抽丝剥茧，再构造一些情节，则可以牵扯出很多的文学与人生话题。四是文字表达要精练，精准表达是写作人的首要功夫。五是作品的结尾往往要有思想力的提升，有启悟人的回味。胡一敏先生有几篇文章，感觉结尾处粗放、笼统，或者说平淡了些，"行于所行，止于所止"当是文章写作的妙处。另外，尽量减少一些过多的平面叙述，增加立体描写的比重，不满足于就事论事，开拓深远意境。作为文友，衷心祝愿在今后的写作历练中，胡老师能把文字运用得更加娴熟，把作品主题挖掘得更加深入，把思想观点抒发得更加鲜明，把细节情景渲染得更加动人，把写实和写虚结合得更加紧密。如此，写作定然更上一层境界。

拥有一颗追求文学的心，胡老师的退休时光必然比许多人多了些亮色。在文学的追求里生活，始终会有一座灯塔，让人看到更多的生活现实和人生图景。热诚期望，这本文集的出版，是胡老师走向文学新境的一种动力，也是一种新的生命姿态。

2006年1月1日

真诚是文学人的最美心智

——品读沈师《陆地上的帆船》有感

八·一建军节这天，行伍出身的作家沈师收到了一份特别的礼物——江西人民出版社正式出版发行了他的文学作品集《陆地上的帆船》。该书由小说、散文、诗歌和剧本四个部分组成，所录大都是近年来散见于各地报刊的作品。

出生在安徽农村，当过空军，做过机关公务员，现干着文化稽查工作的市作协副主席沈师自穿上军装的那一天，就喜欢上了文学创作，酸甜苦辣，喜乐哀怒，同文字交流，与文学为伍，一个个生活片段和场景、一个个人物形象和灵魂鲜活地展现在他的笔下，久而久之，就有了对文学的依恋，有了生命表达的欲望和写作信心。诚然，当时涂鸦心情的文字尚且稚嫩，却为他今天"井喷式"的文学创作打下了坚实的基础。

人生的舞台上，每一个人都有自己的梦想，并为之顽强拼搏和不懈努力。不管人生旅途遭遇怎样的风雨和坎坷，因为文字，因为文学，总能给人一种向上向善的力量和引导，使人学会坚强，学会坚韧，懂得感恩，勇敢地走下去。一撇一捺的"人"字告诉我们，做人就要堂堂正正、顶天立地，人格高大、精神常青。这些年来，沈师沿着文学创作这条弯弯曲曲的小路，寻寻觅觅，痴情不改，除了工作他把所有的时间都放在写作上，再苦再累都浸淫其中以此为乐，写作即是他的"娱乐"和"消遣"，这是真正的热爱，它昭示着一个作家持久的专注力。

热爱是快乐的起点，生活是最好的导师。生活教会了我们很多：真诚、积极和宽容。以文字的形式记录生活，记录生命，成为沈师的写作向度和精神维度。光阴流淌，岁月转逝，能在有限的生命河流中竭尽潜能，抵达思想的彼岸，找回人类的精神家园，那是文学人莫大的荣幸和幸福。在文学创作这条道路上，沈师艰辛而寂寞地行走，乐在其中，保持一颗平实的心态，保持一颗进取的心，这其实应该成为所有写作人执一不二的信仰！

沈师的笔下，你可以看到乡村、城市、军营；看到职场、爱情、商战……他写小说，写散文，写诗歌，写报告文学，也写影视剧本。沈师的生活世界是平淡寂静的，可他的文学世界却热闹非凡。丰富的人生体验使他积累了许多创作素材，呈现出五光十色的笔底世界。搜索、盘点他的文学创作理念、创作成果和写作手法，一切源于他自觉的文学使命和担当意识。文学是人类生命、自我的理解和记忆，沈师用他的勤奋努力和心灵的额外关照弥补了经验的不足，于是有了《猫眼》《障眼》《血眼》系列。

二十一世纪以来，文学的尴尬不仅体现在文学娱乐化，价值曲解，标准模糊，文学审美趣味也严重偏离艺术的真善美。在这样文学寂寞的时代，物质喧嚣的时代，文学商品化的时代，写作实属不易。自部队转业至今十余年来，沈师先生每间隔两年就有一部新作出版，其写作之勤奋，其收获之丰富，在文学日益失宠、作家逐渐失去光环的文化消费时代，他作为文学人的坚守令人感动。

真诚是文学的最高品质。沈师一直坚持"真诚的现实主义"创作手法，早期小说《芦花飘絮》有新历史主义小说的叙事方式，《诱惑》则让我们看到阿加莎式推理小说模式，《血眼》则是宏大历史叙事。真诚是沈师的创作态度。传统的现实主义文学以现实关怀为出发点，揭露与批判社会弊端，同情弱势群体，关注病态人生，重视社会改良。正是对生活的现实关怀和对生命的终极关怀，现实主义文学成为一种永不过时的创作方式。在消费时代的当下，物欲膨胀，精神萎靡，不少的文学创作流行荒诞叙事模式，情节支离破碎，追求语言狂欢、语言快感。文学不承担使命，不负载道德，以求异为目标，以奇观博眼球……洗尽铅华的沈师禀赋虔诚的态度，保持传统朴实的叙事，不讨好，不媚俗，以展示社会风貌和生活百态为题材，以保持心灵畅通和心智和谐为使命，从《漩涡》到《障眼》，从《猫眼》到《血眼》，他的小说记录了三十年巨变中国人心灵所经历血与泪的洗礼，爱与恨的交织。社会转型，带来了进步与惊喜，也伴随着生存困惑与道德困扰，通过文学展示社会变革背景下灵与肉的困境，关注社会巨变导致的阵痛和混乱，思考社会现代化进程中的得与失，沈师对现实生活的高度介入，尤其是对现实生活中各个群体、各色人等生存状态的关注，面对一个个生命复杂的追问，真挚而深度地跟这个时代进行对话。

不忘初心，方得始终。文学不能换取面包，但文学是一种精神，是一种力量。只有真正热爱生活的人，才能耐得住寂寞，抵挡得住各种诱惑，默默耕耘。沈师能有今天的成就，是真诚的热爱使然。一个写作者唯有发自内心的真诚，方可把握生命的情态，方可触摸生活的温度，用真诚书写生命最美的心智。

2016年8月8日

有"核"文字书写内心命令

——读丁伯刚散文集《内心的命令》随感

异于常人的丁伯刚先生把自己严格限制在所划定的某一区域内，装在无形之中，比如书本，比如写作；他严格挑选狭小的交往圈子、朋友圈子，说些只关乎文学的话题。步入天命之年后，他越来越向往着古人那种耕读之余闭门著述的生活方式，希望写出一些记录自己真实生活，抒写个人真实情感的诗文。

之前，读过老丁的小说《宝莲这盏灯》《路那头》《两亩地》，觉得老丁的写作，无时不在表达其真实的内心冲突与内心挣扎，还有某种虽偏激却真切的思考。在他的笔下，越有残缺就越有特色，越跟别人不一样。他的生活世界，看似单调，看似寡味，实则充满简单质朴的自然情趣，需细心品味。与圈内朋友讨论老丁写作，我对其写作立场的判断是：用有"核"的文字填补残缺不全的现实生活。

在老丁看来，现实是残酷的，当下人所追求的是将精神创造与物质利益的直接对等、同步转换，是将心里的东西一项项分别门类标上价格，然后抓住时机抛售出去。现实图景与他的内心明亮大相径庭，他经常觉得自己在生活场上有一种找不到节奏的感觉，故而喜欢沉浸和沉醉在一个人的精神世界里。置身于文学世界，老丁的每一条血管如欢快的小河流水；而进入现实生活，他觉得自己是那样孤独无助，那样不知所措，那样充满恐惧……因此，人生的经历和生活的经验编织了一个作家的内心命令：作为一个著述者，作为一个精神创造者、文化创造者，假如他自己都没有一种基本的文化信念、精神信念，没有一个完整而充盈，能与整个外在世界相抗衡、相对应的内心世界，那么他凭什么写作！这样的写作者，他又能写出什么！文字是有"核"的，写作是内宇宙与外宇宙的对应与平衡。

最近，读了散文集《内心的命令》，对老丁的写作有了新的认识和体悟，在他的笔下，众多的内心层次和性格层次，与生活空间、生存空间相互穿插、相互重叠、相互包围，盒中装盒，套中带套，回环往复，平凡的庸常的日子立即见到一种结构的存在，一种脉络的显现，一种意义的引用。老丁的文学经验无疑受太多外国文学作品的影响：充满离奇、夸张、变态、怪诞、神秘，对于生命本身的思考远远重于生存经验的表述，从而形成了老丁"述而不作""险而不乱"的表现风格。

不少人说老丁的文字过于平淡甚至读来寡味，可我读到老丁这本散文集，许多富有诗意、富有想象的才情表达、情趣表达、温暖表达把我真切打动。才情表达："你由着一种看不见的力量推动，不断地向前走，上上下下起起伏伏，方位始终飘忽不定。你觉得你已经走了好远好远，偶一回头，又会发现你似乎仍在原处，你已经不成为你了""正月初四的夜晚，空中的星星很胖很大。正月初四夜晚空中的星星都在无边的蓝水中浸泡着、供养着，一颗颗肿胀发白，壮硕饱满，蓬勃如怒放的水仙花""这时的大山早失去了原先柔和的线条，突然变换轮廓外形，骨骼铮铮，虬髯悠悠，就似一只垂天大鸟，挟带着巨形阴影，吱吱嘎嘎朝你猛扑下来"；情趣表达："不远处的村里路上，断断续续走着些拜年走亲戚的人，更远处的公路上，同样走着些走亲戚的人，以及跌跌撞撞往来奔忙的乡村蓬蓬车""有两只黑色的旱鸭趁着没人注意，偷偷钻进地场，母亲站起来大喝一声，鸭子很尴尬，歪头扭颈讪讪地退出来，过一会儿又心怀侥幸探头探脑要往菜园里溜"；温暖表达："时序初冬，头顶斜挂着的那只太阳像个永无穷尽的漏斗，缓缓地向人们倾倒着纯而又纯的阳光……于是，你不由有些惋惜，你想这么好的阳光，这么好的空气，是给你用来散播油漆味的吗？"

白发如霜、不苟言笑的老丁看似缺少激情，其实不然，他那理性多于感性的文字里，处处掩藏着海风的激情、海浪的澎湃，你听：有意无意间，又有许许多多声音开始在我耳边轰鸣，那是拜伦、海涅、雪莱的声音，是曹植、郭沫若的声音；少年黄庭坚走在远古某一条悬崖古道上，乌尔里希骑士策马驰过绿林，扁头阔嘴而身材短小的拉伯兰人围在火边烤着鲜鱼喧嚣大叫；诗人海涅坐在北海海滨，用纤细的芦管在海滩上写着他的爱情表白：阿格涅斯，我爱你！这般来自内宇宙的激情一旦喷发，索然无趣的外宇宙立马火焰升腾，烈日炫目。

老丁的写作归于典型的心灵写作。在明亮内心命令的驱使下，老丁以文字的方式，表达"半边人"的自己对"另一半"存在的体验与还原：我们这些可怜的"半边人"永远是不完整的，我们的"另一半"永远在那边，在天上。我以为，老丁所指的"另一半"是自由生命的人格呈现。在老丁看来，过于时髦，也就过于泛滥，让人讨厌。越是宝贵的东西，越是珍贵的东西，越不能容许存在丝毫污点和瑕疵。与其受损，宁可不要。或者全部拥有，或者一无所有，不可能有第三种方式合理存在。老丁是一个先天带有穴居性格的人，生活中所有的事务，于他而言无异于一种粗暴的干涉和侵犯，都让他烦不胜烦！只有在读书，在寻求精神出路的时候，老丁的行为里，才有属于他的主动、投入、着迷。他投入地去生活，去努力，心里总有一个精神维系，尽管微如游丝，轻如片羽。老丁写作的主题和内核，在无意中被现实生活承载，在有意识中通过文字塑造自己的生活。从无意到有意，是超越现实思想的落地生根。选择心灵写作，正是他逃避一切外在喧嚣、杂乱无序的外在干扰，也许这正是他写作的智性所在。

老丁的文字，许多地方突显出他对宗教的追求、对个体生命的感悟。看书、写作，是老丁实现自我救赎的方式。少年老丁爱书如痴，乡村生活的煤油灯下，一夜读书下来，鼻孔里全是黑油烟，就像两只朝下开口的烟囱。老丁读书，不是简单地读，简直是吞噬，怕读完的故事都跑了。大学时期，赫胥黎的《进化论与伦理学》硬是一字不漏地抄了一遍。外国文学、书籍，奠定了老丁的文学趣味与文学追求，以及他"我爱人类，但是不爱人人"的生命立场、人道信念。

六十年代的作家，文字里大抵流淌着浓浓的乡愁情怀，老丁的散文作品也不时出现乡情乡音乡思的文字叙述。在《半边人》里，他写道：这次我们踏上的其实是一条真正的不归之路，我的整个人基本上被劈成了两半：一半在老家，另一半在异乡；一半是灵，一半是肉。每天都在挣扎，每天都在撕裂，每天都在用这一半去寻找另一半。我尤其喜欢他笔下的亲情描写，写得如此从容不迫，如此简洁不繁，又是如此的情真意切。他描写人物，注重从意象上去表达，有时是景致，有时是气味，有时是精神，比如在《去水底的村庄》里，他写大姑：在我自小的印象中，大姑总给人一种落汤鸡的感觉，每次见面，我都能从她身上闻到浓浓的水腥味……大姑站在我面前，我的面前便有水在晃动，我能看到五条并列的大河如五条亮晶晶的铁轨，在日光下向远方伸去……实在是让我心动神移！

老丁想象力很是奇特，"米尘结在屋梁的蜘蛛网上，丛丛累累，恰似倒悬的森林，有微风从梁木间穿过，森林起伏摆动如鬼魅""阳光下的修河如一柄寒光凛冽、削铁如泥的匕首，从莽莽苍苍的大地深处悄悄伸出，朝着面前的山丛快速一击，留下无数断崖幽壑，然后倏然不见""纷乱的诗句似崖影下缓缓飘动的飞鸟，在我的耳畔来来去去。"我以为，道学较之于儒学和佛学更具超拔的想象和气势，终究是"无为""有常"影响了老丁的精神思想和价值取向，生命是一场智性的旅行，在寻求本真的意识里，用文字书写内心命令的老丁生发出"把死看得比生重要，把未来看得比现在重要，把心灵看得比肉体重要"这般的生命感悟。打开老丁的散文集《内心的命令》，便怎么也走不出来，也不想让自己走出来，只想被他带着，分享文学世界的神思妙想、天马行空。

子曰：其知可及也，其愚不可及也。智者是很容易做到的，做一个傻子，则必须具备最高的智慧，一般人，根本做不到。也许，老丁做到了这一点。带着自己的内心命令，吹自己的哨子，自由伸展自己的手脚，生命没有比这更加真实、更加精彩的。

2018年6月15日

史料编织的文学景致

——有感陈建国先生创作《江州司马白居易》

（一）

一部四十万字的传记文学作品《江州司马白居易》，让我的眼睛为之一亮。

著者陈建国先生，出生湖北黄梅，自小钟爱文学，十五岁发表诗文，工作后这份情致被埋被藏在心。从九江市政法委副书记的工作岗位退休后，历经十三个春秋，二次走完长安至浔阳共计二千九百里驿程，亲身体悟了白居易"凄风苦雨赴江州"这一段人生经历，并在仔细研读一百余部古人今人评写白居易著作、做了一百万字以上读书笔记的基础上，行走在历史与现实之间，徜徉于文学与艺术之岸，学有所致，著有所成！

白居易因"越职言事""甚伤名教"双重罪名，从京城长安被贬浔阳，后擢升忠州刺史、杭州刺史、苏州刺史，终老洛阳。在以上各地，皆有学者对白氏诗文进行评述、对白氏人生进行记录的专著，惟独在"历史悠久、文化底蕴深厚"的九江留下一页空白，这对于九江专家学者来说，无异于一种挑战！而今，七旬老翁陈建国先生担纲作为，填补空白，让我等少壮又是敬羡，又是高兴，还有局促和无言的惭愧……

《江州司马白居易》一书，为我们真实展现了一位个性鲜明、情感丰富、历经曲折的江州司马：一位富有政治见解的人，一位去贪守廉的官员，一位冒死进谏的忠臣；一位勇于担当的人，一位心直口快的人，一位懂得感恩的人；一位富有同情心的人，一位对爱情忠贞的人，一位奉行孝义的人；一位与底层百姓打成一片的人，一位满腹才情的诗人……

《江州司马白居易》理所当然成为江西"2014年度十大赣版好书"之一！

（二）

白居易是九江重要的历史文化名人，然而对其家世，对其人生历程，对其政治主张，我一直无缘有更多的认识和了解。陈建国先生以严谨治学的态度，在通读有关白氏专著的基础上，对白居易的家族身世，从其出生到终老，从亲情、友情到爱情，从幼年苦读到科举及第，从左赞善大夫被贬江州司马再到擢升，从政治才华到文学成就，给我们一个完整的历史再现和背景交代。

该书用故事描绘史实，用史实解构故事，文学性与历史性结合，资料性与可读性兼备，为今人打开了一扇认知历史发展规律、洞悉封建王朝政治生态的大门。汉盛唐强，中唐政治，因朝纲廉明而兴盛，因藩镇割据而式微。出生于中唐元年的白居易，有幸遇到了励精图治、思贤若渴的宪宗皇帝，赶上了能施展才华、报效朝廷的好时代，历经了"二王八司马事件""永贞革新"的政治磨炼，也见证了宦官当权的"甘露之变"和"牛李党争"的风云突变，诗人刚正不阿的性格决定了他在"侯门深似海"的官宦生涯中不可避免地受到牵连。他太有才，他的才情遭人嫉妒；他太耿直，他的耿直遭人嫉恨；他太愚忠，他的愚忠使其内心遭受漫漫煎熬。所幸，他的人生没有像岑参、柳宗元、刘长卿等人客死他乡那般灰暗，在委曲求全和失意徘徊中迎来了人生的"柳暗花明"。白居易"因文得名，因文获罪"的人生沉浮，足以让我们管窥中唐的社会全貌和历史走向。

该书选取了白氏大量的诗文政论并给予解析，使我们在品味历史的同时获得文学艺术的审美。陈建国先生文学造诣较深，审美情趣清雅，思想境界高拔，一篇诗文，一个字眼，一个细节，他将文学性与现实性紧密结合，向我们呈现白居易真实的内心情感和思想状态，如此，《江州司马白居易》既是一本恢宏的历史读物，又是一部精美的文学作品，实现了历史审美、思想审美、人文审美、艺术审美的"四美"结合。

（三）

集腋成裘，老有所为。陈建国先生在淡泊明志之中建构了一个自我实现的精神体系。退休后，他本可以消受清福，溺享清闲。然，文学的梦想使他重操笔戈，用其毕生的生活经验、文学才情、人生阅历、生命感悟和历史认知，写出一部力作。他禀赋知识分子的良知良能，带着学术发现的思想深入历史探寻，敏于提出问题，敢于质疑历史，勇于挑战权威，善于发声发言。每一个判断和认知，作者都有根有据，令人信服，"独立之精神、自由之思想"的学术精神在陈老身上得到了践行和体现。写作诚然是个人劳动，只关乎个人心灵。淡泊明志的陈老，以白居易在江州司马三年半时间的活动为轴心，以白氏诗文为线索进行创作，对于解读一段历史，对于弘扬九江历史文化，给现实一份参考，也给自己一个交代。写作中，除了勤奋和坚持，更让人敬重的是他的严谨和细致，为了一个词的准确性，他不惜停笔，在史海中搜寻一番，从源头上进行把握。为方便读者阅读，许多古地名、官名、社会名词等，他都在文本中加以注解，足见其用心之至，用情之真。

陈建国先生潜入文库，沉入史海，大量搜寻一切与白居易与白氏家族相关的信息资料，尤其关注和思考唐代社会形态、唐代政治官场、唐人生活风俗，奇迹般地在他七十二岁时，在夕阳火红的天空中划出了一道绮丽的彩虹。"野火烧不尽，春风吹又生"，文学的梦想重新唤起陈建国先生蛰伏多年的激情，他最终选择了与文字为伍的艰辛和劳苦，文字里，有他的呼吸；文字里，有他的呼声；文字里，有他精神的支柱；文字里，有他生命的奔腾……

夕阳西下，心血化作朵朵霞云，陈建国先生快乐地说，这就是我想看到的人生最好景色。

2015年8月18日

素心明月入梦来

——赏读胡玢《江南莲语》

（一）

胡玢的芳名早有耳闻，结识她则是六年前市委宣传部组织的井冈山红色文化采风。她崇文尚艺，一路留下她朗朗的诵读。

花蕊初开、豆蔻之年的胡玢，以全县第一的中考成绩考取师范，同窗学友中，有知名的画家赵和平、诗人熊谦体等。

师范是文艺的摇篮。音乐和舞美，文学和诗歌都让胡玢如痴如醉。她的文学之路，则是由文人气质突显的兄长胡帆一路引领。毕业后从教，文学写作成为胡玢的精神寄寓，时常有散文、诗歌新作在九江日报副刊《周末世界》发表，当时的编辑丁伯刚、杨振雯、饶丽华等都十分看好。

2005年11月26日，九江发生地震，惊慌忙乱之中，胡玢手里攥着一只存储文字的U盘，裸足而出，那情景令女儿一生不能罢怀。

青春韶华，她的诗歌作品在《诗刊》发表，散文获得全国女子文学大赛一等奖。濂溪区教师进修学校的徐良万曾经写过一篇文章《孤独的才女》，对胡玢的才情才思由衷赞美；濂溪区一位领导深有感触地说，读胡玢的文章，最好在深夜里读，一读一种滋味，一读一重境界。

"你的聪颖，与生俱来，我一生只能敬畏"，一位已作古的诗家品读了胡玢的诗文，如此吟怀。

（二）

2020年春，一场疫情导致的禁足，让胡玢各地归来的几姐妹有了更多的相处，往事葱翠的《江南莲语》得以结集。我琢磨，胡玢取这一书名，无非表达她的几个诉求：江南是温婉的、古典的、雅致的，呼应着她骨子里的诗意审美；莲者，清幽绝尘也，她所生活的濂溪区，有一条清澈可鉴的濂溪河，理学大师周敦颐因一篇《爱莲说》而被后世尊为"濂溪先生"，"莲"自然成为眼里容不下沙子的胡玢艺术升华、精神自觉的取向；"语"，乃家话，乃平实之情怀。

这部散文诗作，给我的切身感受，或许可用"亲情""爱情""乡情"这三个主题词串联，情浓意真，令生命动容。

自古以来，专注于"情"的诗文写作，无一不是内心温婉、情思悱恻，曹孟德"树犹如此，人何以堪"，李太白"我寄愁心与明月"，李清照"怎一个'愁'字了得"。情之缱绻，语之凝噎。

"有人说，父母健在，兄弟姐妹是亲人；父母不在了，兄弟姐妹便是亲戚。"父母不在，人生只剩下归途，而胡玢九兄妹，却一直生活在浓浓的亲情陪伴之中，她的"迷情"文字，修复、填补了这一缺憾。

不为名，不为利，天性善良的胡玢只为一个"情"字而写作。在熙熙攘攘、红尘飞扬的人世间，惟有"亲情"是久远的，玉石明辉，陪伴和维系终生。

（三）

九江知名诗人于学荣先生如是评价胡玢的写作：一个人，写父母亲情，写好一两篇就不错了，南山诗人（胡玢雅号）年年写亲情散文，总写不完，没有雷同，每篇都有感人情景。

胡玢有一位明白事理的父亲，纵是砸锅卖铁，也要送孩子们读书。只有读书，才是改变贫寒家境的出路；只有读书，才是境界提升的自然之道。

胡玢永远忘不了少年时代那揪心一幕：一个荒年除夕之夜，全家灶火冷清，饥饿和寒冷让她们抱成一团，单衣裸足的父亲上门讨饭，竟只讨得一碗米汤回来，一只碗在小手之间传来传去……

世上有一种幸福，叫"父母在"；世上有一种美好，是儿女已长大，父母还未老；陪伴是最大的孝道，是融入血脉中的眷念，是意识之"我"的来处。

少年记忆，怀念父亲，便不忘为父亲点燃一盏灯。在《父亲的眼泪》里，她这样写道："我那有着海洋与天空胸怀的母亲，若雨后彩虹般的爱，擦亮您潮湿而黯然的天空，拯救了花朵的枯萎，支撑起一无所有的家，从此，家园温馨至极。"父亲的眼泪，挥洒在太阳下，折射出母亲的光辉。

经历是一笔财富，血浓于水、重于泰山的父母恩德在胡玢的笔下比比皆是："牵着老黄牛，扛着犁铧，走在窄窄的田埂上的是父亲；系着围裙，蹲在灶台下，不停用围裙擦拭眼睛的是母亲"；"老父亲瘦到皮包骨头，脸上蜡黄，没有一点血色，瘦削的脸颊上，两个颧骨一如两座小山"；又比如描写中年母亲："您若是江南采茶的女子，我必定是您指间最肆意的一枚；您若是江南水乡捣衣的少妇，我必定是您柔手中最缱绻的一隅。"

"这个世界，能留住人的不是房屋，能带走人的也不是道路。给我生命的人，早已长眠大地。我们之间生长着草、树木，彼此隔着泥土相互问候"，当我读到这段文字，深深感动之时，为胡玢的丰沛才情击节叫好。

亲情表达，追忆越深，负罪越重，这便是人性里的隐匿和蛰伏的良知。人活着，便离不开亲情陪伴，之于胡玢，亲情便是永恒的支柱，亲情便是用夙愿做油灯、用守望做捻儿的光明记忆。

（四）

云水半曲，新词旧韵。都说女人一生中最重要的两个时期，一个是青春期，一个是更年期，前面是在为花开做准备，后者则是在为凋谢作铺垫，这两个点连成了女人一生的花径。

彩蝶水袖舞清风，暖至生烟琴几何，梦里销香伊人梦，昨夜星辰昨夜风。

坚强其外，温婉其内，胡玢关于"爱"的缤纷思绪和绕指柔情，令人心旌神往，也令人痛彻心扉："在衣袂飘飘的红尘，在生命聚散的渡口，让花与爱的影子一同零落为泥"；"一枝红玫瑰，在幽深的山谷，点亮星光；一朵野百合，娇羞朦胧的月色，于行云流水的节拍中起伏"；"我是一朵藏在你心灵深处的花儿，娇柔的花蕊，在波光潋滟中为你独燃，把梦中的爱情，千年的激情，演绎成三生三世十里桃花。"

一语心伤，一念明媚，心灵相伴走过的风华，终是敌不过流年变迁。爱有甜蜜，爱有感伤，爱有起伏波澜，在《爱的浅唱》里，她吟哦道："男人把女人视作拐杖，路走完了，拐杖就会被扔掉。男人的心啊，太野了"；"如果说，爱情与婚姻是琴，那么，才情女子便是琴弦上一串串走失的音符，由是，多少红尘过客，多少过往云烟，一声离别，流散天涯。"

"有些花，注定不会结果，却是人生路上的芬芳；有些故事，注定没有结局，却是红尘最美的写意。邂逅一个人，只需片刻，爱上一个人，往往需要一生。婚恋如水，太过薄凉与薄情。爱情于柔弱女子，就像一场无言的秋，流水光阴，不过梅花三弄。"

姻缘，来自上天的安排。古哲学家柏拉图"良缘""孽缘""无缘"的思辨，让胡玢一生受用。时空错乱，物是人非，宁可一个人，静静地来，轻轻地去，她不需要殷勤的献礼、热烈的拥抱，经历让她成熟、自信和淡然。

胡玢属于真诚写作，敢想敢写，敢恨敢爱，那些在许多人看来止于唇齿、掩于岁月的细密情思，都在她的真诚坦荡之中，清泉灵动中流淌出来："爱情在天堂和地狱之间，在苍白无力的誓言中默默垂下帷幕。我的悲哀，在自己的世界里开花，每一片花瓣都昭示着我故步自封的心痛。"

（五）

每个人都有一扇向记忆深处打开的窗子，透过凹镜，便能看见轻轻浅浅的岁月，袅袅飘散的炊烟。

乡情是一杯美酒，乡愁牵人愁肠。流年似水，人生若寄，感知天命的胡玢，面对故乡灯台，面对岁月明镜，每每思索：这些年，我到底在努力什么，寻找什么，执着什么？人到中年，似水光阴仿佛还在指间停留，故土烟尘是挥之不去的唯一牵绊。

活着，就不要辜负生命来世一遭，感受，体验，磨砺。无论悲喜哀愁、成败得失，都是别人无从夺取占有的独我财富。

生命是孤独的前行，活着的每一个人，根基就是故土。家，是包容和治愈人生苦难的港湾。无论走多远，家永远是天幕中最亮的北斗星，默默照亮我们前行的路。

老屋是精神的维系，老屋是记忆的升华，面对被洪水摧毁的老屋，胡玢尤其感慨：在这人间盛夏，落尽所有的辉煌，褪尽所有的铅华，将成为遥远不可追回的历史；老屋，再也无法安放我的童年，无法安放我的灵魂，我成了一个被记忆放逐的人，那一刻，时间生锈了！

只要土灶里还有闪烁的火光，门前还有守望的目光，我们的心灵就不会放逐。胡玢说，老屋，是有老人的屋，老屋是一把不忍丢弃的锁，故土是一枚珍藏的邮票！

从茫茫岁月打捞浓浓的乡愁记忆，大量的年节礼俗和细节描述，读来令我兴然有味。留住乡愁，就是对故土的忠诚，对亲情难以割舍的眷恋，以怀旧文字，追思故土烟云。

才情充溢的胡玢，孤独行走在红尘之中，一次次回望岁月，寻找心灵的出口，捧起故土余温，珍视亲情。写作便是吐散心曲、飞扬思绪、精神寄寓的取道。

（六）

胡玢的写作，透散出古风古韵的诗性气质，料想她对中华传统诗词、古典文学甚是钟爱并悉心领悟。她说，当代汉语写作，植入古风，引入古典，作品便增加了历史和文化厚度；由是，她诸多文章标题自有经典出处，文思葳蕤灵动，诗文结合得体。

小时逃学，被老师责罚，她作诗自嘲：老屋柴门树打头，青山屋后水自流，读书十日九逃学，恨得先生命牧牛。

中学青葱时光，懵懂初春，挥诗一首曰：日暮酒醒人已远，满天风雨下西楼，唯有相思似春色，江南江北迎君归。

富有灵性的诗意表达，朦胧情思，含蓄之间，如《江南莲语》：/一生有多长/呼吸之间/生命千百次跳动/；如《渡口》：/水之湄/谁把浪花剪碎/而我/是一只遗世竹筏/悲喜自渡/；又比如《走过爱情的田垄》：/人走茶凉话亦凉/如纸如犁/越过心田划过脸庞/留下沟壑沧桑/……

许多篇章段落，以诗开宗明义，成为胡玢惯以表达的开关按钮。

时光片段，在轮回中化作春泥；人间真情，在冷暖中融入飞雪。诗性的文字，跳跃的节奏，绮丽的情思，催人的情感，温婉含蓄之中满是诗潮涌动。

（七）

上善若水，是胡玢的精神参照；与人为善，是胡玢的处世哲学。国学大师文怀沙的一句话让她终身受教：人生需要两粒药，上半夜一粒"知足"，下半夜一粒"感恩"。

活出自我，透明，真诚，善良，活得真，活得实。享受宅居的宁静生活，享受阳光下云舒云卷的自在妙好。

"白昼还是往昔的白昼，太阳，却只剩下我为您思念的光辉；黑夜还是往昔的黑夜，星星，却只剩下我为您不眠的眼睛"；"心河之岸，落英缤纷，芬芳弥散；心河之床，水草摇曳，缱绻依依；心河之浪，跌宕起伏，卷作一个亘古的传说。"灵动优美的表达,富有诗意的节奏,透散出胡玢对生活取舍的态度,对艺术人生的思考和心仪。

胡玢诸多文章,时空变化交替,诠释出生命审美的历程。良好的启蒙教育,奠定了她一生对美的笃定,对善的追求,对文学艺术的热爱,以及走向诗和远方的勇气。诚如她所追求为人师者的写作,"内心柔软而有原则,身披铠甲而有温度"。

(八)

参透生命密码,洞悉人性幽微,极尽哲思的才情表达,在胡玢的作品里俯拾皆是:别人错过了,你才有机会拥有;真正属于你的,永远不会错过;人生,只需真实行走,无须思考结局,来不及后悔;所有的幸运,只是默默涂鸦了所有的不幸,把最好的留给别人看;人,原来像鸟儿一样,飞来飞去……

才情,是一种疼痛。执着情爱、个性独立、思想深刻之人,往往是痛苦的,才情女子尤甚。如《黑色风衣》:"很多年,我一直站在原地,活在自己的边缘,用磷火擦伤自己,擦伤春天,一路遗失,一路怀念",又比如《不了了之的爱情》:"女人的死穴常常就是爱情,没有爱情的女人,任她倾国倾城都会黯然失色。"

胡玢热爱并敬畏写作,文字是她生命的寄寓。她在文字里壮阔行走,寻找生命温润的出口,寻找悲欢人生的归宿。

向善而生,终缘嘉华。书写乡愁,呵护本真。乡愁是一个时代的集体记忆,胡玢美文笔法、哲思并茂的乡情写作为九江新时期文学创作增添了一抹亮色!祝福胡玢!

2020年6月15日于八里湖畔

为爱寻吟

这两年很少写诗歌，除了不时地应情应景、赠作酬唱。其实，骨子里，布满了绿油油的诗意；其实，内心里，我是衷情缪斯女神的。之所以不写，主要是因为当下许多诗歌让我产生模糊之感，那些不明不白，那些迷离恍惚，让我读来费神费劲。诗歌到底该是什么样子？什么是有意义的表达？一些被报刊重头推出，大加褒扬的诗歌于我而言，读而无趣，品而无味，每每持疑甚而惶恐。作为文学的贵族，诗歌无疑是气质优雅的，是思想厚重的，是精神高贵的。可许多的诗，却让我无所领略，难以获取让我心仪、让我心动、让我心驰神往的感受。因此，武宁刘芙蓉女士把这本诗稿送到我手上并再三希望我写点文字时，我着实有些为难。工作烦琐是其一，对诗歌的认识模糊是其二，惟恐写不出有见地的文章，有负盛情。几经脱辞不得，方沉入夜色，写下些粗浅文字。

认识刘芙蓉多年了，是由她在九江市书画院的同学胡毅先生介绍认识的。第一次相遇是在一个暑气还没有消散的九月初，坐在茶楼里，一边饮茶，一边漫谈。从她的叙述中得知，她从豆蔻年华起就喜欢诗歌，写诗、读诗、抄诗、发表诗，还经常与三五好友探究诗歌写作问题。她胖乎乎的脸上透出一抹诚惶诚恐的光鲜，热切的眼神里流露出对诗意人生的渴望。说到激情处，她从包里取出一摞厚厚的诗稿来，差不多都是热辣辣的情诗，绕不开一个"爱"字。其时，刘芙蓉留给我的一个直面感受：钟情相知、渴求友爱、追往浪漫、为爱倾情。我一向认为，诗人是浪漫的，除了感性的浪漫，更真实的浪漫是精神上的浪漫，或者说是理性的浪漫。而眼前，我感受到的刘芙蓉，并不甘于寂寞的她以心为琴、以诗为弦，为爱寻吟，为爱歌唱的情怀一经流泄，荡漾的灵魂，就从蜗居的寂寞里放生出来，有说不完的缠绵，说不完的感伤。爱，总是让人这样快乐并沉痛着，对于一个内心世界丰富的人，将满腹的情思诉诸笔端，毕竟是一种释怀，甚至是一种寄托。

读刘芙蓉的诗，有一种切肤之痛，有那么多的无奈，那么多的离苦，那么多的牵肠挂肚，那么多的此恨绵绵："让我这颗爱你的心，从此冬眠，不希望它醒来……""就把思念的河流，从中切断，就把痴情的种子，连根拔起……""这世上的种种啊，终究不过是一场场美丽而抓人的错误……""手机拿起又放下，信息写好又删除……"真个是发烫的面颊，冰冷的手指，让人痛彻，让人揪怀。

大山里的女儿，总是想象着大山外的瑰丽风情，牵系着大山外面与她生命情感相连的另一个世界。湖水之滨的女子，带着一颗多愁善感的心顺着水声寻找生命曾经游历的爱恨。刘芙蓉的诗作，字字生情，句句关情，怎么也写不完人世间这说不清楚、道不明白，让人着迷又让人意惶的一个"情"字："亲爱的，今夜请你来，与我共舞，飞旋的舞曲中，让你我舞成那蝶……""在这下不完的三月雨里，我对你的思念，无法稍息，却不向你，传，讯……"大山的女儿，怀有一腔热烈而朴实的爱意，享有半封闭半开放的体验，时而给人热浪般的冲击，时而给人浅吟轻酌的低回，让人为爱心仪而又被爱负累，真个是"情切切，意惶惶，泪眼盼春光"之感："在山之阳，在水之畔，默默吐着芳菲，那不能言语的隐痛和不甘，就只好攥成血迹斑斑的长舌……""渴望把我的灵魂，我的爱情，连同我的肉体，全部批发给你……"诚然，生活是现实的，而带有极端私存的爱又是那么迷幻，让人错觉，又叫人清醒。诚如刘芙蓉所言："在现实生活中我很明白，一切都不会为谁停留，更不可能为谁重来一次，过去的岁月有多么美好，我后不后悔，都不能将它永远挽留。"

生活让人成熟，岁月让人持重，不惑之年的刘芙蓉用情诗表达生活，寻吟内心的一片芳草地。读她的诗作时，不经意间常能够捕捉一些有品位的句子："眼波是炉火""在最后一滴泪水里，丧失所有的坚强""岁月啊，为何总让你我，一个南腔，一个北调，无法唱和""不做你提线上的傀儡，爱，也要有爱的尊严⋯⋯"

在九江埠头，写诗的人可谓不少，而用诗歌反复吟哦爱情的诗人并不多。通读她的诗歌，除了真切和缠绵，更让人体味的是一种痛彻，一种怨尤。

爱是人类歌之不尽、吟之无休的主题，作为文友，我为刘芙蓉结集出版个人情诗而高兴，更期盼往后能够读到她更出彩，更出新意的情诗，把心底的疼痛化作无疆的爱意，再无怨尤，再无凝噎。

2010年3月8日

质朴，生命和艺术的美丽情态

——读龚高扬诗歌有感

著名漫画家丰子恺先生是一代高僧大德——集文学、书法、歌剧、音乐等艺术修养于一身的弘一大师李叔同的高足。一次，丰子恺去寺庙看望恩师，见先生正在满心欢喜地食用咸萝卜条。之后又一次拜望，见先生有滋有味地享用着没有一丝油盐的水煮大白菜，深感不安。大师笑曰：咸有咸的味道，淡有淡的妙处。

一切生活饮食之需，只在于个人的口味不同。在我生活的这座城市里，因自然山水的秀美，因文化和诗歌传统的绵厚，活跃着一大批喜欢诗词歌赋的写作者：有的追求文字华美，有的追求体式出新，有的追求情态丰满，也有取道平实淡雅，语不惊人，言不宠众，按照内心命令平铺直行的。语言朴实、意境透明、形式传统的诗歌作品虽无惊艳，然在轻快的阅读之中，不经意便被一抹情致、一缕烟霞、一种声音、一副仪态所感染和打动。较之于激情奔涌、气势宏开、色彩丰富的写作，我将古风与新诗交互、怀旧与珍藏相携的龚高扬先生的写作风格称之为质朴写作。

高扬向来崇尚"诗言志"，对写作满怀虔诚。他的诗作，大多简约、简练、简化，文字、文风、文气质朴干练。他给我的印象是以写作为第一乐事，尤其是诗歌作为每日的功课去做。写完一首诗，欣然与周围朋友娱乐或者消遣一下。他从来都没有给人一副清高不群的模样，在俗世生活中固守着心中的一轮明月，一座塔台，一叶风帆，一道质朴生命情态的快乐公式。他的许多诗作，感情真挚淳朴，不经意就能把人给激活。如《寒雪思父》："望乡思父老，宅孤鳏更苦。鸿雁莫南飞去，且停住，捎情愫"；又如《长相思·相思情》："莫相思，却相思，心乱中秋菊展姿，月爬桂树枝"；再比如一首情诗《一剪梅·梦牵》："今日相逢在旧楼，树已参天，花却黄秋，奈何一笑洗情惆。且忆同窗，往事悠悠。"

质朴的人生经历，给了他从容面对、冷静判断的人生态度。质朴的艺术理念，形成了他那学习和仿效经典、诚实表达自我的诗风诗韵。质朴的生命情态，透视出他紧贴时代、自由吟咏、始终和读者保持面对的艺术追求。生活是创作的源泉，走在大路上，置身自然里，就是诗人吟风起兴、放飞心灵的妙好时刻，一朵小花，激起了他的"兴"意；一段旧事，撩开了他的记忆。在"雾"中找"悟"，成为高扬矢志不移的创作追求。

质朴的恋旧情怀，要么是将心里的一丝怀念拽出来，要么是将珍藏的记忆放大。怀念一个时代，怀念一段往事，怀念一个与精神世界有着某种关联的人。珍藏的是青涩的爱情，珍藏的是吐蕊的春花，珍藏的是青春的不败。

质朴的生命立场，真情热爱，戮力憎恨。爱是关注生活现实民生的爱，恨是批判人性虚伪、冷漠的恨。高扬一组感怀诗，质朴的表白，流露出一片片岁月年华的真，珍存起一个个青春热血的梦。得心应手的表达在自然的呼吸中像花一样自由舒展，把情感的芬芳不断释放。如《赋·锁江楼感怀》："千里一瞬，应笑我癫狂无为。虽夕阳落了，晚霞散去，心中留有一轮明月"；《唐多令·观夕阳》："残日浸江头，霞飞雯似绸。壮志总难休，纠结白了头"；《浪淘沙·惜流年》："秋夜对愁眠，寒雨连绵，西风萧瑟舞窗帘"；《聚会有感》："少年之梦已成烟，同窗竹马在眼前。岁月余痕多感叹，暮春桃花艳几天"；《花之咏叹》："花开花落终是空，谁惜绽时别样红？秋伤还待春抚慰，不堪残颜度寒冬"等。再就是他怀念少年生活的诗歌颇多意趣，如《思母》："童年惹祸树上逃，俯看娘追握柳条"，再比如《忆高考》："独木桥横探花秀，津口万人争相渡"，时空对接，情景交融，身心观照，把逝水流年的人生况味勾勒出来。高扬的诗读来轻松，回味有余，他的古风作品有不少清新、优美、可人的句子："遥指桃源，稻花起浪，阡陌缀新庐""恨难比翼何妨？纵使是，山高路长""红日携云水上飘，清风拂柳嫩枝摇。桃花艳，杜鹃娇，谁家小女唱歌谣？""蝶花难舍，情长路短，梅雨归期""几多梦里，梅红杏黄，醒眼正是，昙花谢了，不堪此时""洞庭浩荡情怀在，滴滴如泪为楚伤"等等。

高扬的诗词写作，可以看得出来，受《诗经》影响较大，诸多"比""兴"的运用足以为证。他的写作题材，受杜甫、白居易现实主义的影响较大，许多诗词作品流露出对社会各个群体尤其是弱势人群的关注和关切。比如有感当下的享乐主义，爱情让位于车子与房子，他发出"银河彼岸淑如咸，仅有玫瑰莫过江"的感慨；写民生之忧，他发出"酷热愿天旱，瓜甜早卖完""何不去医院，惜猪早出栏"的声音。他深深感触到：在现实面前，为生存所迫所困，茫茫人海中难有人能真正静下心来，四处是忙乱的人和脚步，形同"蒲扇将虫赶，无心听蝉鸣"，心中满是纠结，目光一片迷离。高扬对现实主义写作的理解是，把社会问题融于其中，对当政者起到警示作用。也许，这就是高扬对写作寄予的责任担当和文化关怀。他的许多作品，并不拘泥格律的严加规范，自然、流畅是他的写作风格。在他看来，古人留给今人一件衣服、一条腰带，前者是诗歌的形式，后者是诗歌所要表达的内容，他只关注自己要写什么、要传出什么声音。他的诗，则显得平实，大多作品是平铺直叙，逻辑和情态上几乎没有任何跳跃，意境上少有花哨和晦涩，更无玄幻悬疑，正如他对诗歌的理解：诗写出来就是给人看的，就是要让人看懂。他还说：有一定文化的人看得懂，没有文化的人看了也感受其好，受到感染，此为好诗。他还说：写诗最重要的是要有自己的声音，正是如此质朴的理念使他始终怀有一颗感恩之心，坚持写作。在《桃源思渊明》这首诗的结尾，诗人这样发问："敬先生一杯农家的酒/悄悄地问/耕田，还会荒芜多久。"通过陶家乡今昔景致对比，反衬时代变更，融入了诗人对社会文明进步悲欣交集的思考。《观金陵十三钗》这首诗这样结尾："只剩下命了/灵魂深处的大爱就会发光/且无疆界。"在诗人的眼里，《童年》诚然是一段"靠一条单褥抵抗严寒"的岁月，我喜欢这首诗歌的升华："苦难，原来是我们前行的帆。"《课桌上的三八线》这首诗写得有意思，不妨选其几句一读："那条线是否成了你心里的墙？其实，我是想，刻一座对话的桥梁，用那条线连接我俩"，青春的萌动和羞涩，腼腆而质朴地表露无遗。一首首诗，伴随诗人从青涩走向成熟，那是一个热爱诚真的时代，那是一个喜欢思考、用情抒写的时代。我喜欢这种情感热烈而真切地写作，寂寞和深情共同完成了对生命的顶礼膜拜。我想，写作的人才可以这样发问：战胜自己，拯救自己，回答自己，表达自己，这种快乐和幸福，难道不是因为文化对心灵沃土的滋养、对精神世界的升华吗？

人事有代谢，花事无古今。由景生情，由情入诗，是诗歌写作的一般套路，难在二者的完美结合。自幼喜好诗词的高扬，在诗路花语中学习、打拼、历练、成长，情真意切，或兴或悲，一路诗意走来。他是高雅的，又是世俗的，用高雅的心志抒发世俗的真，同时，用清雅的心态过滤世俗的肤浅。我看重他的咏叹之作，如《梅咏》："雪中艳红一枝秀，绿叶不衬又何妨？只忧雨打风吹落，晚春陆游又心伤"，又如《情人节感怀》："满街笑语满街香，春风靓女春意郎。不叹知音天涯远，一枝玫瑰送月光"；我喜欢读他的自嘲和调侃之作，如《面瘫》："嘴斜眼歪自嘲笑，心忧无人称俊男"，然多情的诗人终究是率真的，无须矫揉，更无须粉饰，只需还一个内心的真实，于是，"忐忑匆匆就诊去，人前开怀不遮拦。"我更喜欢读到他的人生随想和精神还乡之作，类似《生日随想》："时间将爱和亲情融成了水/在岁月里流淌/潺潺有韵/幸福原本是心灵的山泉"；类似对良知的拷问之作《在雨中》："在过往的岁月里/我说了几多假话/掩饰了多少内心的虚伪/还有几多欲望的余孽"，进而意识到：脱掉西装的我，竟然是那样轻松、自如。一切的人生体验、认知和反思，在他的《时间》这首诗里，尽得以表达：把现实的荒唐/留给你去评判/把岁月的尘封，隐晦的真相，让你去还原。

高扬的诗歌还有一个特点，经历多年的生活积累，饱含对人事更迭的提炼和反思，在理想与现实的冰火考验中历练，因而，他的诸多诗作，在朝向怀旧的礼仪中透视出鲜活的思考和现实的寄寓。我读他的《唐多令·乌江怀古》一词颇多感触，既是对历史沧桑的抚摩，更是对英雄豪气的追怀。"向天刭，弃轻舟""英雄血，漫神州"，好个沉雄的美、悲切的美。高扬说：人类最高贵的东西是生命闪光的思想。穿过艰辛的岁月和思考，所有的语言和表达都是放飞思想、激扬灵魂的赞歌，歌唱泥土，歌唱心灵，歌唱自由，让我为之欣慰，为之期许。

当下，中国诗坛呈现一派繁华的同时，无可辩驳的存在泥沙混杂、良莠不分。抛却传统写作似乎成为许多新生代诗人乐此不疲的追求。许多诗歌读起来很费劲，叫人云里雾里，致使诗歌处于尴尬的境地。诗歌的悲哀，根源上是把玩技巧，无视社会化大众审美和认知的情感而专横跋扈、颐指气使。高扬理解得好：好诗是一块玉，扔进别人心里，一定能激起几丝涟漪。我愿，诗人心无障碍，广大圆满，从懵懂到不惑，自由驰骋而有所归属，在诗意中流连，在诗意中建构，思绪飘满人间，精神抵达故园。写到这里，我又想起电视连续剧《弘一法师李叔同》主题歌里的一句：绚烂之极，归于平淡。平淡是最简约的真，平淡是最质朴的美。平而实，淡而定，人生觅得自在也。

2013年6月15日

烂漫原野

认识原野有一个因由，因由对缪斯的钟情；走进原野又是必然，必然是诗心的灿烂。钟期既遇，流水何惭。

初识原野：浓眉凤眼、轮廓分明，目光真诚而炽烈、言谈严谨而诙谐，机敏流畅中尽显一派儒商风范。落座一席闲谈，从商业到文学，从儒教道学到唐宋辞章，行于高山，止于流水。他那敦厚壮实的体内，融入了那么深透的诗歌情节和诗学审美细胞，洋洋洒洒中足见其深厚的文化底蕴、睿智的哲学思辨、娴熟的表述技巧。诗人所具备的潜质：坦诚、机警、细腻、通达……一下子凸现出来。此后便是频频相约，共叙"李杜"情怀。原野其人其诗，走进了我的生活，走进了我的诗心。

今年秋夏之交，原野兴致盎然地告诉我浔阳给了他诗魂，点燃了他的激情："浓浓的乡愁/溶进失血的风景/青春遗落的脚印/在失血的风景中独行"……短短的两个月时间，他的案前床头，堆满了厚厚的诗稿。"像晨风吹拂着/盈盈露珠的夏荷/初识的心绪/在轻盈的沉重中摇曳"，他如同一个快乐的孩子，在飘满清香的荷塘采莲撷藕，追风扑蜓。我带着他的一叠诗作外出开会，几个晚上下来，全然享受并沉浸在他的诗带给我的快乐、沉思和激越之中。作为挚友，我必然十分认真品读他的每一首诗，并写出我的感受和意见。"漂泊的日子/把我抛向荒漠腹地/伶仃的悲苦之心/感悟着原始生命的动力"。他的诗魂是孤独的，但他的诗境却从孤独中透着袭人的激情，使人真切地感受到他那不甘寂寞、博大高远的情志。他的诗行里蕴藏着巨大的热能，我的心不时被他思想的火焰所燎烤，每每激荡出缕缕心光。

细细品读原野诗作，切肤之感有六：

一是凝重厚实。原野是一位很富思辨的诗人，丰富的人生阅历，滋养和浇灌出他那犀利的观点和沉凝的见解。他的《岁月无痕》是那样令人刻骨铭心："记忆的信号/在立交桥下突然失踪/时间留下一个黑洞/生命的紫藤/沉甸甸地吊着/纷至沓来的荷重/岁月破碎成春夏秋冬。"岁月悠悠，人世浮沉。一切都将成为过去，时间不过是记忆披上的一件外衣，永恒的黑洞里，光明永远与智者同行。

诗的翅膀是轻盈的，惟其轻盈，方能飞云纵览，雾海仙游；诗的心核是厚重的，惟其厚重，方能承载人生的苦难，抵达缪斯的天堂。《原野诗集》以《荒漠故事》开篇："太阳瘫痪在荒漠里/长风失去了重心/漂浮的尸体/在裸体的大漠上滑行/滚烫的粟米，随风/掩埋着青春的肢体/直到缘尽/才完成葬礼"，诗行里沧桑交织着悲壮，诗人用意志承载着渴望，以"天下熙熙，皆为利来，天下攘攘，皆为利往"的社会现象，诠释着生命的价值和意义。人没有思想，生命形同缘尽灯灭，暗如死灰。说实话，在原野的身上我挖掘到了一座矿山，他那厚实的思想蕴藏在岁月的矿石之中。如他诗中所言："崎岖的思路/把最后的矿山炸开/消费欲望和快乐的时代/没有边界""在生与死之间/春蚕自缚作茧/谁知春蚕的葬礼/飞出彩蝶翩翩"。诗人对生命的感悟真切而乐观，诚恳而充满回味。

二是绮思劲辩。我与原野在诗歌探讨交流中，他常将北岛、顾城的诗加以运用或佐证。思辨是诗灵动的翅膀，诗的终极之美在于诗所表达出的思想论断、观念阐述、意识开拓。严格地说，原野是一个用思想写诗的人。厚实的文化底蕴和丰富的思想传承对他诗风形成影响深远。正因为如此，他的机警，他的雄辩，在他诗歌的字里行间跳跃出来："痛，是活着/不痛是死/有一种爱痛着/却没有生命/有一种情不痛/却能活得永恒""滚动的游戏/在滚动中哭泣/在游戏规则里/某种力量决定生死""在谎言的庇护下/呐喊为真理送行"等等这些，让我们在品读原野诗歌获得感召、感知、感性的同时，也获得了一张张充满哲学思辨的通行证。他在《九江·烟水亭》中写道："战争是仇恨的过程/仇恨是战争的爱情""爱情和仇恨早已成为一种习惯/冤家不共戴天地同守一片阳光"。诗人突出灵性的思考，透过历史，为其诗魂仙游开创出广大的历史追索空间。

三是亦庄亦谐。原野善于用形象、生动、直观的生活场景，揭示生活的本真和复杂的社会情态，表达思想和意念深处的东西。"夏天，变幻着一张哭笑的脸/高速公路披着雨中的紫外线""爷们把时尚别在腰间/悸动的原彩荡尽本色的鲜艳""母亲抄着儿子的作业/忘记了柴米油盐的羞涩""一头肥猪/赶着兔子上集市/羊头和狗肉换了位置"。市场经济快速发展的今天，挂羊头卖狗肉的人不是傻蛋便是疯癫。诗人启示我们社会变迁，观念更新，人们的价值取向在变化，不能用过去一成不变的眼光看待今天潮流起伏的世界。如果不能将生命融入时代的洪流中，"纵使年轻也会失去方向"。在《遭遇》中，诗人这样写道："一只青蛙被关进鸟笼/鸟人得意地遛着与众不同/蜥蜴学着恐龙的样子/长长的尾巴在马路上摇来摇去。"不同的人，对生活的理解各有不同。观念纷呈，个性张扬的时代，我们没有理由敌视标新立异的行为。你可以选择你，别人也就可以选择自己，而诗人的选择却是从打破传统意识的平衡中寻找快意，从诗意的氤氲中获得美感，让氤氲中的心湖闪烁启示之光。

四是沉雄狂放。原野的身上有一股霸气，在这股气中，我读到了他沉雄狂放。英雄的磨砺、英雄的豪气，折射出英雄的思想。给人以激奋，给人以威震，给人以悲壮激烈的情怀。"火山喷着你的血浆/海啸呼着你的潮狂""纵使海洋干涸/你会把血液注入江河/纵使陆地崩塌/你会铸筑生命的星空""海啸撕破了/大海壮硕的胸肌/岸是悲哀的死期/海洋从不哭泣"。作为英雄，他是快意的，诗人用豪迈的气势征服着困扰他前行的风沙飞雪，倚天观海，高山仰止；而作为英雄的诗人，他又是痛苦的，在英雄坚定的步伐和执着信念的背后，诗人的心头却有一腔忧愤而生的感伤："哦，你/莽原上的狮子/肩头披着血瀑/眸子里的光矢/射向别离的双翅""哪怕前方/腾着火的海洋/我愿燃烧所有的悲伤/还有悲伤中的怅惘/飞向黑色天堂"。庄重的责任感、使命感使他在不断超越生命的同时，也不断穿行在对理想主义的讥嘲、嫉妒乃至否定的凄风苦雨之中。然而，英雄终究是英雄："黎明与黄昏同色/英雄和懦夫同根/日出的希望/映着落日的幻想。"海纳百川，有容乃大。黑暗必将过去，黎明终会带来鸟鸣琴韵。

五是生动形象。1960年出生的原野毕业于武汉大学中文系，成长在荆楚文化气息浓重的洪湖岸边。20世纪70年代的少年原野，曾发表《毛泽东思想闪金光》的抒情诗歌享誉荆楚"天才诗童"。在他生活的那个年代，文学的唯美使追梦少年在朝阳升起的时刻剪辑日出，在夕阳隐去的时候抒写流霞。此后的十多年里，原野的诗歌相继散见于各地报刊。在风华正茂的青年时代，原野沉默了。之后，他将前一阶段的诗作称之为"无骨的风，无愁的云"。今天，沉默后的原野不再"无病呻吟"，曲折的生活经历丰富了他的诗魂。受"新月派"诗风的影响，原野的诗歌语言，注重表达和形象的比兴。在他的诗中，这样的句子随处可见："月亮亲吻着小河/黑夜在月下流淌""白杨倾听着/风在高处行走的声音""爱情是秋天的枫叶/雪云是春天的幻想""高高的女儿墙/锁着悲剧里的丰韵""朦胧的超短裙/大胆地虚掩着夏的隐私"。又比如："你头一回做伴娘/伴着少女灿烂的心慌/就在你回家的路上/一只毛毛虫钻进你的心房"，诗人笔下的《伴娘》，把少女娇羞的情态、渴望爱情的憧憬刻画得惟妙惟肖。

六是情怀诚笃。在原野的抒情诗中，我一次又一次被他的真挚情怀和切切相思所感染。作为诗人，唯真唯美、唯诚唯仁，唯情唯性。他那云彩一样绚丽、流水一般韵致、山花一样浪漫的诗行，将我引领到爱的绿洲、情的港湾。原野的诗集以《在小河那边》这首诗命名，不仅仅是诗人的偏爱，更是原野诗作的精华所在。在这首诗里，诗人用了"不知名的船儿""寻梦的船儿""白帆升起的船儿""出港的船儿"一组排比意象的叙述，向我们坦诚地开启了他心灵世界丰沛的情感之门，一任那白帆之舟在绵延无尽的相思河流中穿梭寻觅。在小河那边，有他切切的追怀，有他甜甜的等候，有他殷殷的神往，有他淡淡的感伤。诗人便是如此真挚地让我们读懂他心河深处美而凄丽的故事，甜而苦涩的回忆。他在《清明》中怀念故人："你把一个雨季/留给了大地/我把我的冬天/刻进你的墓志"，这样的"雨季"，真让人"物是人非事事休，欲语泪先流"，如此情怀，怎不叫人凄凄惨惨戚戚。他的《客家人》更是悽烈隽永："海沧沧，问君来自何方/路茫茫，问君又将何往/流浪流浪/背井离乡/哪里有海水哪里就有客帮"，真挚、深沉、忧伤的诗句让人扼腕痛楚，无限潇湘，情同漂洋。

原野的诗人气质，表现在与人交往的每一细节之中。他给人以信心、给人以光明、给人以启悟、给人以思考。原野又是一位坚强的战士，他的枪就是他沽沽流淌的思想，苍凉而沉雄，如一幅幅历经岁月沧桑的壁画。他生命的每一刻，都在用昨天思考未来，用痛苦酿造快乐，用奋进迎接机遇。在市场竞争十分激烈的今天，在硝烟弥漫的商场，他的所愿所乐就是经营文化，让文化发言。生命需要精神的传承，有了精神，生命的力量就可以发挥到极致。在文化旗帜飞扬的队伍中，原野成了一名坚强的诗歌战士。他的心中有泪，他的眼里有泪，而他却没有让泪流在脸颊；他的心中有诗，他的眼里有诗，而他却没有让诗之舟在商海沉浮的旅途中迷航。正如秋雨先生所言，文化是一座桥梁，是一座连接历史和现实的桥梁，是一座从支离破碎的生活升华到引导我们寻找并发现光明的精神桥梁。诗歌无疑是岁月河流中最古老而又最坚实的桥梁。原野的诗就是一座把我们从茫然引向通达，从黑夜引向黎明，从平庸引向高尚的桥梁。

与原野交流是快乐的，也是有收获的，是充实的。他厚重的思想在他的诗歌中可以寻觅，他矢守的意志在他的诗行中可以感受。与他的每一次相聚，时间都是短暂的，夜色都是祥和的，心灵都是亮堂的。他用苦难和沧桑向我们展示了一个不疑不惑的灵魂，他用忧患和悲欣带给我们一次又一次对生命的叩访和价值的找寻。他的诗歌语言形象生动，他的诗歌情感质朴奔放。他的诗歌表现手法亦泓亦渺，亦明亦幽，亦远亦近，让我们于笑谈中觅得教化，于飘摇中寻得庄正。他摒弃了所谓的流派和技巧，自然流畅地诉说了他"孤独"的情怀。在他情感的火炉里，闪亮着七彩花环的诗朵，在他情爱的阳光小屋，飘散着缕缕可人的清香。

　　通读原野的诗集，有许多精彩的句子让我心仪神往："抓住梦中的彩虹/太阳在七色桥上漫步""半世纪的陈酿/勾兑了女儿红的清香""没有计算器的时代/日子，好冷""萎靡不振的理想/和羞于启齿的欲念/勾肩搭背""不哭的孩子没有奶吃/山羊在草坡上/练习跪礼"等等。诗之精彩，唯其比拟的形态，唯其兴致的手法，唯其联想的空间。原野以其独有的灵光，抓住了事物的本真、源头和特性，他将诗的触角延伸到琐碎生活中不为人们所经意的各个角落和层面，用诗的锋刃解剖一幅幅阴森瑟瑟的魂灵，把准社会变形的病灶，用白色的诗丸，救治着即将疯狂瘫痪的神经。他的诗从远古硝烟走来，从大漠洪荒走来，从陌生空间走到熟悉的氛围之中。诗人用目光打量着这个残缺的世界，我们也正通过他的诗，找到了一串开启光明的钥匙：走进过去的记忆，走出今天的重围，走向明天的航程。

　　诚然，在诗坛百花齐放、千舸竞流的当下，有许多所谓的先锋、前卫，试图用萨克斯管吹出华夏文化的诗章。原野不屑于此，在他诗意的天空，维纳斯的"唯美"，照耀着一颗孤独漂泊而又永不沉沦的心。迎合不是原野，苟同不是原野，求全也不是原野。沉思的原野凭借他大山般的意志和海天般的情怀，用庄重的笔墨，挥洒着他对生命的热爱，对理想的执着，对精神的诠释和对缪斯的忠诚。从这个意义上讲，原野更是一位思想者。他的思想带着云彩的飘逸，带着山花的烂漫，带着岁月的厚重，带着生命的价值，带着青春的脚步，带着生活的启示，必将给我们带来美好的品酌。

　　走进原野的春天，双双彩蝶扑向点点花黄；走进原野的夏天，相思的杨柳河流淌着凝重的思索；走进原野的秋天，瑟瑟枫叶唱着失血的残阳；走进原野的冬天，一声吼叫，撕破了雪云依恋的沉默……

　　四季原野，云霞满天；芳草萋萋，风起和鸣。

2003 年 12 月 20 日于庐山

拥抱理性世界的自由诗唱者

——读卫平诗歌有感

　　曹卫平是一位用诚挚的感情讴歌人生、用理性的思考拥抱生活的诗人。深沉午夜，喧嚣散尽，他驾驭着思绪的翅膀，翱翔于历史与现实、美学与哲学的诗意天空，创作出一首首思想凝练、意境深邃的诗文乐章。

　　与卫平相识是一次偶然，也是偶然中的必然。诗歌的机缘使我们一见如故，使我们在三两次的接触中便有了惺惺相惜的情感。后来，我们几个人，陈新，杰敏，雁飞，阿郎等经常在茶楼以茶为友，以诗为媒，以音乐相伴，每每快意人生时，卫平就朗诵他的诗歌作品，对于我们来说，真是一种享受。

　　卫平像是站在哲学的高地，行走在历史的长廊，执着追求精神自由的吟者。他的诗歌意境悠远而宁静，精致而纯粹，空灵而具体。他的诗歌最大特点，就是强烈的人生使命感和丰美洋溢的人文精神，总有那样清新脱俗、宁静高远的精神品质。

　　读他的诗，使人感受一种忧郁、节制：/可以从任何一个方向抵达/但要像孩子一样忧伤/不要有胜利者的姿态/，表现了卫平理性面对现实生活的野蛮所产生的悲伤，在阳光和阴影无时无处不在的现实中，在传统历史和现代文明的嬗变交替中，他不是抛却现实，更不是缺乏对未来的期望，所以：/不说幸福，只说热爱/给他一个不曾说出的理由/。

在《九华山》这首诗里，他写道：在满山的光明里/你要喜悦起来/要把信你的邻人/倾听草叶里的梵音/并在露珠滴落之前/尽情恋爱/，这里，他把走近大自然怀抱倾听的天籁之音，理解为人与自然的切切相依，理解为生命自由的高贵和绝对的不需任何修饰的真实。

身为诗人，对情是敏感的，对爱是向往的，对理想是执着的。在卫平的心中，爱情究竟是怎样的一种景致？我从他的诗里理解为：他对爱情是极其珍视而又十分挑剔的，他不要纯粹的感官消费，他也不要麻辣烫味道的爱情。他理想的爱情世界，是一种平静的面对，是一种心与心的感应和交流，/不要说我青春全无/午夜时你若看我/浑身上下，电花闪烁。

诗歌创作是一项极其耗费心智的活动。没有心的灵动，就没有思绪的发散；没有睿智的思考，就没有独到的发现。心智是需要慢慢蓄养的，如同手机静静充电，如同花儿徐徐开放，如同音乐缓缓流淌。一个诗人，他的情怀有多么美丽，他的诗歌就有多么美丽，美丽的不是文字本身，而是语言隧道所抵达诗人的内心世界。我以为，对于我们写诗的人来说，要绽放心底的诗花，就要努力寻找和发掘意象，把对善的理解和对美的追求，体现在对本真的把握上。真实的情怀总是美丽的，它能够拨动每一根心弦与它共鸣。如何表现这种真？卫平的诗歌里就有一种朴实的认真，经过了思绪的转换凝成理性认知，值得我们去品味，去借鉴。

总之，卫平的诗简约而干净，明亮而祥和，但似乎缺少了一些鲜活的东西。他写诗，似乎把理解更多的投入到对生命价值的评判，对世界未来的期许，对人性美丑的表现，对文学家园的建构。我以为，所谓诗言志，这个志可以是四个层面的东西：一是认知理解，二是探索发现，三是价值评判，四是生活情趣，凡是人性世界可以包含的物质创造和精神追求，都可以用诗歌语言和诗歌意境表现出来。卫平的诗，更多的是关注前三个层面的东西，情趣的氛围似乎不浓。一桌美味佳肴，一瓶打开的美酒，如果再来点音乐，来点鲜花，有清雅佳丽，情景结合，动静相宜，虚实相衬，岂不更加可人？

诗歌与哲学有着某种精神契合，但是不能等同。诗歌是火热的，而哲学是冷静的。诗歌写作，没有哲学的思维向度，是难以有成就的，但是，诗歌语言过于冰冷、艰涩、生僻，就失去了诗歌率性的本真。诗歌，除理性思考外，感性的铺垫和投入也不可或缺。这是我的理解，或者说写诗的触点。

2006年2月24日

信步人生，何其妖娆

——读钱双成先生诗词有感

　　我与钱双成先生相识时，他在市委宣传部任职，我在开发区管委会宣传口奉事。虽为上级他说话行事，却那样平和委婉。熟识了，便有私下交往。那时，青春意气的我经常写几行新诗，而双成兄偶尔也返古觅意，和韵循律，写点诗词。直到去年寒冬飞雪的一个时日，时任市广播电视局副局长的双成兄披着一身雪花来到文联，走进我的办公室，一边拍着雪花，一边从怀里掏出一叠厚厚的诗稿，笑吟吟地说：兄弟，看看我最近写的一些诗词吧。他的笑容是那样的真诚，让我如沐暖阳；他的目光那样热烈，让我感受到他内心深处流淌出来的虔诚。

　　几日前，双成兄打电话来，说要将自己多年写作的诗词结集付梓，让我甚为激赏。双成兄要我为该书写序，让我颇觉为难，他躬耕多年，在诗词造化上已达到一定的艺术高度。我虽受过古诗词的微微熏陶，却对古诗词的认识和把握至多算入门，怕是写不出有见地的文章，始有愧对之意。双成兄的一句"你怎么写就怎么好"，我才敢应承下来，答应写点个人感受。我一直以为，序与跋虽然写法上自由灵活，却要针对作品的思想和艺术审美有所解析，这样，才能完成导读或评述的初衷。我且只能写点浅解文字，充数罢了，恳请双成兄莫怪。

　　我看双成兄的诗作，绝大多数属赠作酬唱，以文会友，以诗会意，心灵互访，意切情真。闲庭信步，明月秋风，诗意人生，何其妖娆。从双成兄的诗词里，我品味出几许情怀：一是他的心灵和谐，充满了祥和的静美，如《雪中赠友人》里写道：大雪纷飞忆往年，银花朵朵美如烟。与君一席交心话，昨日青山到眼前。一幅美丽的画铺展在我们面前，一席相知的情意抵达我们的内心。青山无言，岁月有韵，于宁静的追思、感怀中，相交甚厚的情谊化作朵朵雪花，飘到我们面前。二是他的诸多诗词中，透出他强烈的文人情怀，如在《游庐山白居易草堂》里写道：六友柴门聚，山花静静开。林中冬日暖，茶童汲水来。置身美丽的大自然中，寻古觅幽，赏花撷景，追忆历史人文，心中流淌的是无边的暖阳，无声的诗韵。又如他在《彭泽长江洲上行·其三》里道：油菜黄花漫地铺，轻烟隐隐远山无。一湾清水满堤绿，馥郁清香草亦姝。置身人间美景，妙适的心情开出黄花，敏感的诗心垦出绿洲，人与自然的和谐图景是诗人心中最悦日赏心的歌谣。三是部分诗作中，表达了双成兄对生命静美流逝的无由感喟，透出一份淡淡的惋惜，如他是这样状写《心情》的：往事桩桩尽是烟，欲将昨日挂窗前。窗前不见旧人面，过客匆匆年复年。又如一首《无题》：人生相见不如初，亦幻亦真美却无。情义难敌衣马价，两字远超万语书。人生是漫长的，人生又是短暂的；生命是真实的，生命又是梦幻的。看淡了，人生相见不如初；看透了，情义难敌衣马价。哲语式的妙句总无意间让我品吟沉思。四是双成兄的诗作，有不少与文艺界人士的密切往来，其对文艺的热爱与欣赏之情跃然纸上。在《中秋节步原韵和胡贵平先生》里，他写道：佳句好诗乘雨来，冰清玉洁似童孩。心随兄往正十五，万里清辉慰我怀。在《题陈光华先生山水画》里，他写道：鄱湖水北秀峰西，柳绿桃红云雾奇。竞渡千帆春意早，山村处处鸟飞笛。品书法家的气韵，赏析画家的胸意，情谊交互，文艺和融，尽在只字片言。

双成作诗，语言活俏，旨趣生动，是其诗风之一，如《赞茂源公》：满座高人皆父执，宋公挥洒最狂颠。吟诗饮酒似王猛，扪虱倾谈若等闲。一诗之间，把宋公性情尽以绘之，令人掩笑把读。另外，每于诗后，必有文字注释，引发诗心的因由随手记下，这是热爱生活、衷情诗文的一种情怀。华光易逝，文章千古，人生足迹，做伴生命怀藏，这是生命永不褪色的潇洒。

中华诗词以其独特的艺术魅力给人类留下了一笔璀璨华美的文化遗产，研习之，传承之，是文化的继承和践行，更是精神的自由体验和再创。中华诗词，讲求韵律工仗，这是后来者于实践中应学习和承应的，但又不可食古不化盲目效仿，千篇一律地用古人的平水韵刻板地去对待每一首诗。于写作而言，立意乃是第一位的，文字造得再美，形式多么工整，没有内在的思想蕴含，写作是没有意义的。尤其是现今的年轻人，普遍受教育程度高，他们对字词韵的把握唯一标准是现代汉语词典，若以此为据，一些被认为出了古韵的词句是可以宽限的，我以为这是中华诗词得以美好传承的要义。双成兄的部分诗作，若按平水韵去审读，按古律去苛求，或许老学究们自有一些评说。我读双成的诗，更多的是读他的一份内心期许，读他人生的一份美雅，读他追求的一种境地。

诚然，律诗最见诗词之功。杜甫的律诗老道沉雄，李商隐的律诗华美流溢，给后人留下了无穷的审美回味。我想，作为对文化的一份热爱，作为对诗词的一份追求，双成兄往后的诗词创作，在绝诗的基础上再下功夫，努力写出一些气韵生动、激扬豪放的律诗来，是作为文友我的一份期待。

亦仕亦文，事业双成；信步人生，气贯长虹。诗意的人生，何其娓娓，诗意的世界，何其瑰丽！惟愿双成兄，胆放豪情，肯以勤耕，写出心中最美的世情人伦，在厚重的大地上留下一串无从复制的足迹……

2011年8月5日

《山村山鼓山歌》读后感

对于从大山里走出来，生活在熙熙攘攘、车水马龙城市里的陈琴来说，在这个收获季节，能有作家协会、音乐家协会两个协会为她的作品《山村山鼓山歌》举行研讨会，的确是一件幸福的事情。凭她的才华，凭她的能力，凭她的工作条件，完全可以选择属于她的女人梦、温柔乡的小资生活，但是，有理想、有追求的陈琴，她不稀罕这种庸碌的生活。怀着对山村的依恋，怀着对山鼓的痴迷，怀着对山歌的热爱，历经苦辛，翻山越岭、走村串户、风餐露宿、精耕细作，终于写出了属于她的快乐、属于她的成功的处女作。对此，作为一个文友，不能不表示我对她真诚的祝贺。她这种为了抢救民俗文化而甘于寂寞、不计得失、乐于奉献的精神使我由衷感动。

这部作品很容易读，很好读，很耐读。通过爷爷这根情感纽带，把我们引入一片散发着泥土芬芳、稻香鱼肥、情厚意绵的山歌海洋。采用第一人称的纪实手法，通过不急不慢的一串清新淡雅的文字，把蕴藏在山清水秀的武宁山区的民风、民情、民俗一幕幕、一回回在我们面前进行了再现。文字干净而朴素，镜头明快而亮丽，情节生动而活泼，内容丰富而翔实，品读和审视这些展现风土人情的歌谣，使我们深深感受到：朴素的背后是厚重，平淡的极至是美丽。

山歌通俗易懂，朗朗上口，朴素而又深厚的生活哲理寓于生动形象的歌词句点，给人以音乐激荡的情思，给人以诗意奔涌的想象，给人以人事代谢的品咂和回味。在这本书里，我读到了大量美丽、生动、形象的句子。比如：/山歌不唱使人呆，井水不挑长青苔/打伞不如云遮日，打扇不如风自来/我们山歌牛毛多，黄牛身上摸一摸，日里唱歌当茶饭，夜里唱歌当被窝/娇莲爱我我爱她，娇莲爱我人品好，我爱娇莲一枝花/等等，给我们留下了真切的回味和情感体验。

《山村山鼓山歌》这本书清新淡雅，设计美观，图文并茂，风格独特，给人一种捧起来就放不下的阅读欲望。使人走入儿时的记忆，使人回到故乡的怀抱，其心也欣，其情也仪，这也是她成功写作的一个诠解。

我真诚希望并期待：用心用情把这本书写出来的陈琴，再用心用情把这些山歌唱出去，在艺术的另一个领域，取得突破。

2005年10月23日九江市群艺馆

读科幻小说《异星少年》

　　首先是书名让我产生了兴趣，采用科幻的手法和表达技巧去完成一部22万字的长篇小说毕竟不是一件容易的事情，更何况作者才23岁。后来，我找了个时间，粗略地读了一下这部小说，脑海中留存了一些粗浅的记忆。

　　一是故事的主旨有深度。战争是这部小说的主线，战争必然伴随着痛苦和颠沛。生命究竟是什么？生命的意义又是什么？在这本书的扉页中，作者这样写道：不能明了世界，就不能把握世界。这样的思考火花照亮了作者人生奋斗的历程，也由此可知作者在创作他的这部处女作时花费的心血。作家最为可贵的素养之一就是创新，创新使艺术的生命源远流长。《异星少年》这本书的出笼为我们九江作家小说创作开拓了一个新的题材空间。

　　二是故事情节比较精彩，比如在小说中写百万军团的交锋场面，悬念四起，触目惊心，让人跟着作者麻着胆往前走，这充分说明作者已经掌握了小说写作以情节取胜、以细节摄人的要领。

　　三是塑造的人物或灵或现。虽然主人公是一千年以后的地球人，作者对他们的塑造和描述一半具有当代青年的所思所想，所作所为；一半是我们无法预知的未来人类的纷争和拼搏，时空跨度很大，却在这里得到了有机的结合；游刃有余的转换，这足以显示作者的奇思妙想和丰富的内心世界。

　　四是小说语言老到，富有考量，比如小说中这样写道"男人不可以没有能力，就像女孩子不可没有美丽""每个人都有喜欢别人的权利，你有，我也有""我为什么会存在于这个世界之中？为什么我是我而不是别人？我又将为什么而活着呢？我可以不活吗？"等等，足以彰显作者对于小说创作语言驾驭的熟练程度。

我记得今年上半年九江21世纪文艺丛书座谈会上，黄勇华以初生牛犊的勇气坦言他的文学观念和人生追求。他说：我们这代人生活优裕，普遍受到良好的教育，在家长、老师的眼中，我们是幸福的人，不应该有泪水有怨言，应该秉承他们的价值观念。可是，我们有我们的思考和选择，价值和追求，我们内心深处有太多的东西不被他们所了解，所认同。所以，在这篇小说里，我想表达的其实就是我内心深处的渴望被理解，被接受。我想，作为一种情绪的宣泄，作为一种人生的思考，作为一种价值的展现，黄勇华在他生活和成长的这个年代，能够舍弃对物质的一味追求而致力于忍受孤独和寂寞的文学创作，而且一开始就走出了一条与众不同、别出心裁的道路实属不易。他在工厂里只是一名普通的工人，在文学的道路上，却取得了同龄人无法企及的高度。今年7月，他以创作实力加入了九江市作家协会，是被业内寄予厚望的青年作家之一。所以，他是成功的，也是幸运的。他所创作的这部科幻小说，必将受到越来越多的人，不只是他的同龄人，不只是我们的作家，还将包括他的家长、老师的接受和喜爱。我，对他取得的成绩表示祝贺，并热切希望他以今天的研讨会为起点，有更多的思考，更多的探索，更多的发现，更多的创新。

2004年10月19日

品读鄱阳湖主题散文《失落的文明》

今天，九江市文联、都昌县委宣传部、九江市作家协会以及都昌县文联、都昌县作家协会在美丽的湖都共同举办鄱阳湖主题散文《失落的文明》作品研讨会，此举必将有助于九江散文创作水平的提升。

观潮是兼有学者气质的作家。他富有胆识、持有己见，对历史敢于发问、探究，体现出他的学者风范。观潮说：一日不见鄱阳湖，就想她，天天见她还是想她，就是想在她的喜怒哀乐里浸泡我孤独的灵魂。在本书最后一篇文章《最后的湖都》里，作者写道：如果地球人再不像珍爱自己眼睛一样珍惜湖泊，地球上最后一滴水一定是人的眼泪！也许，这是本书的创作源头和内驱动力，作者以热爱的情怀，以担纲的姿态踏上了鄱阳湖文化之旅。

我对该书思想艺术特色谈一点粗浅认识：

该书篇幅不大，信息量大。内容涵盖了鄱阳湖的历史演变、战争风云、社会兴衰、自然奇观、人文村落、地理风貌、故事传说等等，历史文化、宗教文化、书院文化、候鸟文化、地理文化、军事文化、山水文化、商道文化、贤孝文化等尽得以体现，是一部很好的研究鄱阳湖的文化新作。

21世纪是一个讲故事的文化时代。故事、传说成为该书主体。大量的史料、典籍呈现在我们面前，足见作者创作该书所花费的心血，也足以体现他对母亲湖——鄱阳湖的深情依恋。正如王东林先生在序中所说：那些动人的水乡风情和离奇的传说故事，几乎是信手拈来，没有丰富的生活积累和老辣的驾驭能力，很难做到这样驾轻就熟、挥洒自如、生动传神。从故事中寻找文化的源头，从故事中体验生命的重量，故事指明精神的方向，故事试图让我们回到历史的真实。本书中，大量的民间故事令人印象深刻，比如：充满艺术美感的神话——昂日星官捉拿白毛老鼠精；美丽的爱情传说——望湖亭（娄玉贞误判朱陈战事纵身投江）；大义恩仇的故事——张公直用女儿祭水保全一船人的性命；油盐潭的故事——假道士不能得道，因为贪念不改；苏耽母子成仙的故事——德化天地；时来风送滕王阁——吴猛护送王勃从鄱阳湖到豫章；民间女子叶春花削发为尼——沉海昏浮吴城的传说感动天地；皇帝嘴乞丐嘴——丑才子罗隐的故事……折射和透视出农耕文明带给中国人隐秘的内心世界和心理期许等等。

作品给我们带来新的认识和思考，比如"朱陈大战鄱阳湖"到底是18年还是38天？作者在这部书里通过翔实的论证给了我们答案。再比如，对历史上著名的一场以少胜多的战争——赤壁之战，作者得出一个结论：不是鄱阳湖大战模拟了赤壁大战，而是赤壁大战抄袭了鄱阳湖大战。

身为学者型作家，类似这样有发现、有心得、有感悟、有评论的句子俯拾皆是：

四大古镇就像是围坐在鄱阳湖这张大餐桌上的食客：东边坐着老大景德镇，南边坐着老二樟树镇，西边坐着老三吴城镇，东南坐着老四河口镇。

万寿宫是江右商帮的独有标志，江西人把许真君当作地方保护神，又称"福主"。只要有江西人的地方就有万寿宫，万寿宫是江右商帮财富和实力的象征。

南宋是一个奇特的时代，政治上内外交困，毫无建树，但在文化上却走进了一个鼎盛的历史时期。

一个优秀的作家，比拼的是学养的深厚，仅有才气是远远不够的。观潮这些年所储蓄的丰厚学识，这是走向高远的基点。作者具有扎实的文学功底，加上独特的文化视点，作品中具有思想力的表达比比皆是：

人孤独是灵魂的孤独，是一种自己不能主宰自己而又不知道谁能主宰自己的惆怅；人需要魔幻，魔幻让人类不再孤独，也让世界充满魅力。

人口迁移史不仅仅是一部心酸的苦难史，也是一部悲壮的创业史。就像候鸟的迁徙，候鸟用消耗生命甚至死亡来换取生存和天堂。

鄱阳湖大战发生在地球肾脏——鄱阳湖完成了王朝机体内的环境平衡和新陈代谢；我在鄱阳湖边上随手抓起一把泥土，就能闻出战争的火药味道，还原一个战争的场景；原来，周颠这个人物是朱元璋心中的"政治"。

最浩瀚的是人的思想，最狭隘的也是人的思想；道教的经典并不是直接告诉你有多少神异的故事，更多的是告诉你通往内心世界的另一个途径。

神仙是世俗中的至真至善至美，是凡夫俗子设置的五光十色的观心镜。凡夫俗子戴着这面观心镜走完一路风尘的人生，完成修补自己人性缺陷的天命。

神仙把世俗至善和至恶的元素炼成一颗丹药，医治你残缺不全的灵魂，再告诉你一个终极目标，让你的精神不至于塌陷。神仙在尘世就是为了演绎人入世、出世的常道，这是神仙的天命。

人类一方面在"路漫漫其修远兮，吾将上下而求索"的信念里创造文化，另一方面又在全方位实施对文化的剿灭。

作者融会贯通，巧手运作，将鄱阳湖文化与庐山文化合理得当地统一起来，鄱阳湖与庐山，似一对钟情不渝的恋人。鄱阳湖的故事传说与庐山宗教文化名人，在他的笔下，像用一根金针，巧妙地将一条长长的银线穿了起来。斯水之神，鄱阳湖的秀美风姿若隐若现；阳鸟攸居，鄱阳湖的博大胸怀令人感动；鄱阳湖大战，历史沧桑风云不散；笑谈桃花源，鄱阳湖的精神贯彻古今；幻心轮回，都昌人的文化心理尽得体现。文化永远是世界的主宰，是人类精神的救赎。

读观潮文章，品鄱水风云，像一会儿潜入水底，打捞历史残存的碎片；一会儿浮出水面，领略湖面云蒸霞蔚、波光潋滟、水气十足的大千气象；一会儿又登上神仙之庐，俯瞰人间的美丽湖都。

失落的文明？最后的湖都？我一直在思考着"鄱阳湖文明"这个词。一湖清水只是鄱阳湖的美丽容颜，其精神高度到底怎样定位。文化自信也好，文化自觉也好，文化自珍自爱也好，其实都可以表现为一个词"敬畏"。有敬，则文化得到尊重；有畏，则不会随心所欲。"敬畏"是自由的"敬畏"，这是现代化的特征。"敬畏"是理性的"敬畏"，这是文明的真正进步。

2013年11月15日

第二辑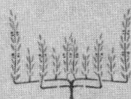

片言

在《王一民文集》作品研讨会上的发言

感谢文学！文学让我们的生活多姿多彩，文学让我们每一个人快乐思考，去探索去发现，文学让我们的内心世界更为博大。因为今天的聚会，冠以"文学"的名义，我们每个人在重温"电影三乡"、回味"鄱湖渔歌"的同时，多了一份"往事并不如烟"的人生感悟和艺术审美。

关于王一民老师的文学写作，个人认识体会有五：

其一，他从诗人到编剧的艺术人生之路，给我们启示：诗意的追求，是作家心灵的电光火石；没有诗意的表达，文学就没有生动的气场；没有诗意的涌动，创作就了无奔腾的气势。

其二，他的文学创作和文学实践活动，让我体会到他的作家人格——良知、自觉、智性。他的写作，自觉中见真诚，坚守中见精神，智性的书写中见文化底蕴，见精神气度。

其三，年过古稀的他紧跟时代步伐，笔耕不辍，每每有妙文佳作。他戏称自己为"70后"，在文学道路上还有很长的路要走。我想，一位真正的作家从来都不会远离现实，更不会从时代生活中退场，生命不息，笔耕不止，这正是前辈作家馈赠与吾侪的最好礼物。

其四，他的文学立场爱憎分明，让人钦佩有加。在大众文化盛行的当下，在商业写作日益成风、传统文学创作受到挤压的当下，他一直以一个文学长者的风范，以一位卓越作家的高远和深刻，理直气壮地反对"三俗"，力行净化周围的文学环境，拳拳之心，切切引导。

其五，改革开放给了王一民老师创作的第二个春天，刚刚结束的党的十七届六中全会，党中央把对文化工作的重视提到前所未有的高度，这对我们在座的文学人，尤其是中青年作家来说，无疑是春雷炸响、春潮涌动的春天。当下文学人，应该以中华五千年文明为文化自信，以文学担当大义建构精神家园、救赎缺失的精神为高度自觉。只有苍天，只有大地，只有人寰，没有放弃，没有冷漠，践行"为天地立心，为生民请命"的崇高追求。

"作家"作为时代的"代言人"，只有胸襟坦荡，才能育出一腔"文以载道"的浩然之气；只有怀抱永不枯萎、褪色的理想，才能用精神的执着追求，书写人性不朽的光辉。

祝王老师身康体健，永葆文学的青春和激情，写出更多"生命之火""智慧之光"的传世大作！

2010年8月17日九江市新华书店

在箴言诗《拾穗集》首发式上的发言

有道是：人生的每一步都是修行，岁月的每一处皆有黄金。祝贺陈珑先生的箴言诗集出版，为五月浔阳添得一抹书香！

我与诗人陈珑初识于浔城四码头，一个名叫"水车屋"的小餐厅，面积不大，装饰别致，三五友人闲来一聚，看水车匀速转动，看飞来的水花激情四射，顿时就有了诗意的氤氲流淌。

之前，读过陈珑先生的一些诗作，最令我印象深刻的是他的组诗《春江花月夜》，音乐与时空交织，自然与神思交汇，江月似霰，人生若寄。

陈珑先生，敏学多思，少年持成，高一辍学，登上文学讲坛；九江市第一次文代会，他是最年轻的文学会员代表；他是从工厂最底层靠文字写出来的团干；九江市青年文学协会副主席；《九江青年》杂志特约编辑；《深圳青年》杂志社资深记者。

他一生从业甚多，每遇贵人，风生水起。成功其实从来都不是偶然的，需要一个有准备的头脑。是诗歌的灵性思考，成就了他的事业，积累了他的财富。

这部《拾穗集》，没有宏大篇章，没有艳丽辞藻，却让人感到厚重而有分量：既有感性体悟，也有理性思考；既有意趣，也有情态。有温度，有力度，有厚度，短小耐读，富有余味。既是劝勉，也是开导；既是独白，也是分享；既像是一颗颗沙枣，有肉也有内核，又像是一粒粒纽扣，亮泽而有劲度；如同思想窑炉里烧出的一块块砖，他用这结实的砖头构建起属于自己的人生家园和思想大厦。

就其思想表达，大概有七个方面的内容：人生思考、励志格言、心灵语丝、爱的箴言、修身感悟、智慧小语、艺术灵光。

思想火花、奇思妙想，有很多亮色的惊喜，比如：

家庭乃是觉悟人生的最好教堂；太阳的伟大就是人类永远无法接近；最珍贵的东西，既买不到，也卖不掉；爱是绿色的沼泽地，越挣扎就越容易陷下去；雪花只是在背诵雨水的誓言；不会走路的人到处是路，会走路的人眼里只有一条路；用铅笔书写人生，容易改正，却让人乏味；春风酿造了一冬的酒，我却只想饮你眼中的露；浪费，就是可以公开的贪污；为了一件有意义的事，人们却要去做许多枯燥的事；渴望的心灵，如暮色中的小鸟，总在寻找爱的归宿；情侣如同鸽子，你不去精心喂养，它就会飞到另外一个人的屋顶上；冬日，围在火炉旁的人，最容易成为朋友；枕头是最有情感的诗集；手上捧着鲜花，人就不会轻易摔跤；生活之所以有意义，所有的痛苦都将变成珍贵的财富；爱心，是人类最杰出的雕塑家。

现在，但凡能让读者记住书上一句话，便是一个作家的成功，这本《拾穗集》，我相信读者读完后至少能够记住十句话。

罗丹说：生活中不是没有美，而是缺少发现。诗情洋溢的陈珑秉承父亲留给他的四个字"勤笔勉思"，在平凡生活的每一个角落，寻思、采摘到属于他的珍珠。

生活中，我们每一个人都可以成为诗人，因为，我们心里怀有诗意以及诗意表达的欲望。

我想，如果能把这些箴言，印制成一本台历，该有多好。

天道酬勤，商道酬信，让我们为拾穗者而歌吧：

拾穗者是勤劳的，他不在乎多少，只要地里有，他就愿意弯下腰去拣；

拾穗者是谦卑的，他的目光总是向下，别人的遗忘之处，就是他的唾手可得之所；

拾穗者是从容的，他不急于快步而行，但求有所收获，放低身段，一步一步向前搜索；

拾穗者是满足的，拾多少算多少，只要拾上一把，今天就没有白来；

拾穗者是有浪漫情怀的，他的心里有青草的味道，他的目光里有太阳的影子，他的头顶遍布布谷鸟的歌唱。

诚挚期待，陈珑先生为我们带来更多的精彩发现！

2019年5月5日九江市新华书店

在《碧雨诗话》首发式上的发言

打开《碧雨诗话》这部书，游记漫笔、怀古凭吊、赠作酬唱、生活记事、心得体会，使我想起武宁一道有名的菜肴——十锦汤，多种佐料，色香味全。但愿，黄露这部书，喜欢他的书法、绘画、诗词、文笔的朋友，翻上几页，看上一段，就能留下更多的回味，对他留存更深的印象。

不管是中国人，还是外国人，都喜欢看杂技表演。《碧雨诗话》这部书，从国事到家事，从人生情怀到生活琐碎，采用诗词、书法、美术、摄影、杂记等多重文艺形式，朴素直白而简明扼要，我想，这是黄露先生艺术人生道路上一抹独创的风景。

从体制内到体制外，黄露的人生来了一个华丽转身。他有几首诗词，赠送昔日同事卢煦林（九江的一个才女），写得很好："莫羡人间花富贵，可知仕途苦涩咸"；"昭君惜泪安边塞，木兰鞍马亦蹒跚"，读来动人。作为黄庭坚第36代嫡孙，他如同穿越的赶路人。凡体制内的人，更喜欢古典诗词的对仗韵律之美，京漂一族的黄露，告别体制，却惯于古风古韵，料想行走千里万里，他的心终究归属家乡，归属文化厚重的幕阜古镇。诚如他的诗中所状怀：长安街上客，幕阜洞里人。

早些年，我就听说过黄露其人，直到半个月前，我才第一次与他面对。但愿通过这次活动，通过《碧雨诗话》这部书，我们能进一步认识和交流，特别是对于中华传统文化，我们能相互学习，相互帮助。

他的书法，行草之间，行笔自如，毫无拖沓；他的绘画，水墨写意，典雅古香；他的诗词，不少有序文点缀，袒露之迹，表白之情，尽在其中。

书里，有不少勉言警句，如"德建名立""福由心造""平实即道""远必自迩""行端表正""德仁家兴"等等，为这本书增添了厚重。

总之，美文美图，美人美心，祝福黄露：京漂十年，活出了好心情，收获了诗书画，种下了善福根，提升了精气神。

2019年元月3日九江市新华书店

在长篇小说《活火》作品研讨会上的发言

九江是一座文学艺术气息很浓的城市。尤其修水，自古以来学风浓郁，文风浩荡。古代，九江有十三家重点书院，仅修水就占三家：鳌峰书院、高峰书院、云溪书院。崇学好学之风为当今的修水作家提供了一座取之不竭、写之不尽的文学富矿。

"80后"青年作家徐春林，沐浴时代改革开放的春风拔节成长，在写手层出、高手如林的写作队伍中脱颖而出，成为近年江西最有创作潜力、极具发展前景的青年作家之一。

今天，九江市作家协会在这里专门为徐春林举办作品研讨会，一些外地文友也欣然前来参加，这是一次文学盛会，但愿这也是一次心灵碰撞、自由放歌的思想峰会。

在此之前，徐春林埋头耕耘，创作发表了许多作品，获得许多奖励，还成为河南省签约作家，不容易。我因工作繁琐，没有太多去品读他的作品，只有一个大概印象：徐春林从散文和报告文学起步，到今天以小说创作为主，他从兴趣写作走向了精神叙事的自觉。在文化多元、价值多元的当下，如果说，文学还有意义，那就是文学建构的精神意义，在繁复纷乱中重建一个吐故纳新的秩序。

当下，文学创作的发展态势从注重人物细节描写、日常生活描写到精神内在性探索。文学不是真理，文学是永恒的探索与抵达。探索，朝内在发力，既是作家的精神品质追求，也是文学创作的动力之源。

实现文学写作的内在性探索，语言依旧是有利途径。我读过徐春林散文集《山居羊迹》，不少篇章令我心动、心仪。春林是多元写作，但我个人更欣赏他的散文语言风格，他的语言张力，体现在他对事物本质属性的认识和把握，体现在他对生命痛感和纠结的真情表达理性处理。他抓住了真正的矛盾和冲突，把人物内心挣扎与抵抗渲染出来、烘托出来。

徐春林是一个渴求自由、渴望在虚拟文字中冲击思绪海岸、抵达精神高地的作家。自由写作，才能更好实现对时空、对生命的超越。超越，需要源源不断的思想力来支撑，思想力之于一个作家，需要对人性、生命光明与阴暗的发掘，需要对个体生命价值实现的深刻感悟，需要对一切不确定性的清醒面对，作出判断并进行回答。

诚然，文学和艺术并不等同于文化。文化是大众需求的，而文学和艺术一定是小众的，她不能让所有人为之叫好、为之叫座。

内在性写作，要求作家在精准表达的基础上，坚持一个文学美学原则，那就是隐忍。"精神"和"商业"并非二元对立状态，当下的写作必须要考虑到人类精神所表征出各种文化的后果，包括庞大的商业和商业精神——不能一律采取对立的思想表达。生活是一个整体，内部叙事和外部叙事并不只是对立关系。内和外、心和物，都应是相辅相成的。物满则溢，要节制去写，不要写得太满。生活中的人，即使他是一个了不起的哲人圣贤，他也会有弱点，存在这样那样的不足，他也是肉体凡胎的人，血液里流淌着欲望，心里有着紧张、不满和躁动。对任何一件事情的判断，都要一分为二。故事、剧情的发展，人物命运的走向，不能只设置一个方向、只有一个结局。功和过，凡和圣，白与黑，正和反，都可以转化，作家的智慧在于思考怎么把它进行转化。时空之所以伟大，因它能包容一切。身为作家，在写作中要懂得尊重生命，给每个灵魂以安抚，给每个存在以理由。

文化心理与精神崇拜一脉相承，文学写作中，文化隐喻需要用好。有什么样的物质形态，就有什么样的象征意义。一种隐喻体现出作家想要表达的精神指向，成功地让他笔下的人物成为一个时代的镜像。

作家必须在开创自己的"语言银行"上下功夫。耕笔修炼，静思养神。欧阳修千锤百炼、文笔流畅自然；苏轼行云流水，随物赋形；黄庭坚摒弃浮艳，作品清新拙朴。关山明月，朗朗乾坤，被誉为"人类灵魂工程师"的作家艺术家要在"三个加强"上下功夫，一是注入英雄主义情怀，增加作品精神的力量感；二是坚守诚实写作的理念，增加文学表达的使命感；三是用丰厚的学养和睿智的思考，增加作品文字艺术审美的论证逻辑感。

以上，只是我个人关于文学创作、文学审美、文学精神思想定位的一点认知，借此机会，与各位文朋好友坦诚交流。

祝春林写出更加让人激动的作品！祝朋友们永葆文学激情、永葆艺术活火！

2015年8月1日修水

在《九江婚俗》首发式上的发言

热忱祝贺我的文友、九江市作协会员高平女士与袁松青先生联袂编著一部文献新作！

婚俗文化与人类的繁衍息息相关。婚嫁是生命最为庄重的礼仪。《九江婚俗》可作为九江人必读必学值得收藏的婚俗文化礼仪词典，内涵丰富，地域风情，文化心理，社会伦理，民俗艺术，礼仪风范，历史演变，名人轶事，法治指南，健康生育，尽在展读之中。于青年人而言，也是一部励志书、成长书——幸福婚姻造就成功人生。

这本书，让我想起一个词：文明之旅。

文明，是历史变迁的记录仪，在任何一个历史时期，文明礼俗的教化之风、道德示范将对社会的稳定、和谐、发展有举足轻重之功用。

文明，是弥足珍贵的仪式感，在当今社会，仪式感普遍或缺，这本书填补了这份缺失，纳采、问名、纳吉、纳征、请期，让我们找回珍存、感恩、惜福、敬畏。

文明，是最灿烂的艺术承载，文明的背影里，有那么多的故事和传说；文明的脚步中，有节奏鲜明的神韵和审美感动。梳头歌，哭嫁歌，结婚撒帐，诗词，山歌，对联，歇后语，民间剪纸，一一呈现在我们面前。

文明，因为淳朴敦厚，因为公平公正，成为世道人心的天平，社会进步的标杆。

　　传统的婚姻是"父母之命，媒妁之言"，现代婚姻则是自由恋爱。自由，是生命的最高境界，是世界最完美的秩序，是人类至高无上的自尊和自爱！自由，是思想的天空，是生命的飞翔，是彰显文明进步的动力，是人类回归的幸福家园。

　　在传统与时尚之间，面对当下社会五彩斑斓的图景，我们如何对婚姻伦理进行现实思考，这些，是我们共同面对的问题。

2016年9月28日市民政局

在《大湖纹理》《赣鄱书》研讨会上的发言

凌翼是九江作家的优秀代表：政治上靠得住，随时服从组织派遣；思想上纯粹，把写作视同农民春播秋收一般。创作优质高效，追求艺术精湛。

八百里鄱阳湖，是人类的生命湖、母亲湖、财富湖和希望湖。岁月，需要人陪护；生命，需要人注解；风气，需要人传承。作家凌翼，穿行寒暑，不辱使命，从吴城的船工号子里出发，寻觅着一个个被忽略的历史片断，被遗忘的乡愁记忆。

凌翼深入生活，扎根人民，赣鄱山水入脑入心，精准发力，完成《大湖纹理》《赣鄱书》两部地域文学力作。两部作品均以赣鄱地理、历史、人文为主题，展示鲜明生动的特色地域文化。《大湖纹理》重在全景式描述鄱阳湖流域的地理沿革和自然生态，《赣鄱书》则重在深入刻画与描写鄱阳湖流域的历史走向和人文亮点。

《大湖纹理》和《赣鄱书》，既是中国历史人文地图的一个版块，又是一幅涌现赣鄱山水万千气象的立体画卷，历史纵深感、文化仪式感、地缘生命感等鲜明印记跃然纸上。从《赣鄱书》里，我读到了赣鄱文化每一颗种子的呼吸和成长；从《大湖纹理》里，我切身感受"一湖清水"观照历史现实、烛照生命未来的光华。凌翼的叙述文字，如同他的稳步行走，不急不慢，明净的内心里，阳气十足，锐力厚实！

作家凌翼，学养厚深，才情充沛，文学功底扎实。文化力量之美，思想艺术之美，精神底色之美，伴随着阅读的每一步、每一章节。他的创作成功，之于我们基层作家，给我们树立了一个主动担当、不断突破的榜样，也给我们起到"根据地写作""仪式感写作"的示范作用，更是激发了我们守护写作初心、彰显使命情怀的精神动力。

这次研讨会的召开，只是凌翼先生一个创作阶段的小结，我们有理由相信并且期盼：烟波浩渺的鄱阳湖畔，鄱阳湖深处取之不尽的富矿宝藏，正等着凌翼，打捞更多"绿色江西"的奇珍异宝。

2019年11月27日中国现代文学馆

在《江南莲语》发布会上的致辞

墨华书香惹人醉,《江南莲语》首发时。

各位尊长、文友、朋友们,大家好!

十月濂溪,一派丰收、祥瑞。端庄文雅、气质风华的胡玢,以一部散发着油墨清香的文学佳作《江南莲语》,给我们带来金秋时节的一抹绚丽、一份献礼。在此,我代表九江市作家协会对该书的出版表示热烈的祝贺!向作家胡玢的文学坚守表示诚挚的敬意!

胡玢是江西省作家协会会员、九江市作家协会理事,在九江女子文学的创作队伍里,以笔力深厚、性情率真、文字优美、富有见解而有声名。她的文学起步很早,青春芳华之时,诗歌作品就在《诗刊》发表,散文曾经获得全国女子文学大赛一等奖。"你的聪颖,与生俱来,我一生只能敬畏",一位名家品读了胡玢的诗文,如此感怀。

才情是一种疼痛,手捧作家出版社出版的厚实之作,孤独的才女不再孤独。儿童文学作家冰心说:成功的花,人们只惊慕它现时的明艳,然而,当初,它的芽儿,浸透了奋斗的泪泉。我想,这句话,用在胡玢的身上,真可谓恰如其分!回望人生岁月,对照内心期许,胡玢的写作初心得以检阅,胡玢的奋笔耕耘得以回报。

真诚是胡玢的写作信仰,她敢想敢写,敢恨敢爱,那些在许多人看来止于唇齿、掩于岁月的细密情思，都在她的真诚坦荡之中，清泉灵动中流淌出来。这部岁月浓情、往事葱翠的《江南莲语》，给我的切身感受，或许可用"亲情""爱情""乡情"这三个主题词串联。尤其是亲情表达，人性的隐匿、蛰伏的良知在她的笔下生动鲜活。人活着，离不开亲情陪伴，之于胡玢，亲情便是永恒的精神支柱，亲情便是用夙愿做油灯、用守望做捻儿的光明记忆。

莲者，清幽绝尘也。每个人的心中，都有一朵莲，一朵祥莲，一朵圣莲，她出淤泥而不染。江南是温婉的、古典的、雅致的，云水半曲，新词旧韵，呼应着胡玢骨子里的诗意审美，她的写作，处处透散出古风雅韵的诗性气质，诸多文章标题自有经典出处，文思葳蕤灵动，诗文结合得体。"莲语"家话，"江南"情怀，印证了胡玢地缘文化和艺术审美相结合的写作取向。

向善而生，终得善果。珍藏乡愁，呵护本真。胡玢热爱故土、敬仰大地，文字是她生命的寄寓。她在文字里壮阔行走，寻找艺术生命回归现实的出口，智慧和勤奋，坚持和勇敢，洗尽铅华的她，美丽人生由此起航，精神世界必将是莲语心香！

最后，我愿引用胡玢的两段精美文字，与各位朋友分享：有些花，注定不会结果，却是人生路上的芬芳；有些故事，注定没有结局，却是红尘最美的写意。都说女人一生中最重要的两个时期，一个是青春期，一个是更年期，前面是在为花开做准备，后者则是在为凋谢作铺垫，这两个点连成了女人一生的花径。

期许文学，祝福胡玢！

2020 年 10 月 10 日上午濂溪区美术馆

在《中国健康档案》作品研讨会上的发言

　　九江是医仙董奉"杏林春暖"典故的发端，樟树更是中国的"药材之乡"，中国作家协会、江西省卫健委、江西省作家协会联袂为九江作家徐观潮长篇报告文学《中国健康档案》举办作品研讨会，必将进一步扩大江西文学在全国的影响，更能有效激发全国各地基层作家的创作热情！

　　徐观潮工作三十多年，到哪个行业、哪个单位，他都能工作创作两不误，就地取材，精心提炼，驾轻就熟地写出好作品。他是一位具有"家国情怀"、扎实践行"四力"的优秀作家！

　　这部27万字的报告文学《中国健康档案》，视野宏阔，思考点多，信息量大，为"民生代言"，是中国当代知识分子的"良心写作"。书中载入大量医疗卫生健康典型事件，比如1966年鄂西乐园公社"杜家大队合作医疗卫生室"的挂牌、1969年全国兴起的"赤脚医生"热潮、2001年江苏宿迁率先医疗改革、2003年北京抗击"非典"、"十三五"的中国"厕所革命"、2018年江西卫健委倡导的"江西光明微笑工程"等，一根"健康事业"的主线清晰牢靠；同时，大量鲜活的人物故事，有血有肉，有起有伏，比如被誉作"撒哈拉玫瑰"的妇产科医生郭璐萍、以爱治"艾"被誉作"生命英雄"的医生胡敏华、由乡村医生成长为国医名师宋南昌、长须飘飘的老中医蔡锦芳等，每个人物的形象刻画都很生动。写人物是徐观潮的强项，他的文字，没有太多说教的东西，他是带着人文关怀去看待世界，思考社会，忠实书写生命的疼痛、人性的幽微。

徐观潮对民间语言的拿捏甚是得心应手，大量的民谣、儿歌运用，足以印证他的写作初心。这部书里，比如描写"大肚子病"：马家堰，靠湖边，男女老少两头尖，东一摇来西一摆，走起路来要人牵。又比如写湖北天门新中国成立前的瘟疫流行：户户有病人，人人病在身，出门吐长气，进门哼几声。再比如写"麻风村"的凄凉景象：身无三尺长，脸上干又黄，人在门槛里，肚子出了房。再比如写返贫：脱贫三五年，一病回从前，救护车一响，一头猪白养。鲜活的民情表达俯拾皆是。

徐观潮叙事注重逻辑性，洞察力也强，这得益于他对中华源文化的熟稔。在他叙议结合、敏锐思考的表达里，不经意间就读到让人眼睛一亮的文字：贫困家庭就像是一条破船，一个很小的风浪，就有可能导致船翻人亡；但凡草药，如果没有"野性"，如何去战胜疾病？会生活的人，生活就能长出两条腿；医生不是上帝，无法阻止人间悲剧的发生；死亡是一个人的远行，死亡不应该成为文化忌讳……

带着"健康是一个人立身之本，健康是一个民族复兴之根"的思考出发，徐观潮先生，作为中国卫健委系统的一名干部、一名作家，针对"健康中国战略2030"的愿景规划，就健康事业规划、医患治理、医疗资源有效整合、中医西医文化融合等时代之问，提出了许多有见地、能落地的应对举措，这是一个作家的使命情怀和文化自觉。

"谁来拯救人类苦难？唯有人类和苦难。"徐观潮先生用内在动力，为这部厚实之作画上了一个圆满的句号。祝贺徐观潮，期待他的下一部力作。

2021年6月28日北京

在长篇小说《底线》作品研讨会上的发言

最近几年，九江文艺创作整体上呈现持续升温的良好态势。作家辛勤打磨，用丰厚的创作，捧得了"九江小说现象"这一盛誉，为九江文艺的"进位赶做"做出了积极贡献。

宜丰人是一位勤勉的作家，也是一位坚守初心的作家。勤勉加坚守，成就了他的文学事业和作家梦想。他不仅是一位小说作家，也是一位成功的剧作家，在国内有一定影响。他的小说《庄重做女人》《亲情无价》《民工》《竹泉镇的风流韵事》等先后在《北京文学》《清明》等文学期刊隆重推出，先后被天涯网、搜狐网、美国加州华人网站等几十家中外网站转载，点击量超过千万次。他的影视作品有《婆家娘家》《车祸发生之后》，电影作品《大格局》也即将面世。

直面现实，成就了宜丰人的文学人生。首先，对宜丰人长篇小说《底线》的创作和出版表示真诚而热烈的祝贺！

在此，我以一位文友的身份，以一位读者的感受，谈点个人认识。

官场、智斗、情感、底线，四个中心词构成这部小说的经纬。

作品《底线》，表达了两个诉求：一是做人做事要有一个坚守的底线，这个底线是社会公众普遍认同的底线；二是无论社会怎样发展、变化，社会生活都应有一个让人看到未来和希望的底线。基于这个立场，作品整体呈现出宽容和尊重的立场。

人性回归成为这部小说思想价值的取向。汪子华在磕磕绊绊中，始终坚持为官的底线，坚持不收不义之财的原则，作者是认同的，给了他提升为副市长的结局；干部子弟彭旭春年轻时鲁莽造次，欠下一笔重大情债，一直耿耿于心底，所以，当他宝贝儿子被人捅了一刀时，他的精神上反而得到一种解脱；汪子华的手下刘秀勤总想讨得上司欢心，每每营造暧昧氛围，却又守住了底线，给人不好不坏的印象。

还原生活，平民心态，这是作家宜丰人小说写作一贯的风格和写作立场。在物欲横流的当下，在都市生活姹紫嫣红、多姿多元的时下，他深入生活第一现场，把时尚、娱乐、喧闹的城市生活一幕幕地呈现在我们面前：包工头姚明远为接到工程，采取惯常的金钱加美女的手段袭击职场；汪子华的女儿洋洋自小养尊处优，自以为是，一夜成名心态使她付出了宝贵的女儿身。

小说语言诙谐，"深水炸弹""小钢炮""丑八怪"都成为人物代号。地方语言元素也时有表现，如"他很会来事""他不咸不淡地说""官场上，有靠山的，如同坐在背靠椅上；没靠山的，如同坐三条腿的凳子，总有不稳当"等等。

诚然，对政治生态的理解和认识作家还有待于进一步提升。比如，市委副书记肖文欣第一次约见汪子华，二人并不熟悉，肖文欣大可不必一开口就向汪子华透露所谓的"组织意图"。对人性的洞察，有些地方似乎不太符合人物在场心理，汪子华第二次在绿叶宫与小洁相遇，他想证实小洁的身份，对话似有唐突，不尽自然。

费孝通先生说：文化自觉是生活在一定文化中的人对其文化有自知之明，并对其发展历程和未来有充分的认识。有文化自觉的批评，是善意的，是理性的，是客观的，是作家心灵深处放射出的思想光芒，是评论家遗世独立的灵魂之树、人格之光。善意，体现的是评论的品格；理性，体现的是评论的修养；客观，体现的是评论的立场。文艺批评要做到文化自觉，就要有广博的胸怀和高瞻远瞩的见识，要有建设性的心态和对他人的理解尊重，要着力于塑造高尚人格，弘扬民族精神和时代精神。

诚挚祝愿宜丰人先生，更上一层楼、再创佳作！

2012年5月25日于九江石化总厂

在长篇小说《血眼》作品研讨会上的发言

今天，九江市文联、九江市作家协会在九江美术馆共同举办沈师、袁槐荣合著的长篇电视剧本《血眼》作品研讨会，我相信，研讨会必将更好激发九江作家的创作热情，提高影视文学创作水平。

82年前的今天，日寇发动了赤裸裸的侵华战争，英勇的中国人民为保卫民族独立、保护美好家园而奋起反抗，一场持续14年之久、最终以3500万众生命换取全面胜利的抗日战争，铸就了一个大国的尊严，铺就了民族复兴之路。

一位行政领导型的作家，置身于火热的生活和忙碌的工作中，如何将文学追求与现实很好地进行结合呢？诚如沈师所说：创作是需要生活积淀、社会阅历、文学修养、文学功底的，需要热情和激情，更需要科学的态度和作家的社会责任感。从《猫眼》《障眼》到今天正式出版的《血眼》，还有下一步计划出版的《色眼》，"眼"系列小说成为沈师近年来文学创作的重大课题。眼睛，是心灵的窗户；眼睛，是心灵的大门。以"眼"为主题，作家大概是想将人性最深处、最隐匿、最细微的东西展示出来。

剧本从东方拉开抗战的序幕开始，讲述了一个个发生在赣都大地上军民团结、抗击日本侵略者的动人故事。真正的爱国，表现在我们作家的行动上，不是单纯的记忆，也不是简单的纪念仪式，更不是偏激的仇恨，而是要居安思危，把我们浓浓的爱国热情，融入建设国家、发展经济、强盛民族的实际行动中去。

剧本写作只重叙述，一般不需就事情进行评议，所谓"述而不作"。剧本语言与小说语言有所区别，剧本语言要求画面上精确表达，心理活动无须直接描述，而是通过人物的表情去反映。剧本的技术要求是：还原真实的生活；而小说要求还原真实而深刻的人性。二者共同的一致要求是，在故事推进中，要有合理的铺垫和语言暗示，情节中不允许出现突兀。比如"胡金玉一个飞腿"，之前，胡金玉给人的印象是会唱歌、柔美柔情的村姑一个，前后反差大了一些；又如日艇驾驶员林正兴哇地一声，使郑天重躲过稻田一郎的射击，也让人意外，后来才知道他是被日本人抓去从军的，在前面的出场时，言行举止上多少要给人一点暗示才好。

本书中出彩的句子让人难忘，比如：你瞧这一眼望不到头的鄱阳湖，够他小鬼子喝一壶的！非常符合渔家的说话风格；只要我们抱成团，就没有踏不过的浪！什么是王法？要你交钱，就是王法！把王德标无赖的痞子土匪形象生动表现出来。

诚然，本书有一些地方分段不尽合理，阅读中有一种疏离感。

以上，个人浅见。

2013年9月18日九江宾馆

《鄱湖经典名镇》新书发布会暨作品研讨献辞

　　党的十七届六中全会，开启了文化引领社会发展的宏伟征程，党的十八大报告，更是对文化强国的战略思想做出了精彩的论述。在促进文化大发展大繁荣的时代浪潮中，九江的文人作家、专家学者，怀着文化的使命，用心构筑精神家园，辛勤耕作，努力创作，为我们带来一个又一个惊喜。

　　继《浔阳遗踪》《九江老地名》《千年微笑》等一批著作之后，九江作家、学者高平女士、张小谷先生妇唱夫和，倾情联袂，将一本散发着浓浓墨香的《鄱湖经典名镇》一书带给我们。这是九江作家协会又一创作收获！对此，我们表示热忱的祝贺！

　　今天，我们相聚在蝶湖浪涌的九江学院，由九江市作家协会主办《鄱湖经典名镇》一书的新闻发布会暨作品研讨会。感谢九江学院为本次活动营造这么好的氛围，提供这么好的场地，让我们以热烈的掌声，有请九江学院党委宣传部部长冯健先生致辞！

　　九江的历史，是用"水"写成的。俯视鄱阳湖，形似一只宝葫芦，被誉为"地球之肾"，对中国乃至全球气候环境的调节，具有举足轻重的作用。历经沧海桑田，鄱湖古镇文明在构建、衰退与再次构建中发迹升华。有请本书作者、九江学院生命科学学院教授张小谷先生与我们分享他们夫妇二人合力完成的新作《鄱湖经典名镇》。

国家一级作家吴清汀先生，对《鄱湖经典名镇》一书的创作提出了很好的指导意见，本书的序是他题写的。对于这部新作，其学术价值，其出版意义，有请吴老师对该书进行点评。

九江市作家协会副主席、九江学院庐山文化研究中心主任李宁宁教授是我们江西知名的学术理论和文艺评论专家之一。他是带着怎样的审美感情，带着怎样的思想眼光来看待这部书的呢？有请李先生做精彩发言。

寻庐文化讲坛主任、蔡厚淳教授也应邀出席了今天的研讨会。蔡教授与张小谷相交甚好，过从甚密，我想，他一定见证了这部新作从创作到出版的整个过程。作为一名学者，他有着怎样的心智心语呢？请蔡教授与我们继续分享。

今天的新闻发布会，也是一次作品推介会。一部好书，应该走进社会，与更多的读者见面。为了做好九江本土作家作品的推介，九江市新华书店一直努力，也很给力。今天，九江新华书店销售部经理魏曙先生也来到了现场，他有何感言呢？有请魏经理。

作者之于作品，如父母之于子女，心血之作，精血之酿。九江市文化馆副馆长高平女士这些年来，一直致力于本土文化发掘，她的文化视野是宽广的，她的文字功力是深厚的，她的写作情感是丰沛的。短短几年时间，他们夫妇创作了七八部书，可谓高产作家。从《浔阳遗踪》到今天的《鄱湖经典名镇》，在淡泊中一路起来，在宁静中深刻思考，高平女士一定有太多太多想说的话！

在九江文艺圈内，说"玻璃人""透明心"的女才人，大家想必知道，余玲玲——才气加人气，知性加智性，她与高平是多年好友，知腹知心，作为把读书学习视为第一爱好的余总，你在这部书里读到了什么呢？可以与我们一起分享吗？

没有一个好的写作环境，一本好书也料难问世。据本书作者张小谷介绍，在他创作的过程中，他的同事、他的朋友、生命科学院廖亮院长对于他的创作给予了多方面的支持和帮助。我们应该感谢这样一位好院长，感谢他对文人的理解，更加感谢他对写作的支持，下面，请廖院长谈谈感受。

有什么土壤，就能长出怎样的庄稼。这几年，九江文学创作和艺术活动十分活跃，在文艺大团结、学术大民主、力量大集结的氛围里，九江文学创作、学术创作达到了一个新的高度，作为九江文艺界的领头雁，同样作为一位学识丰富、涵养深厚、眼界开阔的学者和作家，九江市文联党组书记、主席张国宏先生，他对此书的创作和出版是怎样看待的呢？从思想审美到艺术审美，张主席将有怎样的观点和发现带给我们呢？作为文艺界的统帅，请国宏先生讲话。

在大家的共同努力下，今天的新闻发布会暨作品研讨会举办得很成功，既有收获的喜悦，又有美丽的发现；既有作家的声音，又有学术的发言；既给我们留存回味，更有许多让我们感动的背后故事。同在文化战线，九江文化建设、九江名城建设、九江文明进步的重担将由我们共同担当！让我们更加坚定信念，更加坦诚无私，用心灵去发现，用思想去交流，创作出更多有思想内核、有精神价值、有历史方位的精品力作！

限于时间，大家不能一一发言，我以为，遗憾也是一种美丽。

2012 年 12 月 23 日九江学院

在报告文学《平凡至伟》首发式上的发言

祝贺《平凡至伟》大部头的出版！有幸参加这个首发式，感谢市公安局政治部领导对作家的信任和厚爱！

我以为，《平凡至伟》是一部对"平凡"进行解读、对"伟岸"进行定义、对"精神"进行弘扬、为"英雄"进行树碑的报告文学。文艺是时代的晴雨表，报告文学最能书写一个时代的记忆和集体诉求！

诚然，没有上甘岭冲天的火光，没有云周西村惊天的飞雪，人民警察柯善梅也是一个平凡的人：平实的工作作风，平和地待人处世，平静的内心世界，平等的精神人格。但是，一点一滴的平凡中见其家国情怀，见其男儿血性，见其父慈子孝，见其兄友弟恭，见其真善美，见其精气神，平凡由此升华为伟岸！

我以为，在人类神经显得衰弱、英雄主义受到冲击的当下，树立这么一个勇于担当、勤政为民、默默奉献的英雄形象，不仅具有全面推进依法治国的时代意义，而且具有为人类精神补钙的社会意义，这是中华民族传统文化的一份自信，这是作家用如椽大笔书写时代的精神自觉！

这部书，从艺术上讲有这么几个特色：一是大量运用翔实的生活片断，克服了那些以理说人论事的空洞和抽象，人物丰满的形象因此真实而鲜活，我们说，21世纪人类的文化方式是讲故事、讲好故事；二是作家行文的语言风格活泼活俏，乡土俚语，民风民俗，田野文化，为广大群众所接受、所喜爱，这是正确的文艺创作方向，体现了社会主义核心价值观和文艺价值观；三是描写人物，会抓细节，会抓场景，细节描写是文学不可或缺、十分重要的表达手段，是人物最为生动传神的看点。

　　一部再好的作品，总留有美中不足的遗憾，我以为，如果在合理架构故事、设置故事悬念、增强故事吸引力上再下些功夫，扁平化的人物将更加立体，文学的力量更加彰显。

2016年3月10日九江市公安局

在《景文苑》首发式暨研讨会上的发言

很高兴应邀参加袁银初先生《景文苑》新书首发式暨作品研讨会，相识新朋，重温故旧，感受生态古村氤氲气息，作为袁先生的文友，我也说点感受，不是总结。总结的事情，还是留给未来和岁月，留给后世子孙。

从大山里走出来的袁银初，既是江西省作协会员，又是九江地方志编撰的专家；既是九江教育系统"双百双千"人才，又获省里评定的特级教师。一方水土养一方人，一方文化孕一方魂，家乡是抹不掉的精神记忆和擦不去的思念留痕。都昌的山水、都昌的民俗滋养了世代都昌文人，孕育了生生不息的鄱湖文化。袁银初先生的工作生活，大致可以用四个词概括：读书、教书、编书、著书，时刻不离书香，永远与书为友。

一直以来，袁银初先生坚持不辍、力所能及地投身社会公益事业：一是编著文学、教育、史志等17部，其中出版个人文集3部；二是积极策划、创作并参与制作歌曲《美丽的如岗湾》《如岗湾之恋》，如港湾人有了自己喜欢传唱的村歌；三是采写、发表各类先进事迹、模范人物篇章；四是参加社会活动，乐此不疲，譬如九江市爱国拥军促进会、九江经促会、都昌太阳村公益慈善活动等；五是积极倡导、组织协调苏山元辰文化协会系列活动，以此为乡村振兴注入活力活水。在一望无垠的鄱阳湖畔，他像是一头放牧于草场的耕牛！

今天，作为袁银初的文友，我们一起分享他的新作《景文苑》，感受字里行间流露的对家乡这片土地的热爱与眷恋。怀旧故事，乡村民谣，质朴的描述，显现出一位接地气、惜福气的乡土作家情怀。我不揣浅陋，粗略地翻阅了一下这部新作，有些文章、篇目我还是很感兴趣的，也真切打动了我。比如《古村穿越时空的邂逅》《心灵的赞歌》《外婆印象》《爱的传递》等，既有心灵守望，也有生命接力；既有中华传统文明，也有现代教育反思。《湖光》《鄱阳湖文学》《党史文苑》《浔阳晚报》《西部散文选刊》，他挥舞着思想的镰刀收获了一篇又一篇。

袁银初先生是个有心人，《景文苑》这部图文并茂、多点开花的新作，展示了一幅幅保存完好的老照片，他似乎从青少年时期就对自己卓有所成充满信心。不仅如此，他的骨子里，还透散出一股强大的韧劲，使他工作游刃有余、生活得心应手，助推了他为之倾心倾力的事业发展和精神成长。正如他在书中所写的一段话：人活着，既有随处可栖的江湖，又有追风逐梦的骁勇，无需担心是否运筹帷幄，岁月会帮你我填满最美的期许，活出我们每个人最大的可能！

如龙卧岗、燕窝福地的袁如湾村，生态优美，人丁兴旺，这里至今还保留着古戏台，在坊间传颂着许多父老乡亲百听不厌的传统剧目。袁银初先生把对故乡情深，通过清亮文字转化成一片片悉心叮咛、一缕缕乡愁记忆、一页页人生日记、一封封暖心家书……他用勤奋的汗水、丰厚的文字，证明他活得很努力、活得很充实。诚如他所说：我所努力为之的一切，就是将"长江后浪推前浪"的美好祝愿献给这片土地。

这次研讨会开得轻松愉快，开出了友谊，开出了动力。祝愿袁银初先生在乡村振兴的时代舞台上能有更多的发挥和创造，祝福都昌文学、文创事业更加兴盛发达！

2021年4月5日都昌苏山袁如湾村

在《我的都昌》首发式上的发言

蕴含着一个民族地域文化基因的故事和传说，是中国人灵魂深处的故土家园，由此凝结成为中国人精神生活里挥之不去的美丽乡愁。

五年辛苦不寻常，万里铁骑写都昌。青年作家邱林先生，带着这份淡淡的乡愁和故土情怀，带着一份文化思考和发现，发掘、深挖、整理、集结，自觉与现代科技和文明进行对接，完成了40万字大型电视纪录片《我的都昌》解说词一书的创作，史诗般的恢弘记录和富有人文建设意义的视觉呈现，为都昌的经济建设和美丽乡村建设提供了一份智力支持、精神推动！在此，我代表九江市作家协会对该书出版表示祝贺，对作家邱林先生拾遗捡漏的创作和担当表示深切的敬意。

民族的就是世界的。在人类21世纪开发利用活态文化、田野文化的今天，传统村落成为复兴中华传统文明的根据地。在《我的都昌》这部书中，鄱湖文化一片片、一丛丛、一页页跳动在我们的舌尖上、服饰上、渔鼓中、祠堂里，成为我们精神的原点和出发点。阅读《我的都昌》，就是在阅读中华传统文明；收藏《我的都昌》，就是收藏一部经典的乡愁文学！

让文化认知的需要成为当代人的第一需要；

让纸质阅读重新成为一种清新高雅的时尚；

让作家苦其心志、自觉担当的创作得到社会更多的尊重和关怀；

让《我的都昌》走进千家万户，点亮乡村生活；让《我的都昌》走进广大校园，成为孩子们手中一杯有营养的牛奶、一块味道鲜美的巧克力！

我的都昌，无限精彩！

2015年9月19日都昌县城南山

在《清明》读书会暨改稿会上的发言

淮水与淝水交汇，洪波涌浪，是为合肥；九水汇聚，通江达海，是为九江。玉带蜿蜒的长江，合肥九江一衣带水，人文自然融合，两地往来，情谊日增。

漫天飞舞冰花韵，岁末时节又逢君。去年此时，应《清明》杂志社邀请，我和罗会珊先生、风飘石先生代表九江作协，驱车前往合肥，参加读书会。冬日暖阳，书香合肥，情谊难忘。今天，舟扬帆主编一行九位老师，怀着温故、寻梦的情结来到九江，与九江作家诗人济济一堂，共话文学，重温经典。之于九江作者，《清明》是中国当代文学的高端平台，所以，这是一次十分难得的就近请教、文学圆梦的机会。在此，我代表九江作家协会，对舟扬帆老师一行的到来表示诚挚的欢迎！对九位老师认真审读、辛勤劳动表示崇高的敬意！

文学不仅是表现社会生活、表达生命立场的艺术创造，更是提供思想审美、滋养道义美德的精神创造。如果说，科技追求进步，法制追求公平，精神追求崇高，文学则追求社会伦理和秩序的建构，表达人类良知和精神诉求。多年没有下雪，雪天多么烂漫，可因为这场雪，道路结冰，出行多么不易，这便是矛盾的现实。恶劣的天气，坐公交出行当然最为稳当，公交车比小轿车宽大，更有容量，由此，"宽容"永远是人类最放心、最舒适的生命旅行！

　　被誉为中国文学四小旦之首的《清明》杂志，以原创精神为主旨，以现实使命为承载，大视野，大格局，文思洪涌，精彩纷呈，是中国文学的主阵地。推出的每一篇佳作，都带给我们真实灵动的生活体验，带给我们丰厚饱满的精神养分，发掘生活的富矿，弘扬人性的光辉，探索人类的终极关怀，提升"原创性，文学性，现实性"的品牌效应。清风明月，朗朗乾坤，《清明》是文学人的希望，《清明》是合肥九江两地作家思想对接、情感对接、文学对接的桥梁！

　　当下中国，巨变之大，思想转变之快，多元格局前所未有。岸上待久了，就想下海；肉吃多了，就想五谷杂粮；科技发达了，惶恐加剧了；书读多了，文字乏力。朋友们，"一带一路""人类命运共同体"将国人的思想和想象无限延伸和拓展，文学人遇上了大转型、大数据的书写时代。唯有按捺住性子，不急不躁，不慌不忙，不轻易下笔，不随意下结论，发扬风范，禀赋理性和自觉，用思想之针深挖生活之井，用学术批评栽种人格之树，用文学之镜观照灵魂之台，为正义执剑，为英雄礼赞，写作才更有深度，创作才更有意义，作品才更有力量。

　　温故知新，追怀经典。衷心期盼，这次读书会和改稿会的成功举办，九江文学人能受到一次思想启发、精神激发，以九江文艺繁荣工程的实施为契机，创作出更多更好的文学佳作！

　　真诚祝愿，《清明》杂志春色满园、硕果飘香！

　　祝各位老师、文友新春愉快！幸福美满！

2018年1月27日百嘉洲际酒店

在长篇历史小说《陈宝箴》座谈会上的发言

　　陈宝箴是义宁陈氏文化承前启后的重要人物，是湖南新政的倡导者，在我国政治、经济、文化多方面影响甚远。

　　本土作家韩魏年先生穷十三年之功，有志创作170万字长篇历史小说《陈宝箴》，创下了九江长篇历史小说写作篇幅浩大、众多历史人物在场之最。

　　读完韩魏年先生的长篇巨著，谈一点个人感受。

　　一是宏大的叙事和结构能力。170万字的小说，将晚清近百年的战乱流离、政治生态、社会风貌与地域风情描写得淋漓尽致，向我们打开一幅宏阔纵深、风云跌宕的历史画卷。面对这样的鸿篇巨制，相信许多人会咋舌、会仰望，更愿意一探究竟。

　　二是鲜明的人物性格和时代烙印。小说中除了陈宝箴其父陈伟琳、其子陈三立、其兄陈树年、亲家席宝田等重要人物外，还将众多影响中国历史的风云人物如曾国藩、张之洞、李鸿章、梁启超、谭嗣同、盛宣怀、熊希龄等植入其中，每个人物独特鲜明的个性、格局，包括他们所肩负的历史使命，都有相关的交代、独到的见解。见微知著，从每个人物身上，我们读到了闪亮、通透的人性，这些人物都立得住，让人印象深刻。

　　三是端正的人生价值取向。文以载道，在小说主要人物身上，读者强烈感受到陈宝箴的一生致力在做一个"大写"的人，从考取功名，到保卫家国再到平乱救世，最后成为一方封疆大吏（湖南巡抚）。他的一生是救亡图存、反腐倡廉、推行新政、广益民生的一生。在他身上，既有左右逢源的人生智慧，又显纵横捭阖的非凡手段。他洁身自好，重情而不乱情，对妻子的爱终其一生，对师妹的爱柔肠百转，与红颜知己若即若离、令人唏嘘。

四是丰富的学养和严谨的态度。在阅读中，我们可以感受到作者除了对地域文化有深入的研究，儒学功底和佛学教义功力深厚，听说在写这部大作之前，韩老师自费跑了全国许多地方，搜集了大量历史资料，研读了上千万字的关于陈宝箴的年谱、奏折、文牍、书信，"千淘万漉虽辛苦，吹尽狂沙始到金"，这种严谨的治学和创作态度，特别值得我们学习。

当然，陈宝箴作为当时国内维新变革的首创者和实践者，描写他实施维新变革的篇幅较之剿灭太平军的篇幅，笔墨似乎轻了点。然而这并不影响这部大作的整体艺术效果，所谓瑕不掩瑜。

总之，这是一部非常成功的旷世大作，值得我们好好学习，也值得有关部门予以关注，盼望后续制作的愿景成为现实。

2020年11月28日修水县文新局

章回历史小说《九江演义》研讨发言

九江古郡，江州名府。山江湖海，气势宏阔；风云际会，浔阳远播。有儒君子者，不辞劳烦，史海泛舟，集传演义。

十年辛苦不寻常，八十万字载华章。怀着对中华传统文化的敬畏之情，对千古浔阳大浪淘沙、起伏跌宕的壮越情思，邓君安先生以持之以恒的努力，顺着历史的长河，一路书写九江历史演变的人文华章，旁征博引、举力创作这部鸿篇巨著。捧起厚实雅作，足以想象作者为之付出的辛勤努力。感谢邓君安先生为我们奉上一部霜冷长河、千年在线的文史力作。

勤耕不辍，集腋成裘，一部纵横捭阖的《九江演义》，是2200多年九江历史变迁的风云吞吐；忠孝节义，故事美谈，一部108章章回体的心血之作，是作者对经世治国儒家思想、学说的弘扬和求证。邓君安先生《九江演义》的隆重出版，为九江历史文化的思考和书写再添华彩。同时，承载九江厚重历史、书写九江人文鼎盛的《九江演义》，无疑是我们学史明理、学史明德的生动教材。

2021年7月16日九江市政协

第三辑　文事

在首届鄱阳湖文学大赛颁奖大会上的讲话

感谢活动主办方，感谢鄱阳湖这一方水土的深情厚意，将我们丰盈而纯净的心灵，真诚而美好的期许，编织成一道摄人的文化景致，收进多彩明亮的记忆之中。

鄱阳湖是生命湖、母亲湖，鄱阳湖是梦幻湖、节气湖。得鄱湖之通江达海，得鄱湖之生生不息，得鄱湖之烟波浩渺，得鄱湖之云霞万丈，文学的光华在这里织出美锦，艺术的乐章在这里瑰丽书写；鄱阳湖的文化，在我们的血液里流淌，鄱阳湖的文明，在我们的文字里延伸，鄱阳湖的未来，在我们开创的思想里明确。在有"湖都"之称的风水宝地上，走出了一位位中流击水、激情飞扬的青年才俊，成就了一个个敢于创新、勇于担当的时代作家。明然先生，无疑就是信心满满、才气盈盈都昌作家群体中的一员。

鄱阳湖是绿色江西的代名词，陶渊明是人文江西的骄人名片。上善若水，得水之滋润，得水之养育，不屈己，不干人，菊香绕篱，性灵南山，渊明先生的心智因而明亮，渊明先生的格调因而清新。今天，我们相聚在鄱湖之滨，以文学的表达方式纪念一代先贤的高风亮节，历史和现实在我们面前一并打开，光荣和梦想在我们的心底涓涓流淌，使命和担当成为我们每个人的文学心志和文化自觉。让我们尽情享受文学，让我们真诚袒露心声，让我们的文字因相知而通达，让我们的相知因这次笔会而永远。

朋友们，同道们，在后工业时代的今天，人类生态文明的提升，需要作家更多的智力支持，需要艺术家更多的精神支撑。让我们殷殷相惜，抱团取暖；让我们主张流派，摒弃宗派；让我们以鄱阳湖博大的胸怀为思想工厂，让我们以鄱阳湖丰富的宝藏为创作源泉，上应天时，下接地气；既用感性，更用理性；既有选择，更有包容；真实记录，提炼升华，创写出穿越历史、照亮未来的文学艺术新篇。

我来参加本次活动，为文学有约而欣然鼓掌，我为本次活动的如期举办感到由衷的高兴。最后，我引用佛祖的一句话与各位共勉：以光明之心视万物，则万物皆通体透明；以黑暗之心视万物，则万物皆黑如碳墨。

衷心祝贺各位获奖作家！诚挚祝福朋友们生活美满、工作顺意、创作丰收！

2014年7月7日都昌

在"美丽中国·锦绣赣鄱"2019年新春诗会暨第三届廊桥诗会开幕式上的致辞

　　三月春风，涤荡胸怀。美丽回坑，诗词花开。"美丽中国·锦绣赣鄱"九江市作家协会2019年新春诗会暨第三届廊桥诗会，在这油菜花海、乳燕绕梁的修水新湾隆重举办。我受九江市作家协会的委托，向来自四面八方的作家、诗人朋友问好，同时以诗歌的名义，向春天报道，向即将到来的祖国七十华诞献上最美的祝福！

　　深入生活，扎根人民，这是时代赋予文学艺术创作的使命。文学点亮生活，诗词书写家国，中华人民共和国成立七十年来，4800万江西儿女，在建设富裕、美丽、幸福的现代化江西，共绘新时代江西物华天宝、人杰地灵新画卷的宏伟征程中，以创新创造的精神，以中部崛起为动力，以红土情怀为寄寓，践行着"绿水青山就是金山银山"的发展理念，以时不我待的拼搏意志，书写了改革发展、城乡融合、文明进步的江西诗篇。在这场实践中，江西的作家诗人没有缺席，域外的文朋诗友助力给力，用文学的理想书写时代，用生命的思考建构时代，用精神的力量推动着这个时代！

　　朋友们，"回坑作家村"是九江乃至江西的文化品牌，从2016年创建至今，走过平原山丘，穿越戈壁草原，在山花烂漫中迎来寻梦村民，在诗词联谊中搭建文化信息桥梁。廊桥，一座有故事的桥，一座与春天有约的桥，一座与诗词结缘的桥，今天我们守候在她的身边，用文化自信表达爱的"诗经"，用从容步履品味生命过往。祝福有梦、有缘的我们，张开怀抱，放飞思绪，将此次诗会制作成一枚精美的岁月标签，记忆青春的不老，回放诗词的春天！

共襄盛举，精彩无限，让我们好好享受这个春天！享受诗词绽放的无限美好！

让火热的心情如同溪流一样流淌！让春天的诗耕耘我们每个人心灵的沃土。

2019年3月10日修水回坑作家村

在鲁院江西作家班的学习发言

灵魂是高远的、圣洁的、不朽的，人本主义的弘扬作为文学人的自觉追求，作家要成为文学精神的布道者、践行者。文学要抵达灵魂，于写作者而言，要保持内心安宁、洁净，持有一颗热爱、虔诚、敬畏之心，不断丰厚学养，勇于探索，敏于发现，用艺术的真实还原生活的真实。因为真实，我们还活着；因为活着，我们是真实的。

要坚持内心命令的写作，写出自觉担当的文字。内心命令是神圣的、光明的、自觉的，这就要求写作者的思想出发点，是一种自觉的文化使命、崇高的爱和力量。

要秉持阳光善念的写作，写出光明温暖的文字。善念是人性深处最美好的东西，是爱与被爱，关怀与被关怀，善念写作，要求作者每在动笔的时候，心里一定是明亮的、洁净的，没有愤懑，没有哀怨，有的只是爱与关怀，温暖与照亮。

要付以真情实感地写作，写出亲切朴实、抵达心灵的文字。有道是，只有出自我心方能进入你心，真实的感知和认知是写作的起点，是写作者对文学精神的忠诚捍卫，生活的真实和艺术的真实应该成为文学人的自觉坚持。文学原创精神的品质，都是建立在伟大的真实之上。我们宁愿在黑暗中听夜风的吼叫，也不愿在迷幻中听梦呓者的歌声。

抵达心灵，用文学之光照亮人类，用文学的力量修复社会失衡，作家要用良知发言，需要有对现实的批评勇气，更要构筑有建设性思想的高地，自觉抵制"三俗"写作，用人文精神的坚持，激扬生命的美好想象，让人类穿越风沙的灵魂回归到平和、圣洁。

2011年7月16日北京八里庄鲁迅文学

2019（永修）谷雨诗会感言

感谢永修县图书馆，为我们搭建相互学习、情感联谊的桥梁！

节气更替之于九江有着准确的对应。九江在江西乃至中国的地理版图上具有"农历中国"的代表性。

谷雨是为春耕播种准备的美好时节，是五谷走向丰登的预示。如同文学人走过的道路，大都与诗歌写作的起点或经历有关。谷雨诗会的举办，正应和了文学人的精神追求和审美体验。

诗歌是花朵，诗歌是摇篮。一个民族，如果没有诗歌，如同一个女人缺少一面镜子。诗，是艺术的，更是精神的；艺术是诗的翅膀，精神是诗的血脉；诗，应该是精神和艺术的和谐统一；诗心，就是爱心，没有爱就没有诗。诗意就是爱意，诗意使人生外延，使人更温暖。诗意是滋润心灵的雨露，也是照亮旷野的灯火。有大爱才会有大作，有真情才会有诗情。

一首好的诗词作品，应该是文字的幽香，语言的秘密；是情感的花朵，思想的光辉；是智慧的闪电，灵魂的舞蹈；是真善美，直指人心而不矫情，温暖人心而不薄情，感染人心而有激情。诗歌是人与人之间的最短距离。

自由新诗与传统诗词，只有形式不同，没有思想藩篱。二者相互学习、相互鉴赏。

　　人生就是修行。永修，带着诗意的人生追求，永远修心修道，修为修造，生命将不断迈入新的境界。

　　祝福诗人！祝福诗歌！

2019年4月20日

在九江学院濂溪诗社三周年暨第二届 "校园杯" 散文诗歌大奖赛上的讲话

五月仲夏，和风细雨，百花争妍。九江学院濂溪诗社三周年暨第二届 "校园杯" 散文诗歌大奖赛在这里举行颁奖晚会，我代表九江市作家协会对此次活动的圆满举办抱以热忱的期待。

九江地处吴头楚尾，贯南通北、引东接西，物华天宝，人文荟萃。千百年以来，在这片白云渺渺、紫气飘飘的土地上，诞生了一代又一代名垂青史的名家大师。在这片氤氲之气的山川水国，一个又一个文学艺术大师纷沓而来，摩踵而至，或诗或文，留下了一篇篇脍炙人口、世代传颂的妙文华章。李太白、陶渊明、白乐天、苏东坡、黄庭坚先后在这里饮酒作诗，理学的开山鼻祖周敦颐心神感应留下了千古名篇《爱莲说》，一代大儒朱熹著书讲学白鹿洞，一时间，群贤毕至，少长咸集，白鹿书院成为全国学术文化的交流中心。生活在这厚重历史文化传承之地——濂溪河畔的九江学子，有着云翥霞飞的文学理想，有着执着探索的思考灵光，有责任将历史文化名城——九江的文化传统和人文精神继承弘扬。

九江学院是四百八十万九江人民的高等学府，是来自四面八方的青年学子孜孜以求、发奋图强的人生摇篮。这里，风光旖旎，诗情画意，清澈透亮的濂溪河，昼夜不息唱着诗和远方，滋养着一批又一批文学青年。作为校园学生文化社团的濂溪诗社，领跑青春，书写精美华章，用阳光的眼睛，进行着星星的思考，展现给我们一片色彩斑斓的青春世界，在九江产生了影响，是九江文学艺术事业第二个春天的百花园里清香四溢、灿烂多姿的红花绿叶！

诗歌是一切文学艺术的母体，是陶冶人的灵魂最干净、最澄明的云彩。散文是人类社会精神文明的结晶和映射，是指引人生的一面旗帜。诗歌散文走在文学的前沿和动感地带，引导人们向上，终极对生命的关爱和世界的关注。在精神、物质、情感三大空间，诗歌散文是表达意志情感、发掘生命思考的理想选择。生活中不能没有诗歌，没有了诗的世界是残缺的世界，没有了诗的人生是苍白的人生，没有了诗意的存在是冰冷的存在。

文学源自生活，高于生活，引导生活，给生活注入新的价值理念和审美标准，给生活带来色彩，带来光明，带来福祉。诗歌真正走近了生活，生活也就真正地具有了诗意。作为一名诗歌作者，我十分珍惜九江学院的老师同学们，给了我们这个机会，在校园里感受诗歌的氛围和节奏，将我的诗心点燃。我热切期待在不远的将来，从这个富有生机和活力的校园文学群体中，走出一个又一个被时代所期盼的作家、诗人！

2005年5月20日

寄语修水征村乡"分宁皇菊"征文颁奖

秋风吟霜，万物萧瑟，此时菊花盛开，为林木增添亮光，放眼远望，郁郁青松覆盖群山。但见松菊，贞纯秀逸，独立不群，犹似霜中傲然之士。真可谓是"芳菊开林耀，青松冠岩列。怀此贞秀姿，卓然霜下杰"。

在这片远离算计，远离喧嚣、芜杂的郊野，没有红尘滚滚的车辙往来，更无讨价还价的熙熙攘攘，走过他身边的不过是戴着斗笠、披着蓑衣、扛着锄头铁锹的晚归田客，经过他面前时停下来，打声招呼，偶或闲聊几句，没有虚情客套，没有抱怨哀鸣，无非是桑麻农事、亭里见闻，兴致上来，话语投机，陶靖节照例奉上一杯菊花清茶，田客饮下菊茶，称心归去。

陌巷静谧、炊烟散尽的时刻，身心放松的陶渊明真切体悟到一番无限放任、心灵超越的自然妙趣。这片天地，带给他太美的想象，太好的享受，太多的寄寓，或斗酒清欢，或松下舒啸，或采菊篱下，或教子成诗，极尽天伦之乐，怀抱质朴真情。片片菊黄，与他的目光交相辉映，与他的心灵息息相通，与他的精神情同意合，与他的生命形影不离。

喝下一杯菊茶，心胸顿然开阔，渊明不禁生发出"弊庐何必广，取足蔽床席"的感慨。多好的一片世界呀，他能听到自己的内心呼唤，听到湖光山色的田园牧歌，听到植物拔节的清脆，听到岁月走过的回声。而他不想听到的，不想看到的，似乎都被这环绕的菊花所过滤、所遮挡、所驱散。

世与我而相违，复驾言兮焉求？陶渊明吐出一声心曲，忽然觉得自己多么富有、何其自在！山川田园，那么熟悉、那么温暖地走进他再平凡不过的生活，存在他的喜怒哀乐里。置身其中，宁静朴素的乡村之美，平淡无奇的劳动生产，全部成为他为之赞美、为之乐陶的诗篇。寄身于自然之中，他成为自然的一分子，不是旁观者，更不是占有者。在田园劳动和清新的自然之中，他找到了某种寄托，找到了生命的归宿，不再孤单，不再漂泊。

菊花如一轮太阳，象征道教炼丹修仙所达到的纯阳之境，光明、圣洁，广阔无边，欢乐无垠。

2016年11月5日

在《金鸡》创办十周年表彰会上的发言

虽是寒冬腊月，因了文学情致，心里萦绕着浓浓的暖意。大家都是文艺工作者，在文学精神的鼓舞下，在文学力量的驱使下，我们有缘认识，回顾过去，展望未来，"乐莫乐兮新相知"，闻听金鸡鸣，著文寄素心。

拜读《金鸡》杂志，已经是许多年以前的事了。但是，《金鸡》以其报春催晓的精神理念一直在我的文学记忆留存。通过《金鸡》，结识了志趣相投的文学朋友，如严雪麟、李和平、刘明、严泗波等，使我在文学道路上获得了一定的精神动力和支持。同时，通过这个园地，我们也发现了一大批有文学热情、有文学追求、有文学禀赋的文学爱好者，通过组织的培养和推荐，将他们吸收到九江市作家协会，如黄勇华、万立敏、詹晓华、万丹妮等青年才俊。可以说，在九江这块风景秀丽、人文荟萃的大地，九江石化总厂的文艺工作者走在了时代的前列，创作出一篇又一篇有思想高度、有艺术深度、有审美价值、有时代镜像的精品力作，为我市文学艺术事业的繁荣，为推进"三个文明"建设作出了表率。

朋友们，"金鸡报春早，耕耘当此时"，文学是人类社会前进的动力源泉，是引导人们崇尚光明、追求幸福、寻找家园的舟楫风帆。文学是严肃的，也是活泼的；文学是清贫的，也是高贵的；文学是个人的，也是大众的。时下，依法行政、以德治国、以人为本的社会气氛日益浓厚，一个大写的"人"字把人本主义和生命意义放在一个新的历史方位，中央提出的"无害即有益"的文艺价值尺度为我们文艺工作者提供了史无前例的思想支持和广阔舞台。欣逢盛世，我们文艺工作者当有所作为，勇于走在时代的前列，举起先进文化的旗帜，坚持文艺的"三贴近"、"三深入"，更好体现对人的尊重和关怀，把文艺创作的思想建立在满足人、鼓舞人、促进人上，昂扬向上，致力攀登文学艺术创作的高峰，把思想精深、艺术精湛、制作精美的文艺作品奉献给社会，奉献给人民。

衷心盼望《金鸡》抓住时代机遇，为我们带来金色的希望！希望《金鸡》杂志与我们《浔阳江》和《九江作家》保持良好的合作关系，共同担负起培养人才、推出人才的光荣使命！

2005年1月16日九江石化

在德安县文学创作协会成立大会上的发言

这是我担任作协秘书长工作以来第一次来德安。来之前，既对德安心存向往，因许多朋友只是在电话中联络过，却未曾谋面。也感到不安，唯恐这一帮朋友对我的工作不尽满意。今天来到会场，看到大家的眼神里明显热情洋溢，这使我感到轻松。

来了就说几句，说说我的文学认知，算是对大会的一份献辞，也算是与各位文友的一份共勉。

佛祖在菩提树下悟道，最后也只悟出了"不可说"三个字。人来到这个世界，很明显，欲望多于实质，苦恼多于开怀，从佛家关于生命六道轮回、六道悲伤这个角度，人生是没有意义的。但是，既然我们结伴来到了这个世界，我们就想把人间世事看个够，想个清楚明白，我们就想获得幸福，寻找到所谓的意义。而作为人学的文学，就是帮助我们寻找和发现生命意义的家园。文学的意义，就是守望的意义。守望是一种在或冷或热却不急不躁的情境中，心灵自由舒放的姿态，在这种心神安定、打捞记忆的姿态中，心灵得以观照，死亡得以消失，人性得以回归。

文学是一种认知，这认知既是不自觉的感性，也是自觉的理性，终归是精神层面的。文学的精神，就是在无限期待的自由中执着追求真理的精神。这种精神注定了一个真文人的内心气质：他不屈从权贵，他不沉迷金玉，他不给丑恶让路。文学的这种高贵而又迷人的气质，使我们的生活更加缤纷，使我们的记忆永远奔腾，使我们的生命得以释放，使我们的灵魂得以安息。

记得大学毕业时，一位老师给我的留言是：既然做出了选择，便只顾风雨兼程；只要不停向前，阳光就会向你敞开怀抱，星星也伴你入眠。每每想起它，精神上就为之一振，受到鼓舞。诚然，文学，它不是敲门砖，也不是面包。寂寞和清贫陪伴的文学只是我们个人生命在一路悲欢离合中留下的真切记忆。选择是沉重的，放弃是痛苦的，同时，选择又是伟大的。文学的选择，是曙光的选择；文学的意义，是曙光的意义。对于我们在座的每个人来说，文学所蕴含的真善美就是照耀我们心灵的人生曙光！

我们生活在一个越来越开放的时代，我们生活在一个越来越理性、宽容、客观的时代，"人"字越来越被大写。文学，呼吸着时代的气息，浸透着岁月的沧桑，它的本质是鲜活的生命个性在有限的生命旅途中激荡的思想浪花，精神火花。生命是短暂的，而文学是永恒的。要是你还有一颗热爱之心，悲悯之心，就走向文学吧，用心打开它，用最真实的声音与它交谈，用最虔诚的目光向它朝圣！

德安，思德即安。以德化之，以德治之，以德感之，以德成之；以安守之，以安慰之，以安抚之，以安乐之。我把这几句话送给在座的文学朋友，衷心祝愿你们在蓝色的天幕下开出一朵朵璀璨夺目的文学之花——自由、神圣、崇高、美好。让我们热爱文学的心灵，永远有一片希望的绿，生长的绿，赋予了阳光记忆的绿。

2006年9月24日德安

在都昌首届鄱阳湖文学论坛上的发言

在这个秋风送爽、骄阳当空的美好时日，有幸前来都昌参加首届鄱阳湖文学论坛。我谨代表九江市作家协会对论坛的举行表示祝贺，向盛情邀请我本人出席此次论坛的董晋、张一瑛先生表示真诚的谢意。

参加今天论坛的除了鄱阳湖文学研究会的全体同志，还有来自各地的作家、学者，有这么好的机会在一起就鄱阳湖文学现象进行交流，的确是一件幸事。九江市作家协会有32名都昌作家会员，有一些是神交，未曾谋面，今天这个机会，能面对面地进行交谈，不能不说这是美妙快乐的时刻。

都昌自古出"怪"才。二十世纪八十年代以来，都昌的文学艺术事业百花齐放，长盛不衰，由都昌本土作家创作鄱阳湖题材的文学作品见诸全国各地报刊。特别是近两年来，都昌的文学艺术成果更是呈现出前所未有的发展态势。两张文学报纸《鄱湖文艺》和《鄱阳湖》定期发刊，形成双峰并雄、竞争发展、展示实力、推出文学新人的良好局面；出了两本书，一是文学作品集《野老泉》，另一本书是《都昌二十三人书画作品集》，在全省都有较大的影响；都昌县文联与九江市文联联合主办的《浔阳江》文学作品专刊，创新了九江文艺工作格局。与此同时，相当一批实力派作家纷纷将自己的文学作品结集出版，进一步繁荣了都昌的文学园地，如杨廷贵的散文集《寒号鸟》、评论文集《看法》，董晋的《雪凝轩文集》，张一瑛的长篇小说《天王》，詹佑鹏的报告文学集《邵逸夫传》等等。工作在外地活跃在中国文坛的青年作家摩罗、张柠、陈永林等人不时在报刊上发表小说、评论等作品，产生了广泛的影响。还有一点要说明的是，都昌的文艺所取得的骄人成绩绝不仅这些，去年，青年书法家黄阿六、吴德胜、曹端阳分别在全国书法大赛中获得奖项，被圈内誉为都昌青年书法"三剑客"，的确可喜可贺。

参加今天研讨会的大部分同志是作家。我以为，作家不应该只是生活的观察者和复制者，而应该是精神的创造者和开拓者，价值的构建者和重塑者。我以为，作家职责之神圣，使命之庄严，就在于通过其艺术表现手法，正视苦难，弘扬正义，寻找光明，追求幸福，引领人们寻找价值回归、灵魂洗礼的精神家园。对鄱阳湖文学精神的理解，我以为，应该具有三个情怀，一是生生不息的养育情怀，二是敢拼敢闯的奋斗情怀，三是兼收并蓄、博杂旁通的包容情怀。致力于鄱阳湖文学研究，不只是反映鄱阳湖的山山水水、风土人情，而应当将生活在这个特定区域人民的精神特质进行发掘和探究，展现出它坚韧的骨肉来。

以人为本，这是我们在座作家大有作为的时代。以德治国把一个大写的"人"字凸现了出来。我希望并愿意与朋友们共同创新进取，不辱作家的历史使命。

2004 年 10 月 16 日

谷雨诗会交流心得

　　热爱诗歌，诗歌是灵魂的舞蹈。一首真正的好诗，是感性的文字经过理性的建构，注入个我气息融合而成的。一个诗人，他的情怀有多么美丽，他的作品就有多么美丽。

　　不断地写，不断有新的领悟。可是，越写越觉得诗歌难写。在熟悉的周围看到不少陌生，为数不少的诗作语言艰涩、意境模糊、表现怪诞，说实在的，真的觉得这些诗歌难以深读，难以把我打动。尽管诗坛呈现出百花齐放的可人态势，但是也的确存在着真伪难辨、庸莠不齐的尴尬局面，有些诗歌没有意境，没有余味，还被许多人所看好。借此，提出我在诗歌写作中的一些困惑：

　　一、诗歌到底写什么好？是生活热闹的现场，是个我的内心图景，还是时代的风云变幻？诗歌可以是脱离生活现场的空穴来风吗？这风就是生命肉体之上的思想意识吗？我们都说回归精神家园，这家园的景象就是众生平等吗？

　　二、诗歌终究要表达什么？或者说为什么而写？是诗人为个性情感倾诉需要而写还是为文学史而写？所谓诗言志，这个志是不是包含这四个东西：一是认知理解，二是探索发现，三是价值评判，四是生活经验。我以为，凡是人性世界可以包含的物质创造和精神追求，都可以用诗歌语言和诗歌意境表现出来。

三、诗歌是写给谁看的？诗歌到底是写给现代人看的还是写给未来人看的？如果是写给现代大多数人看的，诗歌有没有必要去刻意制造阅读障碍？如果说，写诗的人比看诗的人还多，我们写诗还有什么意义？诗难道是一厢情愿的自恋自慰吗？

四、诗歌的审美价值取向是什么？到底是文学审美高于意识形态，还是意识形态高于审美，还是二者的有机结合？二者能兼容并包吗？美到底是距离产生的，还是陌生产生美？有些先锋诗人似乎把更多的探索热情发挥在怀疑一切、否定一切、打破一切的秩序重建中，以此来抬高诗的高度占领。我反倒以为，一首真正的好诗，其意义其实高于哲学，像"欲穷千里目，更上一层楼""不识庐山真面目，只缘身在此山中""黑夜给了我黑色的眼睛，我却用它来寻找光明""卑鄙是卑鄙者的通行证，高尚是高尚者的墓志铭"等，还有比这更高更美的哲学表达吗？再说，诗是热情迸发的，而哲学是冰冷的逻辑。

五、现在都在提创新，对于诗歌而言，它的创新表现在什么地方？是形式吗，是内容吗，是表现手法吗，是打破后的秩序重建吗，还是坚决的彻底的传统颠覆？

六、诗歌的文学使命是什么？现在都在提担当，那么诗人担当的是什么？是社会的历史使命吗，是知识人格的极力保护吗，还是人性独立精神的孜孜追求？

在个性张扬、情绪浮躁、价值多元化的当下，是不是更应该提倡这样一种精神？独立的精神品格，独立的思想评判，独立的生命体验。这个独立我理解的不是极度的个性体验，而是与众不同的生命感受和审美发现。

2006 年 4 月 23 日省文联

在全市"五个一工程"创作座谈会上的发言

　　九江这片灵秀的山水，为九江文学创作植入了丰厚的文化基因。一直以来，九江文学创作在全省占有重要地位。二十世纪八十年代，因为毕必成、王一民、胡春潮等一批剧作家，九江在全国享有"电影之乡"的美称。近几年，以丁伯刚、刘伟林、陈杰敏、杨帆、樊健军、陈玉龙为代表的九江小说创作，被省里誉为"九江的小说现象"。

　　与此同时，我们也切身感受，九江作家问鼎"五个一工程奖"、问鼎茅盾文学奖、鲁迅文学奖还有较大差距。仅从"五个一工程奖"的要求来看，我们创作的许多作品还缺乏宏大叙事，历史纵深感带入不够，切入时代主旋律和发展理念不够深刻。同时，在我们的许多作品里，九江地域文化个性没有得到完整的彰显，文化视野不够开阔，文化思想和穿透力也有待提升。

　　"五个一工程"，首要强调主旋律创作。所谓主旋律，就是坚持以人民为中心的创作导向。怎样才叫以人民为中心？我以为，在创作中，作家心里时刻装着人民，每一个故事，每一个情节，每一句台词，每一行文字，都真实表达着人民群众的心声和诉求。有句诗写得好：作为土地，是谁把我耕种？作为庄稼，我情愿被谁收割？万事万物都有规律，文艺工作莫不如此，作家只有将生活规律、艺术规律和市场规律很好地结合起来，才能准确地把握主旋律。人民始终是文学书写的主题，这一方向才不会偏离。

一部好的作品，与成功取材关系紧密。取材有两重维度：一是历史题材，二是时代题材。如何打捞历史的记忆，发掘时光沉淀而闪闪发光的珍珠？如何点击时代，把进步的人文思想与时代文明进行融合？每一位作家都应引以思考，成功创作和运作从精心遴选每一个选题开始。

围绕九江地理、历史、人文，以下五个系列可成为九江作家文学创作的重点选题，有些选题做出来了，不仅在九江，在全省、乃至全国，都会是一个创新和突破。

一是历史文化名人系列。与九江有渊源的文化名人太多，有一些已写成了剧本，搬上了荧屏，像白居易与《琵琶行》，一代名医董奉与杏林精神，岳飞与《满江红》，慧远和尚与净土宗很有创作的价值。近现代，著名书法家陶博吾、著名画家蔡若虹、国学大师陈寅恪、世界水稻之父——袁隆平等等，都可以做有价值的创作选题。

二是九江城市改革发展题材。农村改革、工业改革、户籍改革、教育卫生改革、文明新风创建、道德模范故事，都可以找到有闪光点的东西。

三是九江地标文化系列。圣山文化、圣水文化、田园文化、宗教文化、山背文化、青铜文化、珠贝文化、湖都文化、石刻文化、诗词文化、非遗文化等等，可以说每一个县区，都可以找到文化瑰宝。

四是重大历史和重大现实题材系列。就说当今，"九八抗洪"，九江走向八里湖时代，鄱阳湖生态经济区建设，九江"三城同创"，中国青年创业基地——共青，湖口金砂湾、银砂湾，彭泽帽子山核电工程，星子温泉等等，都有故事可写，都有价值可挖。

五是军事文化系列。如三国人物故事、水浒人物故事、朱陈大战、抗日题材、红色题材。前年，修水作家叶绍荣创作了《万家岭大捷》，还在进一步运作；最近，九江公安作家黄明军创作的《庐山保卫战》正在紧锣密鼓运作之中，可望近期开拍。

总之，说起九江的历史、人文、故事，话题太多，选题丰厚，开采不完，就看我们有没有决心去做，有没有能力去抓。能力主要考量我们作家，决心主要在于政府。

如何有效组织和引导九江创作，求得九江文学"五个一工程"获奖的突破呢？我以为，要做好五件事：

一、由九江市文联牵头，组织有关专家进行选题论证，每年确立十个文学选题，明确主创人员队伍，进行创作服务跟踪。

二、每部作品创作完成后，由协会向文联进行报告，由文联行文报告市委宣传部，由市委宣传部帮助落实作品出版经费，及时出版，抢抓时效性。

三、建立机制。每年，评选出2—3部重大选题文学作品，政府予以一定奖励，激发九江作家创作热情，有效引导九江文学创作方向。

四、市委宣传部牵头，做好每部作品在本市新闻媒体的宣传和推介；有关部门通过网络平台，进行宣传；文联、协会联合举办作品研讨会，扩大作家、作品影响。

五、市委宣传部"五个一工程"领导小组抓总，相关部门配合，做好立项申报及后续事宜。

2012年12月7日

在全市"浪井杯"大学生征文颁奖大会上的发言

全市"浪井杯"大学生征文活动结束了，我很荣幸能够担任这次活动的评委。就此机会，我想谈一点感受，几点建议，一份希望。

肯定之处：综观参评稿件，行文大体通顺流畅，能够朝着主题的方向前进；文本有纲目条理，能够遵循文体格式的基本思路；艺术想象还比较丰富，能够初步营造意境、渲染氛围。有些作品可以看出，作者的视野比较开阔，能够引经据典、洋洋洒洒，作者对文学的追求，对写作的热爱，对时代的关注，跳荡在一行行文字之间。特别值得一提的是有一位作者，写了一篇《失手打碎的城市》，令我印象较为深刻，文字感觉很好，有灵气，有活力，有思考，体现出一定的艺术审美个性特征，字里行间表现出一定的思想品质。

如果说不足，通读这些来稿，总的来说内容还略显平淡和浮浅，多半是写青春校园的生活和故事，或者是家乡的小河流水，在田间勤劳耕作的父亲，在灯光下熬红了眼睛的母亲，同质化明显，浮在表面的痕迹比较重，缺少纲举目张的奔腾勃发气势，表达不够厚重。初看文字华丽，却经不起推敲，读后不能留下太多的回味。散文作品流于形式，为作文而作文的斧痕太重；小说语言还可以，但是闪光的人物细节活动不多，心灵探索的空间不大；诗歌作品凝练不够，意境粗浅。这些都是同学们今后有待提升的地方。

开卷有益。关于阅读，我以为，一是要读中国的古典文学，比如说先秦诸子散文、唐诗宋词、明清小说等；二是要多读一些外国名著，努力吸收和借鉴西方文明进步和思想解放的著作，比如梭罗、卡夫卡、马尔克斯、米兰昆德拉、乔易斯等。学贵有恒，要成就一番文学事业，仅仅凭一时的才气是不够的，还得下一番笨功夫，大诗人李白还磨过一年的铁棒呢。

观察生活。人文科学和自然科学一样，都离不开现实生活这个熔炉。牛顿从苹果落地发现了万有引力，阿基米德洗澡时感受到了浮力。没有感悟就难免江郎才尽，生活第一现场是提炼文学作品所需的最好平台。从某种意义上说，文学创作就是才气加生活。没有丰厚的生活阅历，是不可能写出具有新鲜的生活气息和时代动感的好作品的。建议同学们在学习之余多接触一下社会各个层面，拓宽视野，增加生活体验。

交流提高。文学的提高除了自我的追求，还需要交流和碰撞，在他人的经历里找到生命的神奇。在别人的观点里提炼生活的认知，在朋友的批评中寻找自己的差距。

希望同学们：以文学为生活的镜子，追求真善美，远离假恶丑；以文学为人生坐标，树立远大的抱负理想；以文学为友谊的桥梁，陶冶高尚的品德情操；以文学为事业的风帆，珍惜美妙的青春时光。

千里之行，始于足下，兴趣是最好的老师，只要爱好，只要坚持，只要勤奋，只要向上，将来一定可以走进文学园地，采撷桃红柳绿的文学美锦。

最后，送一句话给同学们，也算是共勉：一个人的情怀有多么美丽，他的文学境界就有多么高远。

2005 年 11 月 9 日

在九江市三中第二十届谷雨诗会上的发言

谷雨诗会在九江三中的连续举办，体现了九江三中人文教育、精神树人、追求卓越的办学方向，体现了九江三中全体教职工"不断满足九江人民日益增长的美好教育需要"的思想共识，体现了三中莘莘学子崇真、尚善、求美、博爱的精神取向，为之鼓掌！

诗歌是生命的花朵，诗歌是思想的闪耀。一个民族，如果没有诗歌，如同一个女生缺少一面镜子。诗，是艺术的，更是精神的；艺术是诗的翅膀，精神是诗的血脉；诗，应该是精神和艺术的和谐统一；诗心，就是爱心，没有爱就没有诗。诗意就是爱意，诗意使人更可爱，使人更温暖。诗歌是滋润心灵的雨露，也是照亮旷野的灯火。

一首好的诗词作品，应该是文字的幽香，语言的秘密；是情感的花朵，思想的光辉；是智慧的闪电，灵魂的舞蹈。是真善美，直指人心而不矫情，温暖人心而不薄情，感染人心而有激情。诗歌是人与人之间的最短距离。

文学是青年的事业。王勃不到二十八岁就写出了《滕王阁序》，白居易十五岁就写出了"离离原上草，一岁一枯荣"的不朽诗篇……同学们，今天是花，明天是果；今天是明亮的溪水，明天是无垠的大海；今天是轻盈羽翅，明天是大气磅礴……

回望岁月，对青春写作寄予五点希望：

青春是春光明媚的，希望更多看到同学们美的表达、美的求证；

青春是激昂向上的，希望更多看到同学们的张力表达；

青春是富有创作的，希望更多秀出同学们的个性表达；

青春是无限可能的，希望更多延伸同学们的想象表达；

青春是探索未来的，希望更多写出同学们的辩证表达。

向所有的青年诗友问好！祝同学们种下文学的种子、实现心中梦想！

2019年4月21日

在首届庐山西海谷雨诗歌节上的发言

感谢诗歌，我们再次相逢！感谢本次活动的主办方给我们搭建这个平台，交流思想，分享文学，增进友谊！两天的沉浸式交流，大家留下了一个关于诗歌的故事，关于谷雨的记忆。

诗歌始终流淌在人类寻求自觉、不断上升、感知存在的意识里。诗歌是人类理想主义种子结出的鲜美果实。诗歌是抒情言志、表达思想，诗歌是人生经验与语言之间的彼此发现，彼此纠正，诗人是离神最近的孩子！

文学一直走在人类尝试创新创造的前头，引导人们向上。在精神、物质、情感三大空间，文学永远具有一种神秘的力量，具有一种磁场的记忆，具有永不枯竭的生长力。生活中不能没有诗，没有了诗的世界是残缺的世界，没有了诗的人生是荒芜的人生，没有了诗的存在是冰冷的存在。诗源自生活，高于生活，引导生活，给生活注入新的价值理念和审美标准，给生活带来色彩，带来光明，带来动力。诗歌真正走近了生活，生活也就真正地走进了诗歌。生活中，我们每一个人都可以是诗人，每一刻，我们都渴望着美，都发现着美，创造着美，与美同行！

甘甜的思想，往往蕴藏在痛苦的思索之中。诗歌写作，没有哲学的思维向度，是难以成就的，但是，诗歌语言过于艰涩、生僻、华丽，又失去了诗歌率性的本真。每个人的内心都有开悟的种子，诗人要做的事情，就是用简洁明了的语言，去展示存在于我们体内通向未来的道路、真理和光明。

青山绿水、鲜花次第盛开的武宁，处处流淌着绿色的诗意，处处散发着艺术的浪漫，幸福家园、生态文明、绿色经济给这块版图贴上了"中国最美小城"的文化标签。走进了庐山西海，就走进了人与自然的亲切对话之中。在庐山西海，一切向我们展开的美，都是自然的；一切让我们的心停驻下来的，也都是自然的。被世人誉为"中国最美湖光山色"的庐山西海有自然大美，有生命大爱，作为天堂的范本而在人间存在，她具备了诗意江南的一切品质。这是大自然对生命的厚爱，这是禅山圣水交相辉映的人间珍品。

庐山西海是原生态的，却不是封闭的；是现代的，却不是浮躁的。自然是人类一切行为的准则，是人类思想至高无上的哲学先导。庐山西海，它的美丽来自一串童年的记忆，来自一段家乡的民谣；它的魅力，在于它完美的原生态自然组合。她既是一幅现实版的水墨山水，又是一首绿色智慧的天然诗作！

文学永远是年轻的事业。文学人不能缺失时代，更不能缺席生活。文学只有永远与社会人生保持最近的距离，才能够真正在人类精神家园的终极构建中，薪火传承，继往开来，盛放不败！

当下，人类正处于一个无所不在的商业化、海量信息碎片化的时代，这似乎成了后工业时代一种不可逆转的生存状态，背叛、反抗、无奈、孤独、绝望、荒诞，一个作家、诗人，若没有足够的定力和观察力，恐怕难以真正揭开潜藏在一个个陌生面孔下伟岸或者猥琐的灵魂，感动或者麻木的状态。诗歌的理想主义气质，让诗歌的核心最终回归到"人"的生命自由和个性解放，回归到自然价值的寻找和放大，回归到主宰世界的内心强大和道德律从。

我相信并且祝愿，富有理想，富有激情的作家和诗人，秉承追求光明的信念和生命之真，用善性思考作阳光发言，与飞鸢赛跑，与日暮共进，创作出一篇篇气韵生动、审美感动的精美之作！用文学给人类提供更多的生命经验，给人类生活提供更好的逻辑思想，给我们每个人传递更多的审美感动！

2016年4月10日武宁

在陶渊明诞辰1640周年纪念大会上的发言

  陶渊明是田园诗的开山鼻祖，是可以比肩于屈原、李白、杜甫的中国古代集文学思想、生活艺术、生命创造之大成者，是对中国文化甚至世界文化都产生了一定影响的伟大诗人。陶渊明热爱生活，关注民生疾苦的诗人立场，归田之后坚决不肯做官，不同政治阴谋合作，诗酒自娱，任真自得，他的探求民生出路、构想理想社会的《桃花源记》奠定了他作为一位伟大人民诗人的崇高地位。他热爱生活，热爱劳动，热爱底层劳苦大众，毅然辞官归田，归去来兮之后与普通民众融为一体的极其独特的生命实践及其光彩夺目的田园诗、咏怀诗，充分证明了他是一位爱憎分明、有热血情怀的伟大诗人！

  他用一生的实际行动努力践行寒士的道德理想，他不论是当官，还是做民，甚至于乞讨，都始终坚持他的"不屈己，不干人"真性情的做人准则。他践行道德理想的方式有四个特点：一是积极的、认真的、努力的，他认为当官如果不能有所作为，上不能安邦定国，下不能安抚黎民，还不如不当的好。做民如果不做好自己分内的务工种田之事，就不是一个合格的民，在他的意识里，他把人格美的"真"和社会美的"淳"很好地进行了结合；二是从一而终的、执意守拙的态度，他认准的事情，满腔热情地投入，忠贞不渝，无怨无悔；三是平静的、平淡的、平和的心态。他当官的时候，并没有把为官看得高人一等，不过是一种谋生的手段而已，在归田劳作自食其力的日子，他并没有失落，他觉得自己是快乐的、安然的；四是真实的、真情的、真性的，这表现在对待好友周续之的事宋变节所不齿，对他尊敬的高僧慧远法师"外静内贵"所持疑，而对于前来喝酒的好友，他穿着单薄的衣服在雪地中静静等候，他的身上表现出浓厚的自然主义色彩。

陶渊明的一生，几仕几隐，当过小官，做过农民，还做过学堂的先生，写出了流传至今影响深远的不朽诗文。在中国古代的文人堆里，陶渊明比之于其他文人，他对道德理想执着的强烈、鲜明是前无古人、后无来者的。青壮年时期，他也有过积极入世，佐君立业、大济苍生之志，"少年壮且厉，抚剑独行游"；当他强烈地觉得自己在官场上无所作为、难以作为之时，他毅然辞官归田，半耕半读，自给自足，过着他自己愿意承担或者说是不得已而选择的一种生活。归田后，尽管不在其位，心里仍然没有忘却国家命运和黎民疾苦。他对于生命意义的界定，其实应该把他视为魏晋那个特别黑暗的历史时代一方水土孕育出来的一位难能可贵的具有健康思想与人格良知的优秀知识分子的代表人物。从特殊历史角度，对后世巨大影响的角度，我们甚至可以说他完美地实现了他独立人格的崇高追求，树立了中国文人远世称性的品格典范。

我们今天在这里举行纪念陶渊明诞辰1640周年的活动，我觉得作为当代的知识分子，特别是作为知识分子的文人作家，我们一定要学习陶渊明高尚的思想，始终把道德立场放在第一位，高雅脱俗，和而不同。离开了人格和道德的高尚，一个人的政治理想是无从谈起的。知识分子实现自己的政治理想选择当官，就一定要做一个有所作为的好官、清官、廉官，屈身辱志，宁可不为。其次，我们要把追求社会进步和人生和谐作为自己的终身使命和责任，政治理想可以破灭，个人命运可以遭受冷遇，但是，追求宁静、和谐的道德理想不能抛弃，学习陶渊明"先师有遗训，忧道不忧贫""朝与仁义生，夕死复何求""聊乘化以归尽，乐夫天命复奚疑"守拙求真的精神。第三，在我们的文学创作活动中，学习陶渊明为人民群众真情代言、为人类历史真实立言的精神，赋予文学作品真情实感，调整积极健康的心态，把人民群众的真切愿望写出来，把社会发展变迁的真实情况记录下来，用有血肉、有思想、有反思精神的作品，为社会民主化历史进程的推进、为实现和谐社会理想境界"桃花源"的构建而不遗余力！

2005年11月22日九江县陶渊明纪念馆

在文明九江报告座谈会上的发言

文明向来与经济社会发展相适应。在提倡以人为本、构建和谐社会的今天，我们举办此次报告活动，对干部群众是一次教育，对社会文明、和谐是一次推动，必将对九江提速发展提供强大的精神动力。

这次报告会比较成功，一是稿件组织的成功，作协接到市委宣传部下达的任务后，立即组织部分报告文学作家开会，写作任务落实到人头，然后分片区组织采访，与此同时，按照活动的四个主题内容撰写导语和串联词，在规定的时间内拿出了初稿；二是宣讲员的推荐选派和宣讲内容安排得成功，丁艺农持重严肃，"让孩子先走"从他厚实的胸膛发出来，给人以力量，给人以振奋；文琦用她那专业播音员的声音与听众之间建立了良好的沟通；姚杰的故事演讲语言轻重缓急、抑扬顿挫处理得当；电视台专业播音员胡新宇用情用意用心，给人一种清泉流水的美感，他们四个人的表现，像春夏秋冬的时令特色，令人回味；三是宣讲活动的成功，从试讲、预讲到正式宣讲以及巡回宣讲，每一次都有创新性的变化；四是活动组织氛围营造、新闻造势的成功；五是主持人的报告和宣讲员的报告有机结合，相得益彰，导语和先进事例点面结合，穿插有序，震撼人，感染人，启迪人；六是活动形式出新，当事人合理安排其上场，进行简要采访，这种互动效果给人更加真实的感受，效果好。当然，没有最好，只有更好，我想，四位宣讲员还可以从细微处琢磨，从要紧处着力，力求把人物内心表现得更加丰满，把环境气氛渲染得更加生动入微。

文明九江报告会在全市掀起了一股热潮。魅力九江就应当树立城市文明形象；人文九江就应当大力弘扬优雅、文明的市民素质；商贸九江就应当展示崭新、美丽的城市容颜。这个活动将是九江迎来新一轮发展机遇的总动员。

近日，全市上下正在有声有色地开展"彬彬有礼过马路"活动，很好呼应了文明九江报告活动。我以为，类似的活动还要在各个行业、各个领域、各个阶段去组织开展，比如说"热心服务树新风""勤劳肯干创财富""诚实守信树形象""尊老爱幼树美德""净化亮化美市容"等系列活动，我想，随着文明、和谐主题活动的不断深入，不断开展，市民素质的不断提高，一座充满生机活力、经济繁荣、社会和谐的现代化旅游港口城市——新九江将展现在世人的面前。

2006年4月9日

在浔阳区作家协会成立大会上的发言

因为对写作的热爱，我们有缘坐到一起。借此机会，我想就文学写作和艺术审美与朋友们进行分享。

——关于文学

文学不是真理，文学是永恒的探索与抵达。探索，朝内在发力，既是作家的精神品质追求，也是文学创作的动力之源。

在文化多元、价值多元的当下，如果说，文学还有意义，那就是文学建构的精神意义，在繁复纷乱中重建一个秩序。生命只是一串故事，文学就是要恢复和放大个体的意义，让每一个个体都发出声音，留下活着的痕迹。在人类精神普遍衰弱的当下，社会更加需要探究人的内心真实、尊重生命、修复人心的文学力量。

文学还有另外一面——非交流性，正因为文学有不可交流的封闭性的一面，文学才有秘密，写作令人着迷。孤独是一切伟大文艺作品的情感基调。从这个角度讲，一个作家过度与人交流并非好事，而是要有意关闭一些交流的通道，向内开发，向内挖掘，更多发现个体的诉求和存在，在作品中锻造出那个强大的、孤独的个我。

有写作的朋友把文学奉为宗教，其实，文学与宗教密切相关，甚至从思想追求、精神要义来说，二者有许多共同的取向性，所谓生命的终极关怀、精神悲悯。被社会誉为"人类灵魂工程师"的作家艺术家要在"三个加强"上下功夫，一是注入英雄主义情怀，增加作品精神的力量感；二是坚守诚实写作的理念，增加文学表达社会人心的使命感；三是用丰厚的学养和睿智的思考，增加作品文字艺术审美的逻辑感。

——关于写作

一个人，之所以热爱写作，是因为他想借助于写作表现出他在现实中无法言说的东西。

当下，文学创作的发展态势，从注重人物细节描写、日常生活描写到精神内在性探索。实现文学写作的内在性探索，语言依旧是一种力量展示的途径。我们经常讲语言张力，应该体现在对事物本质属性的认识和把握，体现在对生命痛感的真情表达、心灵纠结的智性处理，体现在抓住真正的矛盾和冲突，把人物内心挣扎与抵抗渲染出来、烘托出来。作家必须在开创自己的"语言银行"上下功夫，耕笔修炼，静思养神。欧阳修千锤百炼、流畅自然；苏轼行云流水，随物赋形；黄庭坚摒弃浮艳，清新拙朴。这些都是个性的语言风格。

内在性写作，还要求作家在精准表达的基础上，坚持一个文学美学原则，那就是隐忍。"精神"和"商业"并非二元对立状态，当下的写作必须要考虑到人类精神所表征出各种文化的后果，包括庞大的商业伦理和商业精神——不能一律采取对立的思想表达。生活是一个整体，内部叙事和外部叙事并不是对立关系。内和外、心和物，应是相辅相成的。

心态自由是写作最重要的条件。自由写作，才能更好实现对时空、对生命的超越，这是一个成熟作家必须经受的历练、抵达的境地。超越，需要源源不断的思想力来支撑，思想力之于一个作家，需要对人性、生命光明与阴暗的发掘，需要对个体生命价值实现的深刻感悟，需要对一切不确定性的清醒面对，作出判断并进行回答。

物满则溢，要节制去写，不要写得太满，太过于霸道，把笔下的人物呼来唤去。生活中的人，即使他是一个了不起的哲人圣贤，他也会有弱点，存在这样那样的不足，他也是肉体凡胎的人，血液里流淌着欲望，心里有着紧张、不满和躁动。对任何一件事情的判断，都要一分为二。故事、剧情的发展，人物命运的走向，不能只设置一个方向、只有一个结局。功和过，凡和圣，白与黑，正和反，都可以转化，作家的智慧在于思考怎么把它进行转化。时空之所以伟大，它能包容一切，即多样性共存、不确定性共生。这是对现实生活的深切观照、对生命存在的独特体悟，以及对精神世界的执着探索。身为作家，在写作中真正懂得尊重生命，给每个灵魂以安抚，给每个存在以理由。

——关于审美

诚然，文学和艺术并不完全等同于文化。文化是需求，而文学和艺术可能是小众的，她不能让大多数为之叫好、为之叫座。一件文学作品只娱乐了大众的身心，它的生命力一定很短。文化心理与精神崇拜一脉相承，文学写作中，文化隐喻需要运用好。有什么样的物质形态，就有什么样的象征意义。一种隐喻，蕴含着时代可能出现的问题，从而体现出作家想要表达的精神指向，成功地让他笔下的人物成为一个时代的镜像。

时间的流逝并非过去，而是生命提升、转型的步伐。在变化不止的人生与世界中，探求并创造永不褪色的不灭价值，那正是人的文化自觉，是文学正道。

祝在座的朋友写出更加让人激动、令人激赏的作品！

2016年3月5日浔阳区文联

在"浔阳文化论坛"座谈会上的发言

我注意到，浔阳匹最近总提到"首善区"，"首善区"即最好的地方，无可媲美。按照我的理解，我们九江"首善"即是百姓安居乐业、社会文明和谐、环境风光优美、景象万千繁华。

在一座历史人文积淀深厚的城市，文化理应成为九江经济社会全面发展、走出中国、走向世界的首要之举，风物宜人、古韵新声的浔阳区要打造成为九江的"首善区"，更应当有高度的文化自觉，担此重任，绘就一幅具有引领示范的文化地图。

文化是形象力，文化是影响力，文化是注意力，文化更是软实力。文化有各种各样的解读，终极的定义还应该是一种价值观。浔阳文化资源丰厚，倾力实施和打造文化工程，文化立区、文化兴区，我以为，无论是类似今天这个论坛式的、开放式的、务虚的文艺问计座谈会，还是我们现在正在做或者即将要做的文化工程、文化产业、文化项目等文化务实活动，都应当集中体现文以启智、文化示范、文化引领这几重使命。在文化活动的传承中激发九江人民的创造精神和文化自觉，在文明创建中让九江人民真正感受文化引发、引爆的力量，感受文化带来的自豪感和幸福感。

刚才听了李露萍部长的介绍，很振奋。浔阳区倾力打造浔阳文化，树立全区人民的文化自信心，我想，浔阳文化应该包含开放包容文化、明理守信文化、创业创新文化、宜居宜业文化、浪漫风情文化这五大核心文化。我认为，一台有浔阳地域文化风情的大型剧目演出，应当成为浔阳区致力打造的一张文化名片，一部纪实的展示浔阳文化、历史的文学丛书，应当成为浔阳区体面的文化礼品，一座具有浓郁地方文化风情的展示馆、会客厅，应当成为世人了解浔阳文化的窗口，一条集诗词、书画、民俗的文化艺术长廊，应当成为天下人走进浔阳、驻足浔阳的文化驿站，彰显"文脉绵延、浔阳余韵"的浔阳讲坛，应当是一座干部群众受教育、获得精神动力的文化大课堂，诸如"俄国面包坊""天宝银楼""茶市米市"这些古建筑的修复工程，应当成为九江当前最美的文化风景，而一首具有鲜明文化和生活特色的区歌，更应当成为浔阳受到天下关注的不可或缺的文化礼仪的桥梁……

今天，市作家协会一行受到浔阳区委区政府的热忱邀请参加浔阳文化论坛，我代表九江作家表示感谢。我想，在打造文化浔阳的系列活动中，我们作家协会理当自觉担纲，贡献才智。我想，有这么几件事情我们可以参与：一是组织九江作家精心创作一批浔阳美文，二是参与策划浔阳论坛、浔阳讲坛文化活动，三是参与浔阳文化艺术长廊文学版块的策划，四是针对一台大型剧目组织有关编剧、创作，五是为浔阳区创作一些好歌。

最后，我想说的是，有市委宣传部的关怀，有浔阳区委区政府坚定有力的举措，有市文联、市文化局、市广电局等方方面面的支持，有出席在座的王一民、吴清汀、崔廷瑶、徐东林等前辈指点，有我们大家的共同努力，浔阳区委区政府一定能够做出一道激励今人、引领发展的文化盛宴，古老的浔阳风必将使得浔阳大地风生水起，传承的、发展的、进步的浔阳文化必将有力助推九江经济社会的全面发展和提速。

2011 年 10 月 18 日

参加中国作协文艺工作座谈会
重要讲话培训班研讨发言

习近平总书记关于文艺工作系列重要讲话发表后，在中国文艺界引发了一场"高原""高峰"的文艺思想大讨论。这次，有幸参加"中作协会员学习贯彻习近平总书记文艺工作座谈会重要讲话培训研讨班"的学习，三天的集中学习，紧张忙碌而又充实舒放。听了几场精彩的学术讲座和文学报告，还有幸结识了一批文朋诗友，交流探讨之间，收获良多！

在小组座谈中，各位作家围绕文艺价值观、文艺创作观、文艺审美观进行畅谈，对当下文学生态环境的净化建言，对文学发展的态势和文学使命担当进行探讨。听到各位作家的文学成果和创作规划，很受鼓舞和鞭策，我将以此次学习为动力，力争用厚实之作，文艺之功，向中国作协递交一份合格的答卷！

叶青主席的报告，学养且深，站位且高，旁征博引，听了他的报告，进一步加深了对习近平总书记文艺工作座谈会讲话精神的理解和领悟。叶主席通过几则案例鲜明指出，当前，中国文艺界还普遍存在"三俗之风"的不良传播和混淆视听，于我感同身受！我不由想起，伴随我少年成长的"经典文艺"，那些电影、小说、歌曲，想起那些震撼我们心灵、激荡我们豪情的岁月痕迹和历史回声。经典永远是活着的精神，永远是人类追求理想、获得能动的良师益友，给我们以温暖，给我们以方向，给我们以力量。

朱向前副院长以生动的故事分享，给我们带来一段"发现、培养和爱护青年文艺人才"的文坛佳话，让我们真切感受艺术人生的美好，感受传统文化的春天正在向我们欢笑走来，感怀国学思想穿越千年时空的光芒。我想，所谓作家，应该是富有思想品质和审美情怀的人，不居功，不炫耀，既不持"历史虚无主义"的创作观，随心所欲，颠覆传统，消解崇高，又不缺席生活现场，决不丧失对现实社会的理性认识和清醒判断。

白庚胜书记思想理论体系丰富，紧密围绕"中国特色的文化自信"这个课题，由现实案例、生动故事串联的讲座，既是一次正本清源的学习辅导，亦不失为一场精准表达的学术报告。白书记的讲话启发我们，华夏文明如同江河万古、青山不老，"人类灵魂工程师"当以文化自信，写好中国故事，用中国文化的审美心理讲好中国故事，用如椽大笔书写时代，解码历史，告诉人们那些在历史中最有价值的东西。

江西是文学富矿之地，近年来，江西省文联相继启动一项项文艺繁荣工程，扶持作家深入生活，催生涌现了一大批文艺精品力作，然，放眼全国，具有全国影响的扛鼎之作、开山之作、代表之作还不是太多。莫言尽管获了诺奖，也不足以说明中国文学代表世界文学的最高水准。参加这次学习培训，我倍受鞭策和鼓舞，将自觉禀赋"爱国、为民、崇德、尚艺"的文艺核心价值观，自觉、努力提升文艺创作的文化内涵和精神养分，提升健康独立的审美心理，用审美思维取代商业利润思维，自觉抵制"文艺三俗"，防止文艺"娱乐化"单极消费的泛滥，用健康文艺回报社会，回报脚下的这片土地。

伟大的灵魂产生伟大的作品，伟大的作品孕育伟大的灵魂，中国精神就是社会主义文艺的精髓体现和灵魂观照。通过这次学习，我将不忘初心，努力修为，以先进文化的传播者、精神家园的守望者、社会秩序的建构者、价值思想的校正者、诚实守信的践行者、世道人心的修复者、生态文明的推进者、清风明月的歌唱者作为自己的思想指南和行为参照，自觉担负起文艺为了人民、文艺来自人民、文艺服务人民的使命。

诚然，弘扬传统文化，弘扬国学思想，我们作家，一定要有一份清醒，一份自觉，决不能假"传统文化"和"国学"之名，走思想保守、行为偏执、观念落后的复古老路。惟其如此，文学创作之路，就不会迷失方向。

当下社会，中西文化思潮激荡，各种社会矛盾交织，"诚信危机"成为全球的公敌。身为"铁肩担道义，妙手著文章"的作家，当禀赋"为天地立心，为生民请命"的光荣使命，努力做到：

——坚持"精神自觉"的写作。诚如省作协刘华主席所勉言，不以一己之悲欢而写作，而应追求"史诗般"的宏伟创作；远离功利诱惑，自觉抵制"三俗"的侵袭和困扰；坚持批评与建构并存，在诚实的写作中与读者共同成长、共同进步。

——坚持"文以载道"的写作。与时代同行，而又努力超越时代，用创新的思想领跑写作，关爱生命冷暖，关切百姓福祉，书写社会的改革和转型，书写民生的愿景和诉求，书写千姿百态的时代生活，书写跌宕起伏的时代风云。

——坚持"深度思考"的写作。客观公正，尊重包容，善性思考，阳光发言。辩证看待发展与矛盾，进步与阻碍，力于破解社会难题，用"润物无声"的文字化解人世风雨、冰霜和冷漠，给社会民众一把钥匙，升起人类信仰的旗帜。

——坚持"向善向上"的写作。禀赋"文以化人，艺以启智"，稳住心神，克服浮躁，拒绝以所谓"噱头""重口味"为吸引人的写作，以文学之父——托尔斯泰慈父般的情怀，以路遥"像牛一样劳动"的勤奋，带着关怀、关爱的力量写作。

不忘初心，方得始终。初心是不变的生命之爱，初心是无悔的青春之歌，初心是不老的精神殿堂。

2017 年 3 月 14 日江西宾馆

在纪录片《义门陈》创作座谈会上的发言

所谓推"陈"出新，拍摄文献纪录片《江州义门陈》，以姓氏文化承载中华传统文化，进一步培植国民的"家国情怀"，发掘赣鄱大地上的"活态文化""红色基因"，为和谐社会的建构，其有历史回望和现实观照的双重意义。

要着力把"义门"的故事讲述好，演绎好，拍摄制作好。"义"乃家国之大义，行动上有自觉性、思想情感上富有责任和理性，有别于一般的江湖之义气，江湖之"义"，感性色彩浓郁，且有任意性的一面。

"义门"文化的宣传和弘扬，要着力于"文化楷模"和"精神标高"两个层面。文化楷模指向家风文化、书院文化、孝亲文化、乡愁文化；精神标高指向为忠于高堂之高，仁义天下之众，秉公无私、奉公守法，与习总书记"国家好、大家好、你我好"的思想一致。

总之，处理好历史与现实的逻辑思想；历史是现实的镜子，现实是历史的窗口；历史是现实的背影，现实是历史的表情。

故事选取，主要围绕"团结互助"这个主题，演绎好义门陈上阵（保家卫国）、上书（天下民生）、上工（共筑家园）等精彩故事。

2019年8月9日德安义门村

第四辑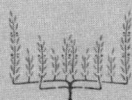

尚艺

师承自然

  余工，这个名字再也朴实不过，没有一丁点让人产生联想、焕发激情的气息。然而，这个朴实名字的画外音，却是飞云流岚，却是林海松涛。早些年，上庐山，坐在台下听过余工的一场演讲，见他平静时，淡如溪水路边的一抹草色；听他激情处，妙语连珠，豪情奔放，赢得满堂喝彩。若你细心，在中国许多城市的大街上，料想你能看到"余工装饰""480家连锁企业"等大字赫然惹目，此余工即彼余工，身为建筑学博士的余静赣先生乃家装企业的创始人。从侧面和背后，多次获听余工卓尔不群、执艺修为，决非简单之人！在他生活处世简洁、简约、简朴的背后，厚藏着一串串不为俗世所解、不为时尚所睐的故事。

  上周，应庐山艺术学会之邀，我随作协吴清汀主席一行驱车跋涉，来到地处武宁县横路乡被青山绿水环抱的丰良国际艺术学院。走进丰良，彩旗招展，绿草欢歌，整个特训营地就是一座青春殿堂，一句句一条条字幅，让人目不暇接。"要想不平凡，就要跟不平凡的人在一起""懒惰等于慢性活埋""小赢凭智，大赢凭德""不要小看自己，人有无限可能""为别人鼓掌的人也是在给自己的生命加油"……让人热血煮酒，激情满怀！

  在充满激情的演说中，我等寻声来到一间钢架结构的千人大课堂。身着红色、白色、黑色、黄色、蓝色的莘莘学子一排排、一片片分区而座，如彩虹朵朵袭人眼球，桌上的电脑一溜排开，五色的画笔如蜻蜓飞扬。著名手绘大师沙沛先生（据讲他是亚洲排名第三的手绘巨匠）正在给学生们讲学《教授手绘巧技和心智模式》。我不懂设计之妙，无从领略欣赏旁逸斜出的粗细线条和忽明忽淡的片片色块合成的艺术雅类。只看到，莘莘学子或端坐，或凝思，或举笔，或勾勒，难以掩抑的兴奋写在一双双明净透亮的眼睛中，创作的快乐跟着画笔漫游奔放。置身这样一个未曾料及的场景，面对这样一个从未亲历的宏大学堂，我被深深吸引了，也被深深感染了！来自全国500所艺术学校2800名天之骄子展现青春亮丽，同堂聆听、领会艺术大师的思想、智慧，何其宏盛，何其壮丽！

课间，乐声袅袅，笑声阵阵。徜徉在这片青春的世界，我们好不容易找到了密密匝匝人群中创办这所学校的总督学余工。他还是两年前的老样子，一双黑而亮、明而深的小眼睛，山羊胡子浓厚而旺盛，不同的是，脸面比先前黑了些，藏在黑发间的花白更多了些。寒暄后，余工开始介绍，这是丰良艺术学院开办的第九期特训营，开课50天。今天是开营日，各地艺术学子们将和明师大家共同度过、共同分享一段激情而又幸福的时光！

酷暑炎炎，我们坐在农家门口，享受着山里来风，听一个开杂货店的农妇说着余工办学的前后。在她明快的叙述中，时间的一分一秒都流淌着回味的意义。正听到动情有味处，有人喊了一声：余工在等我们！大家立马起身，赶到接待室（也可以称画室）和余工见面。不苟言笑的余工，在我们期盼的眼神中，打开了话匣。

余工说，建筑作为一门艺术，应该上升为空间美学的高度。现实中，许多人对建筑造型的审美仅仅停留在大众的、表面的美感之上，把时间和空间分离，单相地看待建筑。其实，较之于文学艺术，空间美学与哲学更近一些。美的三重境界，其一是现实规则，其二为哲学思想，其三为自然状态，这是一个递进。达到自然状态，也就凌空，无以超越。余工期望学子们更上一层境界，崇尚自然，师承自然，得自然之造化，享天地之灵光！

有人说，中国人缺少合作精神，一个人是一条龙，三个人是一条虫，最主要的原因是没有开明的广场文化，缺失空间美学，孤立地、静止地生活在小"我"之中。我们的身边，太欠缺尊崇人性化设计理念、重团队合作、极其富有责任精神的建筑设计大师，用艺术思想和人文理念引领和构筑我们的精神家园。现在的学子，身上不缺才情，而缺社会责任心，以及为人类理想甘愿奉献的卫道精神。一个有能力有实力而没有责任心的人，是一个"病人"，很难想象对社会有所奉献，无从说起责任感。由此，我想，余工创办丰良艺术学院可能归为三个层面的思考：一是时代引领意义，二是社会责任意义，三是生命创造意义。

余工告诉我们，50天的庐山艺术特训营，将是一次磨砺学子意志的文化艺术苦旅。首先，生活上苦，学校每个星期只安排一顿肉食，其余尽是蔬菜淡食。每天早、中两餐皆是馒头稀饭，到晚上才能吃上大米，这对诸多学子来讲是首要克服的，如这番苦都吃不了，学校将劝其退课。其次，特训期间，至少要安排三次以上徒步远足活动，到大自然中，采集本色。就在昨天，余工还亲自和2000多名青年学子翻南高山，远足87余里，清晨三点出发直到下午四点返校，一路上，每人只分得三片面包和一瓶水，渴了只许掬饮山泉。天气之炎热，行程之艰苦，令人生畏。令他欣慰的是，只有百余人没有坚持下来而被校车接回，他自己也晕倒两次，脚板上都起了泡。再就是学习安排上十分紧张，除了中午两小时校区内的自由活动，其余时间基本是授课和训练。每天晚上都要到两点左右，学子们才能完成老师布置的作业，一倒下就呼呼大睡；清晨六点，甜蜜梦乡中的学子被急遽的起床号叫醒，开始新一天的特训。除教工教官单门独院，特训的学生分男女两营同吃同住，这种大集体的通铺生活也许只有亲身经历，才能真切体验个中滋味。特训是苦的，却不乏青春乐趣，我在参观时看到课表安排，每天下午都有一节游泳课，每周都有两部大片观看。我想，经历了一天的勤学苦练，到黄昏之际，扑腾着碧波荡漾的清凉湖水，投身到大自然的柔情怀抱，游上一个小时，该是多么幸福、美好的体验。余工说，号称"魔鬼训练"的特训生活，将是对学生们一次巨大的身体考验和心灵洗礼，这种大集体的团队生活，这种军事化的严格要求，能够有效培育学子们的"关爱之心，关切之情"，对于漫漫人生征程展开在即的孩子们来讲，是一个行之有效的激励和磨砺！尽管特训的生活异常紧张、艰苦，但绝大多数孩子都不想走，因为在这里，能够真正学到东西，受高人指点，开悟思想！一个温婉秀丽的长沙女生告诉我，一看到馒头就犯愁，一咬馒头就想吐，可是她坚定自己的选择，因为，收获知识的甜蜜远远大于这份艰苦。余工说，为了做大做强丰良艺术培训，学校聘请了一大批文学界、美术界颇负盛名的明师（他特别强调明师而不是名师）来这儿讲学授业，极大开阔和丰富了学子们的眼界和心灵。我想大概这就是丰良的"特有魅力"吧。

回想办学之初，余工感受良深。为了给千千万万的艺术学子提供一个继续教育的环境，搭建从学校走向社会的实践平台，余工斥巨资创办丰良艺术学院，第一期开班，前来受训的学生无须缴纳任何费用，反而能够得到丰良提供的每天十二元的学习补助，此举有效激励和调动了各地艺术学子的游学热情。余工崇学尚艺的追求和精神，一下把"丰良"的牌子高高竖起。此后，一期比一期人多，每年以5%的速度递增生源。为了满足教学和特训，到今年，丰良共招聘了三百名教职人员，许多有志于艺术教育事业的能人自发前来，加盟丰良。在这里受过训的学生一般都能顺利考研，足见学有所成所获。余工告诉我们，第九期特训营生源达到3500人，约有300学生是第二次来丰良，还有上百名青年美术教师慕名来到丰良，接受明师的教导，提升心智。我想，一个人的胸怀有多广博，他所能做的事业就有多大。

为什么有这样的人生抉择？众人都怀有好奇的探究，余工淡然一笑，平静地说，历经千辛，走到今天，实属不易。谈不上自己怎样富有社会责任，说自己思想境界多么深，也不准确，自己也从未这样去想，更没有如是宣传；创办丰良，纯属个人某一瞬间涌现的一个想法。他引用弘一大师的高足、著名漫画家丰子恺先生的一个形象描述：有一幢三层楼的房子，挤住在底层的乃是终日为衣食饱暖四处奔碌的芸芸众生，闲适居住在第二层的乃是衣食无愁、饱暖无忧的达官贵人，终不得闲云野鹤般的自由逍遥之乐，只有心空世事、鼎礼自然的人士才有心性选择第三层楼生活，远离热闹，全身心享受平实、平和、平静而又平淡的生活。"咸有咸的味道、淡有淡的好处"，我想，余工引用这个故事，许是他内心最好的观照，是他生命最真的本色。人生的价值在于体验活着的快乐，快乐来自于心灵的放任，旷达自如，感念自然，冷暖自知，也许，这几句话能粗浅诠解余工不遗余力的追求，孜孜无悔的选择。我又想起一句话，一个怀有初恋般真诚和宗教般热爱的人，必得其事业之天，必得其心智之田。

余工说，大自然的力量是受用无穷的。一个人，事业、家业发不发达并无要紧，重要的是心无旁骛，命有福报；有福报的人，就是最快乐的；大自然育化的人所能获得的福报，一是来自于亲生父母，二是来自于物化无穷、德化无穷的自然。有鉴于此，他选择了这片青山绿水之地作为丰良的营地。信步营房，一阵清风过来，水面兴起涟漪。在艺术办学中，在教育训练中，他极尽宽厚之心、宽容之情，尊重每一个学生去留，呵护每一个学生心志，感化每一个学生的心灵。余工告诉我们，一看到外面的学生发来进步的信息，他就开心；一看到自己的学生克服生活困难，高高兴兴地坐在教室里上课他就开心；一接到家长的理解电话，他就开心。从这一番话里，我体悟到，人生的最大要义是社会需要你；生命有限，创造无穷，一个人要把精力有效用在事业追求上，天道酬勤，大浪淘沙，最终是要靠实力创造，靠实力成就美好人生。而实力的积蓄，除了个人自觉的努力，更需来自于大自然恩赐给你的灵感，所谓"人法地，地法天，天法道，道法自然。"

余工说，丰良艺术学院的至高追求是，做强中国设计，创建东西方文化交融的空间美学，实现艺术强园之梦！他寄希望于青年学子，弘扬国粹，传播中国的书画、设计美学，在全球的每一个角落，都有中国文化因子的发酵，都有东方文化的折射。他说，好风须借力，要学会利用世界能量即太阳能，成就一流设计，把人才输送到每一个需要的地方。为此，他要竭尽全力地办好他的良丰艺术学院，在未来的三到五年内，打造三千到五千家农村建筑企业，把田园生态的美和文化时尚的美结合，创出一条城乡结合的艺术贸易新路。去年，汶川地震，余工迅即从自己的公司调集二百多人的设计大军，奔赴灾区各地，义务为灾后重建尽心尽力。自丰良学校创办以来，每年，余工都要选送一批潜质好的艺术学子到美国、法国、俄罗斯、日本等国家进行深造，由他个人承担全部费用。往后，一是要继续选送艺术学子到各个国家进修学习，把西方空间美学引到中国来。二是要创建更高平台，把部分国家总统首脑请到丰良来给学子们授课。只要是明人，就是丰良座上宾。只要能请到，花再大的价钱也值得。站立时代潮头，丰良人以"艺术强国"为梦想，什么苦都能吃，什么梦都想做，只要尝试，就有奇迹出现！

余工说，要做一番事业，首要做好系统。系统是软实力，更是生命力。如同山上的毛竹，根系发达，很快就能漫山遍野。系统做好了，才有发展的空间。丰良艺术教学的系统是什么，是别具一格的艺术素质教学？是人才广泛吸纳为我所用？是企业和办学完美结合相得益彰？作为社会资源、人人共享的互联网，一旦启用，其覆盖面之广，传播力之大，意义之深远，可想而知。

"工欲善其事，必先利其器"，锋利的斧头足以砍断每一根粗壮的木头，而余工崇尚的"师承自然"，其精神要义则是至真至顺，无欲则刚，从这个意义上理解，宽厚即是刚利，诠释了"上善若水"的思想菁华。

余工，这个平淡名字的背后，原来有着如此的不平凡。他把身子放得这样低，却把艺术的旗帜举得这样高；他把脚步迈得这样轻，却把精神背得这样重。放弃奢华，无意达贵，师承自然，把生命还给艺术，把精神化作能量，在大自然中，寻求美的定义，沥炼生命的真金，开拓艺术化人生境界，享受生命福报，享受平宁世界的清凉。

夜空遥远，月明星灿。置身于一片静美的时空，回味余工的言谈，激动、兴奋、景仰、快乐、敬畏，感思交加、心潮难抑、欣怀命笔，揣以记之。

2009年7月18日

诗意人生的珍藏

抛开了杂念，由此进入了一个相对自由的写作空间，悲欣人世，流水无语。在这片闲云飞渡、车马无喧的幽微天地，我尽可把自己放轻，把触角深入更着边际的实处。此时，内心世界完全被一种想象占驻，行吟发问，赠作酬唱，咏物叙事，无一不是借助文字真切地与外界发生必然的联系。诗歌成了生命情感的贯联、容纳、寄寓，成为我与生命进行静美交流的时空一隅。承载着我一切的心灵活动，肯定或者否定，迎接或者抵制，快乐抑或忧怀。文字是思想情感的载体，在阳光里吹出泡泡，在寒风中透散情致。

一位诗友说过一句让我今天想来都痛彻心扉的话：我是用诗歌表达生命的最真，我努力地写，用诗歌记录生命一点一滴的消亡。每每回味这刻骨铭心的话语，不禁又想起诗人顾城在激流岛用锋利的斧头砍杀他的爱子和爱妻最后杀死自己那惊天动地的一幕，一位友人在祭文里这样结尾：愿生生，不为写诗之人；愿代代，不为写诗之后。读到这样的句子，我已是满心泪花，无语情仇了。诚然，在诗人的眼里，诗歌是他面对繁华若锦的当下世界最让他开心动颜无与伦比的，是令他夺目销魂、朝圣礼拜的；在他的心里，诗歌饱含着他向往光明、追求至真至美的情怀。我和他是同龄人，更是相知相惜的朋友。所不同处他为人师，礼仪规范，行止有方，生活宁静而又庄重。我在文艺界工作，足以享受阳光下一丝一缕的时光开花。作为一个烂漫和钟情的写诗之人，我的情绪如山如水，如风如歌；我的追求是执着的，我的用心是柔和的。我以为，所谓"诗言志"，每一首诗须有某个具象的表达，内容可以是一种情绪的体验，可以是一种热烈的追求，可以是一种事理物象的解析，也可以是人类心灵的观照和影像扫描。文学是用情感代言的，而哲学是用思想发轫的；诗歌往往用灵动的发现去叙述某种相对的静止，而哲学则是用冷峻去揭示物质运动的本质特征。基于此，我对一首好诗的具体理解是：意象结合天然，语言清丽简约，修辞具有开创的艺术空间，节奏旋律上具有音乐的流动。主观上形式结构的求新求异并不能拯救诗歌失血的垂危，"诗人绝不是只会敲键盘将文字分行的人"。

没有诗歌的民族是悲哀的，没有诗意的生活，是空洞苍白的。人之于诗，花之为媒。一代诗祖陶渊明以其"不屈已、不干人"直面生命的情笃，为这片土地留下了光辉灿烂的精神典范。诗人的一生是爱恨交加的一生，是审视叩寻的一生，是平仄成韵的一生。因为爱，世界的一切都富有生机和意义；因为爱，诗歌自觉脱离了世俗的逢迎妩媚，而以一股春风涤荡的清流去怀念大地，以一支劲箭的飞力穿越重重叠嶂。至今我更加深切地体会，只有能够保留下来的东西，能够与时空进行抗拒的东西，能够使人怀着感恩心态生出敬畏的东西，才是最真实美好的东西，才是最经久而不息的存在。

2012年春天就这样摇摇闪闪地来了，它在我心中的文字还没有变成诗歌的叶子之前就来了，让我的期待成了奢华的沉浸。必然的到来就是必然地离去，如同必然的升起就是必然的回落、想想过去，不再迷失；想想岁月，成因自我；想想未来，变数无定。可以极度体验，不可极度表达。只想让生活中更多几分诗意的瞭望，诗意的流澜。用带着速度的文字，用带着体温的感觉，带着诗神的旨意，审思自我和周遭变与不变的人事物态。从不拒绝真诚，从不忽视崇高。我只有用心用力，努力沉下去，再举力浮上来，从平淡和卑微中，从烦冗和琐碎中，力所能及写出质朴而真切的文字，敲出几朵带着舞姿的火花，以诗歌的名义，向世界说：我还活着并努力着，永远不会等死。

友情与爱使我快慰地活着。行走在静宁的时光倒影中，如果没有尽情地表现和体验，简单的生命，因为麻木而无奈，因为疲惫而凋谢，窗前长满枯黄的草，人生只是一地凌乱，我还有什么资格说：诗意，你是我生命中的最好！

2012 年 11 月 16 日

谦学笃行，艺华品高

在我的心目中，宋跃林先生才情丰美、才思丰沛。他籍贯湖南，然在我看来，他身上全无湖南人那种狂放气质。他的眼神是那样深邃而明净，他的行止总是那样大方而得体。在九江文艺界，宋跃林先生以其水彩水粉和书法水墨的卓然成就而令人瞩目，更以其谦学笃行、艺华品高的风范而受人尊重。

作为全国美术、书法的"双料会员"，宋跃林的艺术成就和诸多荣誉令人钦羡：他的水彩画作品《老井·女人》曾获得由中国美术家协会主办的第四届全国水彩粉画展银奖，他的陶瓷艺术作品《匡庐春秋》获复兴之路·中国梦·首届陶瓷"百花奖"金奖；在江西省历届展览赛事活动中，他的水彩作品《西瓜红透时》获江西省水彩画展金奖，水彩画《运动着，快乐着》获江西省体育美展金奖，水彩画《日移华影》获建党90周年江西省美术作品展金奖。2012年，他被江西省美协授予水彩画创作突出贡献奖，被市委宣传部评为首届"德艺双馨"文艺工作者；2013年，他作为九江文艺界唯一的人选被推荐为全市第六批专业技术拔尖人才并最终获批。

有道是：成功的花，人们只惊慕她现时的明艳。宋跃林先生能取得今天的成就，源于他对艺术的情有独钟。2007至2008这两年里，他背上画夹，只身走进庐山，租了一间画室，开始他"匡庐清音"的美好构思。两年时间里，他踏遍了庐山的沟沟坎坎，最热的天是在庐山度过的，最冷的天则是用一只画笔、一堆水彩的意韵给自己取暖。庐山大雪纷飞，水管子结冻不出水，可就在这样艰难的生活环境里，他执着不悔，夜以继日，最终完成了百余幅《匡庐清音》水彩的创作。

身为九江市美术家协会主席和正高职称的一级美术师，为了填补九江美术在艺术瓷画上的空白，引领九江画家在创作上寻求突破，把文艺创作力转化为文艺生产力，2011年底，宋跃林选择了世界瓷都景德镇，选择了从未尝试的艺术瓷画。初到景德镇，人生地不熟，面临的生活困难不少。更主要的是初次接触瓷画，如何调色上色、如何配料用料成为棘手的难题。几个月下来，画了不少，成果却寥寥无几。在这样的情境中，他没有打退堂鼓，没有给自己可以失败的理由，他一方面请教高人指点，一方面摸索领悟，将买来的颜色编上号码，在上色的瓷器上做下记号，待产品出炉，将烧烤前后的颜色进行反复而认真的比对，终有所悟，也终有所获。2013年，他的陶瓷艺术作品《匡庐春秋》获复兴之路·中国梦·首届陶瓷"百花奖"金奖，据说这是九江市获得陶瓷美术的最高荣誉。九江市前任美术家协会主席、著名油画家徐东林对此评价说："瓷的都市是开放的，包容的，它热忱地接纳了来自东南西北的形形色色的来瓷都寻梦的艺术家。这些半道杀出的艺术家以他们的热情及创新理念，以他们更为开放的视野、更为前卫的审美，给瓷画艺术带来了不小的震动，给瓷画艺术增添了活力及希望，宋跃林即是其中突出的一员，我们能从他的作品中清晰地体会到一种新鲜萌动的活力，这种活力即是景德镇瓷画中最为缺乏的而作为艺术创作又最为必需的。"

被誉作"火中之凤凰"的陶瓷，具有极强的自愈能力，在千年窑火中，不断寻找再度重生的动力，在九死一生的历练中重现艺术的灿烂和精神的光芒。谦学笃行的宋跃林，勇于创新，力于担当，砥砺前行，实现了他在又一座艺术山峰进行攀登的人生追求。

在创作好绘画艺术的同时，宋跃林还坚持不懈地进行书法艺术创作。自1994年至2012年，他有多幅书法作品入选由中国书协主办的《中国书坛新人作品展》《第四届全国中青年书展》《第二届全国正书展》《全国第七届书法作品展》《全国第二届行草书作品展》等高端展览赛事。观其书法，气势透迤，注重韵律节奏而追求风格变化，唐诗宋词、名言名句每每入诗，体现了他的学养厚实，也体现了他对传统文化的研习践行。

受传统文化熏染、汉语言文学专业毕业的宋跃林，秉承文化自信和艺术自觉，自担任九江市美术家协会主席以来，十分珍惜这一崇高的荣誉，模范践行"爱国、为民、崇德、尚艺"的文艺界核心价值观，忠于职守，勤奋敬业，真诚谦逊，踏实工作，从不计较个人得失，甘愿为九江美术事业付出全部的心血。他在协会工作活动中，十分注重发现和培养艺术新人，成为社会各界人士的良师益友。经过他的指导，九江文化宫的美术爱好者张耀东激发了创作热情，在美术创作的道路上阔步向前，2013年成功举办了个人画展。九江学院艺术学院副院长、青年画家虞斌先生深有感触地说："不管跃林大哥他是多么的繁忙，在他心里永远有亲人和朋友的角落。他从来不曾用言语告诉我应该干什么、不应该干什么。他给我的，更多的是发自内心的关心、关怀和关爱。他的人品、他的态度、他的敬业精神、他的长者风度，让我不由自主地敬仰，让我不由自主地追寻，让我不由自主地效仿。"

作为文字工作者，我无能为宋跃林先生的美术作品做出专业的、有见地的评价。作为他的一个朋友，只能真实感受他美雅的人品和不断升华的境界。我知道他是一个很有计划的人，年初有计划，月头有计划，一切按照计划行事，以保持自己认准的一个方向。我还知道，他完成每一幅作品后，都要留下一段精美文字，或注解，或心得，或理论概述。2012年，他一口气完成了三篇学术理论文章，篇篇都有自己的艺术心得和学术发现，其中一篇论文获得省文化厅颁发的一等奖。别人当他只是作画，而我看来，他更像是一位学者，一门心思地做着学问，在学问中完善自我，并用自己的学识、学养影响他人，也充实自己。

2017年11月17日

以梅会友，以诗传情

　　集书画、音乐、文学于一身的傅梅影先生，以梅为友，以诗传情，以画写意。今天在这里召开他的文学艺术作品研讨会，对此，我对傅梅影先生表示祝贺，并致以真诚的敬意！

　　歌词创作，既流淌着飞瀑流云的音乐情怀，又承载着菁华丰美的文学品性。捧起《傅梅影歌曲集》一书，品吟着他文采飞扬、激情火热的歌词，追寻着他从风华正茂的青春年华到夕阳更美的耄耋时光，时时刻刻感受到他对祖国锦绣山川的赞美，对故乡亲情的难以割舍，对时代社会的真切思考，对生命情感的美好体验，充满了热情洋溢、生动形象的艺术氛围。

　　对傅梅影先生歌词创作的总体感觉：热情奔放，轻盈欢快，感情朴素饱满，文字明亮灵秀，流淌着古典诗词优美的旋律。这本歌曲集，大致表现了这四个内容：丰收的欢乐景象，美丽的家乡，飘逸的青春风采，飞扬的生命情怀。

　　傅老的歌词创作，有以下四个特点：一是充满了诗情画意，画中有诗，诗中有梅；二是他善用意境表现内心丰富的感受，使得他的歌词具有诗的灵气；三是他喜欢用对仗的七言句式，充分表现了他对古典诗词的热爱与娴熟驾驭；四是集子里有很多"梅花"，充分表达出他坚贞、执着的艺术追求。

　　从"梅花冷落无人问，只有明月夜夜来"到"雪爱梅花我爱雪，春回大地我回春", 傅梅影先生走过了一段艰难曲折的人生之路。在最艰难的岁月,他仍然怀着对艺术的最爱,用丰美的才华,飘逸的灵气,激荡的诗情,用他沉静的思考,率真的品性,抒写了一腔热烈而又浪漫的爱,美丽而又动人的情,丰富而又多姿多彩的人生,坎坷而又收获的岁月,给我们留下丰美的品思,给我们带来高雅的享受。

作为一名艺术家,不可抵制地经历人生的曲折,生命的坎坷,情感的苦痛。坎坷,才使我们有跨越的勇气,有奋斗的信念,有持续的动力;坎坷,使我们有更多的激情,更多的体验,更多的精彩。如同溪水在奔跑中遇到岩石的阻挡,绕过了岩石的溪水以更激荡的情怀扑向大海的怀抱。

最后,让我来回答傅梅影先生在《诗情》这首诗中的追问,作为对他诗词的理解:

——用什么语言来表达我内心的微笑?用朴素的语言,朴素的情感才是最饱满的情感;

——用什么文字来抒发我爱你的衷肠?用明亮的文字,明亮是真诚的心声;

——用什么色彩来描绘今天火红的生活?用希望的色彩,希望是人生的彼岸;

——用什么旋律来为你纵情歌唱?用青春的旋律,青春的你,青春的我,是艺术家最好的生命写照。

2006年5月21日

大地微微清气扬

江西修水青山秀水，人文丰厚，诗画成林，北宋大诗人黄庭坚、民国大画家陈师曾便是代表。

文化一脉相承，文风世代相继。毕业于艺术院校的聂建军，通过勤奋学习、修为、孜孜追求，正值风华正茂之年，被九江市文联委以九江市漆画研究院院长重任。在他大张旗鼓的倡导下，创建了全国地级市首个漆画艺委会。一批青年漆画家王胜枫、范小健、赵珺果、郑华、姚博、胡珊等20余人雅集匡庐、续写华章。浔城的美术，水墨交映、清辉照人。

建军是幸运的，早在大学时代，他就得到恩师陈圣谋的言传身教，从漆材工艺到中国当代漆画，1000年的历史积淀，作为中华传统文化的有机组成和艺术载体，漆画已成为中国当代画家及社会各界一致看好的画种之一。早有耳闻"北有乔十光，南有陈圣谋"，能师从其一，定然福分不浅，建军便是幸运一分子。

"人画一半，天画一半"，漆画的神秘之美，十多年过去，恩师们的教诲铭记于心，让聂建军每每受益。

2017年我受命到都昌花桥开展十三五精准扶贫。这年秋，我与一眼明净、火热中透出自信的聂建军认识了。得知，是他主动申请从某机关要来文联做一名美术创作人员。当即，我被他弃政从文的选择打动了，感觉与他投缘。当年，我也是从九江开发区管委会自主要求到市文联的，周边有人说我"从饭锅跳到粥锅"，是丢了西瓜捡芝麻。今天看来，恰恰相反，人各有志，取道自然，一个人能做自己喜欢的，便是幸福。聂建军的心路历程大抵与我相似。

2018年秋，我从贫困村回到单位上班，而结对帮扶不能断档，在此情形下，聂建军主动请缨接替我驻村工作。我重新打量起建军，觉察其内心所想：农村生活虽苦，文化形式单调，然而之于从事艺术的人，却是大有作为之地。也许，他从我随记的《花桥纪事》中获得启示，有了创作的动力。病残、空巢、留守、"空心化"存在的贫困村，不仅需要科技、产业、资金的帮扶，也需要文化和艺术濡染的力量。"文以化人，艺以启智"，甘于下村扶贫，一来以自己的知识回报社会，担负时代之于青年知识分子的使命；二来将艺术的目光聚焦于贫困与希望同在的乡村大地，以扶贫扶志、扶智为希望主题，创作出一批扶贫题材的精美之作。

诚然，驻村工作对他来说不在话下，他组织能力和表达能力俱佳，困难的是家庭生活从无序到有序的调整。他有一对聪明活泼的"千金"，一个黄齿，一个蹒跚学步，正需要他精心教育。他最终选择了下村，义无反顾，在乡村贫瘠的土地上，播撒出一粒粒晶莹剔透的艺术种子。一幅幅乡土气息浓郁的画作，送到贫困户手中，贴在福星呈祥的中堂上，文艺之花开遍花桥，照亮一张张饱经沧桑的脸庞。

天时、地利、材美、工巧，漆画的综合四要素在他的创作中得到了运用和诠释。他说"个人追求是一方面，天时地利则是另一方面，我来村里画漆画，创作扶贫题材，顺应了天时，且获益地利，这样，作品的精气神就有了"。走进他的驻村住所，一幅幅光泽明亮、气息饱和、漆气清扬的《希望》系列作品齐刷刷地呈现在我们的眼前，或是农家丰收，或是孩童乐学，或是渔人织网，或是村干部走村入户，或是群众自主创业，或是邻里百姓相互救助……每一幅画的背后，都有一串悲欣交织的故事，每一幅画的创意，都凝聚着建军对乡村土地的热爱与感恩。

时势造就人，却不是造就每一个人，正确的时间做正确的事，聂建军真切领悟到，漆来自木，木生于土，乡村取材，正是授之地气；以漆作画，便是大地深处开出的最美花朵。

"要想走得快，一个人走；要想走得远，一群人走，"阿拉伯人的谚语，给聂建军一个启示：要进一步提高个人的艺术创作能力，九江漆画想获得在九江美术界乃至全省、全国美术界的认可，须有一个同心相印、同气相求的团队。独木不成林，孤笔且犹疑，由此，他倡导成立九江市漆画专业艺委会，以此提振士气。他切身体会到艺术人的寂寞和追求，暗自下定决心，要组建起这支队伍，在赣鄱大地上开辟一片漆画的田园，藉以丰沛的地域灵气、天然才气，共同做出一番温润美雅的事业。

既是画家，又是操盘手。得益于中国美协全国漆画高级研修班恩师们的教诲，自2018年，他一举策划并组织推动了九江市漆画艺委会成立，首届漆画优秀作品展，"匡庐遇见你"厦门·九江现代漆画展的隆重举办，让人文圣地庐山成了漆画艺术的主题文化公园，一大批漆画名家云集匡庐之巅，沐明辉，邀清风，漆画的艺术魅力大放异彩。

诚然，刚过四十的聂建军，虽然取得一些全省全国等奖项，但是，艺无止境，他的艺术成长空间还很壮阔，他清醒地认识到了这一点。因此，他把每一幅画都当成练笔的习作，在千百回的实践和探索中，不断吸取艺术的精华，不断开拓自己的创作境地。在谈到漆画创作时，他说：我越是专注，越觉得差距很大，大漆的使用是漆本体语言的主要特征，对漆性的理解和掌握，让我的创作一次又一次推倒重来。一个漆画家虽没有办法凌驾于漆之上，但我可以用心体验漆的灵性，让这种灵性渗透到身体的每一个细胞，最后自然会成为相互依赖的朋友。

以漆为友，清气盈怀，美哉！

2020年11月23日

赏析涂水明先生摄影作品

涂水明先生盛情邀请我为其即将付梓的摄影作品集写点文字。我对摄影艺术知之甚少，理论贫乏，且选择部分作品"看图说话"写点文字，真实表达我的直观感受、粗浅之见。

捕风捉影，缘心定格，在我看来，可圈可点的作品较多，且选取部分赏析：

《平湖秋韵》：璀璨的灯火如潮，水面的倒影如梦，明净的夜色如镜。在层次分明的景深中，田田的荷叶如一片片花伞，在秋风中诉说前世今生。

《江南古桥》：取景独特，一边是绿意葱茏，一边是枯树寂鸦，动静相宜，对比鲜明。孔桥之美，在烟水茫茫中若隐若现，在不老记忆中徐徐放大。

《琴诉湖梦》：七彩水幕，远近灯火，繁华与宁静，流水与琴声，波纹变化，尽收眼底。

《华丽转身》：九江四百货商场既是老九江的一张地理名片，也是一张记忆生动的文化名片。旧址新貌，如同一妙龄女子华丽转身、舒放曼妙。人文衬托，意象结合，恰一首岁月诗篇。

《水脉莲语》：水花扬起清波，似荷田起舞，似莲房呢喃。红萼绿叶，相映成趣。画面富有动感，甚是光鲜可人。

《海石叙浪》：底蕴从蓝色开始，借助日光，借助海浪，层层推进，步步演绎。海不枯，石不烂，且以海石为证，心若系远方，则情至万里之遥。

《奇彩鹤兰》：色彩绮丽之美，娇兰舞姿之美，自然力量之美，尽在鹤望兰激情绽放的惊艳一刻！

《蝶兰吐焰》：虚的是花魂，实的是花色；淡的是蝶影，浓的是蝶韵。虚实之间，浓淡之际，艺术之灵动扑面而来。

《壶口瀑布》：山川秀丽，飞瀑流云，水花飞溅，气势奔腾。罕见人迹浮华，但思泥沙俱下，天地大壮，悠悠万古。

《云火之恋》：燃烧的意志化作喷射的力量，火山之巅，星气纵横，云蒸霞蔚。自然之神奇，阴阳之交合，生命之大美，构成一幅惊天动地的雄浑力作。

《佛性灵山》：大佛的心中装着大千世界、芸芸众生。朝圣者的目光里盛满万千感念，无比虔诚。飞翔的气球里活力奔腾，追逐着太阳，穿越灵山天籁。

《活力共青》：料想每一颗繁茂的大树，每一株饱满的稻穗，用拔节的活力，年轮的图章，诉说着生命成长的故事、青春爱情的故事、田野收获的故事。

《溢城晚眺》：千年溢城，云雾缭绕，极目黄昏，远山如黛。金色的太阳映照矗立的塔林，伟大逊位于庄严，辉煌则永驻人伦。

《凌空揽云》：奇丽的弧线恰似云衣玉带，千里一线。流电惊变之中，梦的翅膀层层打开，尽显起伏张弛之美。

《垂钓时光》：垂钓时光，勾连往事，浮想联翩，梦幻般的记忆，在一汪碧水丽波中开花散叶，郁郁葱葱。

《水文三峡》：一退一涨，皆成人生记忆；一兴一衰，刻入历史年轮。曾经，离乡背井的游子，依依不舍苦难的家园。而今，丽日蓝天之下，江堤永固，快乐的峡乡，追梦人放歌踏浪。

《国足必胜》：一双双挥舞的手臂，一声声激情的呐喊，一面面飘动的旗帜，一张张灿烂的笑容，汇聚在一起，合成一股强大的阵势——中国，加油！国足，必胜！

诚然，也有一部分作品，从画面构图看，从艺术气韵看，似乎略显平淡，有所缺憾，比如：

《飞鹰流云》这幅作品，设想一下，以一张脸庞，或一双眼睛为特写，着意空中彩虹，彰显内心期许和自豪，或更有冲击力量；《水美九江》，画面色彩虽然丰富，总感少些衬托，若右上角隐现一群归雁，一丝鸟影，则更为生动神韵地表现壮美的水文化，突显山水九江的气质之美、仪容之秀；《庐山索道》这幅作品，画面平实，未能集中突显索道的张力；《空中廊桥》之气息似乎游离；《南海观音》这幅作品，空灵的禅意略显不足，若取景日出时分，缘遇一丝佛光的圣临，何其妙也！

与涂水明先生相识多年，只知他身为一名警察，爱岗敬业，办案无数，至今才知，他对摄影如此的痴迷。清晨一挎上相机出门，每每深夜归来。为了一个满意的取景，一等就是几个时辰，以野果粗食充饥。为了配齐摄影装备，不惜把积余的工资全部投入到对摄影的追求，真可谓是不遗余力、孜孜以求。

我以为热爱摄影的人，首先要舍得投入，投入金钱、时间、体力、感情。其次，要舍得放下，放下身段，与花鸟草虫为邻，与茅舍野泉为家。再次，要积累艺术体验，获得艺术通感，虚实的取舍，轻重的比对，时空的转换，自在创意、立意的表达之中，自在构建、构思的熟稔之中。

涂水明先生崇尚中国传统文化、经典文化，文化自信，艺术自觉，着力在每一件摄影作品上下功夫，把写实和留白结合起来，把色彩与氛围融合起来，把诗情和画意统一起来，用心捕捉美的瞬间，乐此不疲，最终选编合成一部个人的摄影作品集，用以记录生命旅程，用以表达生活审美，用以陶冶情操，诚为可贵！

不负江河万古流。大自然是人类最好的导师。人与自然相依相存，共荣共损。自然法则万古不变，是为道；生命修为情理相和，是为志。相信，从艺术的热爱出发，从生命的探索出发，涂水明先生将获得更多的艺术灵感，收获更多的审美感悟。

人道酬信，其情也真；心灵自由，其行也远。祝愿，涂水明先生有更多的摄影作品与人分享。

2017年11月12日于都昌周溪花桥

"穴居者" 丁伯刚

　　恐怕打灯笼都难找到第二个像丁伯刚这样的人。他把自己锁在一座城池，鲜与生活的热闹场亲近。他严格挑选交往圈子，生怕言多有失，或不能取悦他人，把自己弄得灰头土脸。步入天命之年，他日益向往那栖身林泉、闭门著述的生活方式，自由自在，荣枯随缘。

　　在老丁看来，现实是残酷的，人们热衷于物质利益的索求，热衷于将一切标上价格，抓住时机抛售出去。现实图景与他的内心世界大相径庭，他常觉得自己在生活场上有一种找不到节奏的感觉，故而喜欢沉浸和沉醉在一个人的精神世界。置身于安静世界，老丁的每一条血管如欢快的小河流水，日夜不息流向远方；而进入现实生活，他觉得自己是那样无力，对无所不能的高科技充满恐惧。老丁的文字里，多见其表达真实的内心冲突与内心挣扎，还有某种偏执却大胆的思考。他的生活世界，看似单调，却并不单薄，看似寡味，实则充满情趣。

　　一个非正式场合，老丁放胆表达了写作立场：一个作家诗人，一个精神思想的创造者，假如他自己都没有一种基本的文化信念、精神信念，没有一片与外在世界相抗衡的内心天地，他凭什么写作！他凭什么说他是一个作家！这样的写作又能写出什么！

　　那一刻，在座的都懵了，我很少听老丁这样发声。他给我们最深的一个印象，这也不懂，那也不知，静静地听别人海阔天空，听到故事的某一处细节，他使出右手捂住下巴，发出一个尖长的声音：哎，那怎么回事？这个镜头足以成为老丁的特写。

老丁不抽烟，不打牌，不炒股，不多情，偶尔兴致上来，喝半杯烧酒。老丁说，他在写作时，从不去想那么多事情，精神啊，意义啊，价值啊，统统不想，写出来了，就开心睡上一觉。至于社会上的事情，这也没听说，那也不关注，似乎什么都远离着他，什么都与他没有干系。记得一次文友小聚，王一民老师倏然站起，一边悠悠打扇，一边看着老丁，说，丁伯刚，其实，你什么都懂，人情世故，请客送礼，你哪点不懂？丁伯刚狡猾狡猾的哩！

我和丁伯刚每年至少有一次同行，去省作协参加年终的常务理事会。在九江，我比他熟，去了南昌，就要听他的。一路上，老丁总会与我讲起一些事儿，这里挑几则与大家分享：早年在外地，看人蹲在街头玩套铅笔游戏，他自觉有把握，结果，输得身无分文，回家被老婆痛骂一顿；有一阵子，他怀疑肾脏出了问题，晚上总睡不踏实，一个晚上，他被意念唤醒，连续四、五次夜起，奇怪的是，一起床，什么也没有；他担忧儿子不爱读书，将来只能摆水果摊了。我说，可以开一家书店呀，有空，你还可以派上用场呢。老丁不以为然，将来，谁还会读纸质版图书？说到图书，老丁眼里露出一片凄迷，他平生最爱莫过于书，偏偏儿子不爱这玩意，百年以后，这些书不知落到哪里？！

有幸去老丁家做一次客该是幸运的。跟老丁相识这么多年，他主动邀请了我一回，而且是让"浔阳才子"陈杰敏代行通知。那天，我们三人在日报社附近的一个菜场转悠了半天，老丁终于出手，认购了好几条活蹦乱跳的鲫鱼。拿回家，他把鱼往池子里一倒，央求的目光看着杰敏说，这鱼怎么杀呀？结果，杰敏操刀，三下两把解决了问题。我心里想，没吃过猪肉，也看过猪走路，老丁活了一把年纪，难道杀鱼这样的事，当真就把他给难倒了？打死我也不信！

最近，我读了丁伯刚的散文集《内心的命令》，对老丁的写作有了新的认识和体悟。他的笔下，日常生活和少年往事回环往复，记忆深长，孤独的世界、庸常的日子便透出些许光亮。陈新说，老丁的文学经验受外国文学作品的影响，外国小说作品充满离奇、夸张、变态、怪诞、神秘，对生命意义的思考甚于生存经验的书写，老丁的写作风格可是属于心灵写作的那种？

有人说老丁的文字过于平淡甚至寡味。现实生活中的老丁似乎没有情趣，不慕时尚，特立独行。而在我看来，老丁的文字时如清风、明溪，时如利剑、弯弓，窝藏着情趣，留白着想象，积蓄着力量，细品之则回味无穷："正月初四夜晚空中的星星都在无边的蓝水中浸泡着、供养着，一颗颗肿胀发白，壮硕饱满，蓬勃如怒放的水仙花""这时的大山早失去了原先柔和的线条，突然变换轮廓外形，骨骼铮铮，虬髯悠悠，就似一只垂天大鸟，挟带着巨形陷阱，吱吱嘎嘎朝你猛扑下来""不远处的村里路上，断断续续走着些拜年走亲戚的人，更远处的公路上，同样走着些走亲戚的人，以及跌跌撞撞往来奔忙的乡村蓬蓬车""有两只黑色的旱鸭趁着没人注意，偷偷钻进地场，母亲站起来大喝一声，鸭子很尴尬，歪头扭颈讪讪地退出来，过一会儿又心怀侥幸探头探脑要往菜园里溜""时序初冬，头顶斜挂着的那只太阳像个永不穷尽的漏斗，缓缓地向人们倾倒着纯而又纯的阳光，于是，你不由有些惋惜，你想这么好的阳光，这么好的空气，是给你用来传播油漆味的吗？"……这些细节的才情表达、情趣表达、温暖表达着实耐读。

在老丁看来，过于时髦，也就过于泛滥，让人厌弃。越是宝贵的东西，越是珍贵的东西，就越不允许存在人工雕琢。与其受损，宁可不沾。或者全部拥有，或者一无所有，不可能有第三种方式合理存在。老丁是先天带有穴居性格的人，生活中许多事务，于他而言无异于一种粗暴的干涉和侵犯，让他烦不胜烦！只有在读书问路的时候，老丁才有主动、投入、入迷。之所以选择文学，偏安一隅，是为了逃避一切冒烟的东西，耀眼的东西。

少年老丁爱书如痴，乡村生活的煤油灯下，一夜书读下来，第二天鼻孔里全是黑油烟，就像两只朝下开口的烟囱。老丁那时读书，不是简单地读，简直是吞噬，怕读完的故事一下跑走再也回不到心里。大量阅读，奠定了老丁的生活趣味与文学追求，以及他的人道立场、人道信念。他的一句话"我爱人类，但是不爱人人"，对人性的怀疑，对生命的悲催感，对灰暗低俗的宣战，尽在意味之中。

老丁笔下，诸多怪异之人、怪诞之事，惊诧之余，更是余味无穷，如十来岁的堂弟练自行车摔断了手臂，找了个乡村郎中接骨，接错了。第二次接骨又接错了，堂弟自此落下个终身残疾。在《博尔赫斯的夏天》里，他写道：如夏天窗外的阵雨或山间的早雾一般，倏忽而来倏忽而去，明明灭灭变换不已，你由一种看不见的力量往前推动，不断向前走，觉得自己走了好远好远，偶一回头，发现自己似乎还只在原处，你已经不成为你了……在颇有文学审美见解的老丁看来，博尔赫斯式的意象诱惑确实是致命的，特别是对我们这种完全丧失了自身所生存的现实土壤与精神内蕴的幼稚的文学，诱惑的同时，是我们脆弱自身的瓦解和践踏。个性敏感的老丁，行走中总有种种幻觉，丝丝恍惚，也许，终极的道学思想影响着老丁的精神走向和价值取向，才有"把死看得比生重要，把未来看得比现在重要，把心灵看得比肉体重要"这般生命感悟。

"这次我们踏上的其实是一条真正的不归之路，我的整个人基本上被劈成了两半，一半在老家，另一半在异乡；一半是灵，一半是肉。每天都在挣扎，每天都在撕裂，每天都在用这一半去寻找另一半。"当我读完老丁这段文字，想，祖籍安徽怀宁、曾经修水执教、而今九江名人的老丁，一心读书写作，可是通过文字寻找精神的原乡？

2017年12月3日

杰敏印象

九江文学圈内，举笔活跃者，鲜有不知陈杰敏的。杰敏乃湖口籍人，书堂教育不过七载，然，能文善工，奇思妙笔，自有一番处世理论。观其相，昂狗头，挺鸡胸，瘦高如竹，肉体不丰，非大气磅礴也。道论别人文章，割皮锯骨，血肉横飞，不留片刻情面。因其本性厚义，坦言直裸，率真之气明晰可鉴，颇得圈内敬畏。

杰敏为文自有风情，弱冠之年，便能书善写，工于楹联诗对，时与秦传安（晓禽）、陈然、秦富强、梅越平聚于石钟山上谈诗论文，饮酒取乐，因得"石钟山下五才子"之誉。至少年十六，便以一首朦胧诗《屋里人》在省报发表获奖而享誉湖口，其文学生涯也就自此始。幸得一前辈赏识，举荐为江西师大作家班学员。自此，与文学结缘。

纵览其小说散文，多取材于乡土声息。乡情，乡思，乡忆，文里句间，父老乡亲，叔伲姑嫂，炊烟耕牛，蛙鼓虫鸣，跃然栩栩。示之才情，则散文《祖母时代的河流》、小说《与美丽无关》可作代表。吟诗作赋，则激情如火，血冲腔门，不忍罢读。杰敏熟谙经史，诸子百家，红楼容斋，遍读无遗，故文语敦厚，含烟吐霞，奇思妙想，少及之。其乡人聚财复修四王庙，乡中父老嘱杰敏作赋，立笔成文，曰："佛之为佛，慈悲为怀，神之为神，道德为本。敬神先立德，德修则道生，道德合一，人神一体。……世道浮沉，道德遗丧，人心难免不古；天道昭彰，因果循环，神心总是宽宏。庙堂乃形而上之表象，道德则永驻众生心田，世上无不朽之物，心中有不灭之灯。基于斯，道永存，德永在，心永远。"又因行止癫狂而招惹单位红颜，作检讨赋曰："小子杰敏，前生修福，左红右翠，美色相绕。不期突发昏彰，狂妄语以伤娇娘，故此检讨，以求恕怀。往后者，怜斯香，惜斯玉，抚胭红，摩瑙翠，为花死，为花生，唯花闭眼，唯花从愿，唯花马瞻。今也赔过，西瓜一个，鸭脖两根，愿博红颜一笑。"

杰敏有怪论，一曰烟有营养，可使盘无肉，不可使手无烟。观其抽烟吸气，一火在手，彻夜不熄，氤氲然乐及西天，只把众人害苦耳。中食二指，烟熏火燎，灼痕累累，黄而不退。叩问烟何益之，回曰：灶中香灰者，包治百病耳，同此理。二曰酒不醉人。探究其实，于酒并未投缘，李杜不过三两，啤酒多则两瓶。然，不可惹之，性起则一切莫顾，只管张口倾杯，呕吐后复如刘伶，酒中神仙。一旦酒多，鬼话连天，却每有妙言珠玑。一日，酒过三巡，言及女人，众皆以花朵比之。杰敏陈词曰：喜花者，色性也！自孔二"食色，性也"定论，皇权朱贵便肆无忌惮起来，下青楼以觉爽，纳三妾以游欢。孔二这厮媚俗权贵，为其偷欢掠色开辟便门，高乎？后则感叹有余：唯小人与女子难养也！一番厥词，忘也难忘。

周末节假，三朋四友，偶以麻将闲虞。几圈摸打，将排倒伏。其时，以右手抓牌，捋起左袖，将麻将于手臂处扣之，必得以自摸。我等与之交战，每睹于此，则心生恐惧。左思右想，不得其解，只恐其有诈矣。故三令在先，不可此举。其实，于钱财而言，杰敏先生向来轻鄙，一义当先，清贫笑尔。

杰敏书得一笔好字，写得一手妙文，画得几颗亮竹，耍得几套拳脚，玩得些许花招，赢得缕缕红颜。学则触类旁通，论则儒道兼容，乐则小节不拘，友则诚身为先，颇有一番仙风道骨之气。在单位深得人缘，上至行长，下至保安，皆敬之尊之。索其源，则意色洋洋曰：秘书者，贯上督下也，故众仰。如此，众多佳丽未有不悦者。一日，读其小令，有言："街口，街口，昨夜卿卿睡否？"将一代词杰李清照"知否，知否，应是绿肥红瘦"借用于斯，虽不登大堂之雅，却难得坦诚赤心。

综上琐碎，称之怪才，心性殊人，才情并茂。此文褒之有余，贬之无心。若杰敏兄自此变故圆熟起来，我当惶惶有疚矣。

2004年10月23日

音乐编织的彩虹

1963年出生的曹虹，系九江市委党校副教授。1985年，一次文艺互动，她踊跃登台，演唱一首《红莓花儿开》，从此，她小有名气，并从那年起，开始了她公益事业的生涯。

2015年，时任九江市音乐家协会副主席的她，响应九江歌友的诉求，主动担纲，成立了"九江市合唱协会"，从此，在山水清辉的浔阳城，她的美丽身影频频出现在军营、厂矿、农村、敬老院、社区等场所，合唱辅导、艺术交流、歌咏比赛、慰问演出、音乐教学、排练培训等等，她的人生如同绚丽的乐章。

因为热爱

曹虹与慰问演出结下不解之缘。1998年7月，长江大堤洪水告急，好几千武警官兵驻扎在长江两岸，曹虹自告奋勇，带领合唱协会一班人，精心排练了一台"军民鱼水情深"的文艺节目，来到大堤四处巡演十余场，用文艺慰问全体官兵。她看到许多官兵手脚磨破、嘴唇干裂，却仍然坚持在抗洪一线，强烈感受到人民子弟兵是守护一方百姓幸福平安的英雄，更加激发了她发自内心肺腑的讴歌，担负文艺志愿、投身公益事业的豪情越发激昂。2012年大年初一，曹虹顾不上年节的走亲访友，带领九江市合唱协会演职人员，驱车赶到武警一大队、二中队进行春节慰问演出，台上军歌嘹亮，台下英姿飒爽，九江职工合唱团一举成名。之后，但凡浔城各种慰问演出、公益演出，场场不离"穆桂英"，曹虹来了。

无悔追求

曹虹甘于寂寞，生命中最快乐、充实的时光刻录着台前幕后。2001年至2010年，她先后组建了一个中学生合唱团和两个群众合唱团。合唱团成立后，一星期两次的排练雷打不动，即便是寒暑假，职工艺术合唱团几乎也未曾停下排练的步伐。九江是全国双拥模范城，各种文艺演出活动如潮，曹虹和她的团队在群众演出活动中大放异彩。为提高演出质量，提升浔城文化品位，几乎每天晚上，都可以看到曹虹精心指导排练的情景。每次排练，她都提前到达场地，为大家力所能及做好后勤服务，十几年如一日，她为这个团队倾注了心血，却从未计较个人付出。2019年6月，为了给合唱团制作一首高质量的演出作品，考虑到团里经费不多，她四处化缘，最后不足部分干脆自掏腰包，一举解决了这笔费用。曹虹总是开玩笑说，我们合唱团是民间组织，这个团长不好当，我这个团长甘愿为大家做保姆。

梦想成真

曹虹秉承一颗艺心，乐于奉献，她的公益事业如火如荼。伴随着音乐出发，她的快乐和成功源于对艺术的热爱。身为公益文化使者，她的爱心，牵系着百里之外的贫困山区。2019年初，她和她的合唱团制订了一项"圆梦计划"，发挥资源优势，实施素质教育，助力脱贫攻坚，为修水贫困山区的伢仔圆一个音乐梦想。为了此项目落地，她不知道跑了多少家单位，做了多少努力。项目启动后，她每隔一个星期就要去一次修水马坳镇，为山区两所小学的合唱开展义务支教。天蒙蒙亮从九江出发，先乘班车再坐农巴，赶到马坳中心小学已是正午，到食堂跟孩子们一起吃饭，利用中午休息时间段给孩子们上课，随后又马不停蹄，翻山越岭赶到金坪村，给那里的留守儿童上音乐合唱课。当听到孩子们悦耳动听的歌声，她情不自禁地打起了节拍。

曹虹把音乐视为生命，把办好九江职工合唱团视作价值体现。她从来没有想过，把音乐技能作为赚钱的本领，而是用一技之长和满腔热情，默默付出，砥砺前行。正是因为她的无私奉献，九江的合唱队伍日益壮大，一大批训练有素的音乐人才向她聚集而来。

曹虹艺术人生的足迹，穿透岁月，诠释感动，让我们看到一位真诚歌唱的"百灵鸟"，一位使命担当的"公益使者"，一位甘做人梯的九江音乐人。她说：人生苦短，时空有限，用真情歌唱，服务社会，虽一路艰辛，因为希望，我感到无限欣慰……

2020 年 6 月 12 日

笔墨生香情意浓

有"江南一枝梅"著称的画家傅梅影先生于1928年出生于修水。他是中国美术家协会会员、中国音乐家协会会员、系九江市美术家协会顾问、九江书画院名誉院长、南昌大学东方艺术系客座教授。

傅老自幼爱梅，少年时曾亲手种下一棵梅树，每逢雪天，便站在梅树下久久凝望傲放的腊梅，沐浴在弥散的清香中，感觉由外而内的清澈与纯净。对傅老景仰已久，在一个柳絮飞扬的午后，我们叩开了傅老的家门，走进了一片梅花雪影的世界。

梅 雅

走进傅老的作品陈列室，仿佛钻进了一片茂盛的梅林：红的、白的、黄的……有的怒放在纷纷扬扬的飞雪中，有的对着一轮冷月倾诉衷肠，有的随一溪清泉飞扬欢唱。那形态各异的梅枝错落有致地张扬着，或枕石而卧，或顺山而立。"疏影横斜水清浅，暗香浮动月黄昏。"跃动着生命之光的梅花暗香浮生，瑞气盈怀。

陈列室的门前挂着一副古色古香的对联——事到知足心常惬，人至无求品自高。只有无欲无求的心灵才能与梅为伴，也才能画出这满室的清香，画出"梅花本是神仙骨，落到人间品自奇"的铮铮铁骨。

翻开傅老一本本作品集，读着傅老那一张张完成与还未完成的画稿，一阵阵飘入鼻翼的墨香不由使人想起那"十年磨一剑"透出些许苍凉的执着，老人几十年耕耘在画坛，难怪他敢坦言"平生事事都迟钝，画到梅花不让人。"这不正是他对梅花的痴迷吗？老人一生都在用情作画，他一生爱梅、恋梅、画梅，用梅陶冶着自己，也快乐着别人。

墨　香

傅老七岁学画，可谓功成名就。他先后在国内外举办过几十场个人画展，作品被人民大会堂、毛主席纪念堂、军事博物馆、中央文史馆等博物馆、纪念馆收藏。多部国画作品载入《20世纪传世珍品集》《中华人民共和国书画名家作品集》《中国书画名家大师画典》等数十本大型画册。2000年，在中国当代著名书画家作品展上，他的作品获得"特别金奖"。近年来，人民美术出版社先后出版了《傅梅影梅花画集》《傅梅影画集》《中国画选辑》，中国画报出版了《傅梅影国画选集》《中国美术家协会会员精品选》，香港文学报社出版公司出版发行了《傅梅影画册》。《人民日报》《人民画报》、香港《中国画家》、澳门《东方世纪》等书报均用专版发表了他的作品梅花及艺术评论。在《中国古今书画名家大辞典》《东方之子》《世界名人录》等珍藏书籍，也都留下了傅老的梅影钦名。

傅老告诉我们，画画讲究气韵、格调、意境。"气韵生动"为中国画的最高境界，不是轻易能达到的，一个画家不仅需要有审美修养和传统功力，还要有文学底蕴，所谓"冰冻三尺，非一日之寒"。

情　浓

坐在我们面前的傅老自始至终是那么的平和与慈祥，言谈是那样的谦逊，他说：山外青山楼外楼，我还要努力，作画是没有捷径的，只有不断地观摩不断地领悟不断地创作才能达到美的本真境界。

诚如傅老所言，在他的"寒香斋"画室，我看到了一幅幅还没完成的画稿，耄耋之年仍没有停止对艺术的追求。生命是短暂的，艺术是永恒的，艺术能使人们在平淡的生活中得以升华，把生命装扮得更加亮丽。

"文革"十年，傅老被下放劳动，没有画笔，他便借诗抒怀：一树清影映窗台，魂梦相依共徘徊。梅花冷落无人问，只有明月夜夜来。品味着傅老诗情画意的珍迹，我们似乎感受到傅老在人生低谷时那满腔的艺术真情伴月长吟的达观，而那幅题诗"悠游泉石知何日，常伴梅花不计年"的梅画，则真实地写照出傅老挥笔咏梅时得来的欢欣。如果说梅香伴着老人迎来人生一次又一次芳华，那么这浓浓的墨香则伴着老人从容地跨过人生一个又一个沟坎。

傅老不仅嗜爱笔墨，而且吹拉弹唱都能来上一段，在五十年代还写过一百八十多首歌词，其中，有些歌词还在当时唱响。傅老即兴给我们朗诵了他当年写的几首歌词，是那么的用心用情，是那般的神采飞扬。

现在的傅老，看书作画，吟诗待客，每每与文艺界的朋友一坐就是半天，共同分享艺术带来的忘我快乐和丰美感受。桌上一扎扎的书信，都是书画爱好者的来信，他须要一封封地回复。他说为人要"三真"——真诚、真心、真情。想想傅老的美誉，再想想这"三真"，也就觉得老人与我们其实是这样的近。

走出"梅苑"，我们忽然明白，为什么许多人走过这里都不由驻足，定是因了那门缝中飘出的一阵阵暗香之气……

（注：该文与林琼女士联手采写）

2007年12月19日

永不凋谢的青花

——访美术家汤炎生先生

  总被记忆中的那幅《青花》所打动：一个端庄娴静的少妇，着白底蓝边衣裤，怀抱青花瓷娃，坐在一片白底蓝彩的青花瓷中。古色古香的桌椅，简朴雕镂的门窗，仿佛幽囚着一段漫长的岁月。可是，那齐耳的短发，那飞散的云霞，那纤纤欲张的素手，还有那窗外正涌动的时光泉流，又分明告诉我，那是个现代的人儿，那是朵生长在古老土壤里，正灿然绽放永不凋谢的青花。

  青花将我们带到了汤先生的家，我们看到了一片青花的世界，不由被这青白相映的世界融化了。不知道那拙朴泥土为何可以陶冶得这般莹润如肌肤，清新如芙蓉，正好就近请教先生何以色彩单纯的青花为主题。

  先生沉思了片刻，轻轻告诉我们：只有青花才是我们的。青花在千年瓷都景德镇的四大传统名瓷中位居冠首，虽着色单一，但它较五彩瓷器更显清丽、娟秀，古人云"五彩过于华丽，殊鲜逸气，而青花则较五彩俊逸"，加上其面色经久不退，素有"永不凋谢的青花"之称。

  先生的话，将我们的目光导引到那幅《清莲图》，水样清纯的瓷坛中，白莲亭亭玉立，与淑雅端坐的美人相映生色，隐隐中逸出缕缕清香。哦，不仅这青瓷，那一件件千年的青瓷中，不也都在逸出一缕缕香气，散发着中华文化的精气神吗？

有人说，艺术之谓高贵，旨在独特的创造；艺术除了掌握技艺并发挥至谙熟极致、精妙境界之外，更是一种无重复性的独创劳动。衡量艺术的价值，往往从其恰当的取材角度和独到的艺术语言找到尺度。

细品炎生先生的画作，无论是那四条屏《五柳归隐图》《东林别僧图》《大林咏桃图》《西林题壁图》，还是叙说九江民俗的《摇绳女》《浣衣女》，无不让人感到一种浓浓的本土气息，先生正是用这种独特的艺术语言诠释着他对人生对家乡深深的爱恋。

但汤先生的高妙并不仅仅停留在传统文化的继承上，他认为，民族文化不是静止不变的，需要在探索实践中自觉加入创新意识，加入现代化和国际化元素，才能真正地走向世界。正是基于这种认识，他在其本土题材中恰到好处地渲染了现代感觉，使画面结构布局合理、丰满，他善于运用简洁生动的笔线，勾勒出颇具生活气息的细节，粗细有致，层次分明，幽靓苍翠，给人一种恬适而安逸的宁静。没有一定的艺术功底和丰富的生活积淀是很难用这寥寥数笔唤起人内心深处那种美不可言的艺术享受的，难怪先生的作品能连续四次入选全国美展，如此殊荣在江西画界屈指可数。

与先生交谈，他的平易、淡泊、谦逊、低调很难让人与他的艺术成就联系起来：《青花》入选首届全国中国画展，《摇绳女》《浔阳楼壁画》入选第七届全国美展；《清韵图》入选第八届全国美展；《九江堵口图》入选第九届全国美展以及首届全国中国画双年展；《鄱湖会亲图》入选第十届全国美展，《清品》入选全国人物画展，《冷香》入选2004年首届中国美术家协会会员中国画精品展；《西京蹴鞠图》《唐竿图》《辕门射戟图》入选全国第二、三、四届全国体育美展等；六次获江西省美展一等奖……其艺术成就载入《中国当代美术家名录》《中国当代艺术界名人录》《中国美术家协会会员辞典》等多部辞书。

作为中国美术家协会会员、江西书画院特聘画师、九江书画院专职画家、市美术家协会顾问、高级美术师的炎生先生始终没有放弃艺术的追求，他认为，美术创作是一个漫长的过程，有生活不一定能成为画家，但画家一定要有生活高度。艺术来源于生活，来自于对历史的认识和文化的传承，创作是没有捷径可言的，所有艺术的成功都是"厚积而薄发！"

汤先生说，现在的年轻人真是幸福，可以接触到世界最顶尖的艺术作品，可以拥有最好的画笔和颜料。当年他们那一代艺术家能看到苏联画家的作品就已经很欣喜了。年轻的他没有时间练画，就常利用开会学习时画速写，练基本功。

对人生深刻的感悟理解，对家乡执着的情衷成就了美术家汤炎生。只有民族的才是世界的，只有本土的才能成其特色。我们相信，他的作品也将如那永不凋谢的青花一般千年如斯！

（注：该文与林琼女士联手采写）

2007年12月19日

用音符编织快乐的歌者

——访音乐家小戈

"音乐作为人类文明精、气、神的浓缩，心有所撼，情动于衷，天籁之妙音，艺术之琼花。"这就是爱了一辈子音乐的小戈对音乐的诠释。音乐融入了小戈的生命，小戈用自己的勤奋在乐海中荡舟四十余年，取得了丰硕成果：早期创作戏剧音乐20余部，其中有《程红梅》《阮文追》《古金莲》荣获地、省级戏曲调演音乐奖。继后他又创作了大量的声乐、器乐、歌剧、舞剧、影视剧、舞蹈、儿童音乐作品达1000余件，有300多件作品在全国各地获奖，其中20多件作品荣获国家级奖励。

在小戈工作室，翻阅着一沓沓凝聚着小戈心血与汗水的手稿，我们禁不住为小戈老师的勤奋所感动，更为他丰硕的成就所心仪，可小戈却谦逊地说：我热爱音乐，我愿意为她付出，她给我带来了无穷的快乐！

"热爱是最好的老师"

小戈自幼就热爱音乐，一次，村里来了个拉胡琴的算命瞎子，那跳动的音符、动人的琴声，紧紧地吸引着这个祖祖辈辈都与泥土打交道的孩子。就这样，他牵着算命先生走村串户，一天走出几十里不归家。美妙的音乐，不仅陶冶着小戈幼小的心灵，也激发了他的创造力，他用课余打石子所得的五角钱买了一支竹笛练习吹奏；上山砍柴抓到一条大蛇，又用这条蛇皮和竹木试做胡琴，用棕丝代替马尾做琴弓，居然做成了好几把二胡，拉出了像模像样的曲调，在村里被传为佳话。谁说小戈没有老师，热爱是他最好的老师。正是这种执着的热爱和不懈的努力，在1956年县剧团来乡招考时，这个年龄最小、个头最矮、家里最穷的放牛娃，在500余人参加的考场里名列前茅。从此，他踏着音阶，闯进了十二平均律的王国，在乐海中扬帆进发。

在剧团里，小戈打小锣、敲班鼓、吹唢呐、拉二胡……刻苦练习，功夫不负有心人，很快，他熟练地掌握了多种乐器，板胡、二胡、唢呐都能自如地达到独奏水平，成了一位小有名气的多面手。"小戈"的艺名，也就是这时叫开的。

但小戈并不满足，他深知，乐海无涯，只有不断学习，才能自由地泛舟。只读过小学的他，只要一有空，就如饥似渴地攻读音乐理论，《基本乐理》《歌曲作法教程》《作曲法》《和声学》《配器法》《指挥法》《民歌调式及和声》《二胡演奏法》等音乐专著陪伴着小戈度过了无数不眠之夜。为弥补文化上的不足，他参加了函授学习，坚持读完了哲学、文学概论、语法修辞等十三门课程，用行动践行着自己"勤能补拙"的座右铭，在2001年荣获了江西省自学成才奖。

"走向人民，才能走向世界"

二十世纪七十年代，江西省音协组织收集各地民歌。有人说九江没有民歌，小戈很不服气，九江怎么可能没有民歌呢？热爱音乐的他坚信：有人的地方就有音乐，有人的地方就会有歌。为了收集九江的民歌，小戈不辞劳苦，跋山涉水，以艺术家的心灵敏感，贴近、谛听人民从历史走到今天的激烈心跳：那长髯飘胸的老爷爷，声音暗哑的老太太，龙腾虎跃的小伙，歌声婉转的姑娘，还有那流浪汉、卖艺人，都是小戈拜师求唱的对象。他深深地被那歌声迷住了。随便什么歌，只要听过一到两遍，他就能准确无误地记下来。就这样，他不仅获得了大量的民歌，而且感悟到那种只能意会不能言传的神韵，最终融入了他的心灵，《九江民歌》《九江清音》等大量民间音乐素材从他的笔下如同永不枯竭的山涧清泉，汩汩流淌。

为了收集、整理九江的佛教音乐，小戈多次到九江能仁寺听音记谱，他认为：佛教作为宗教，音乐作为艺术，佛教的传播是以音乐为一种媒介手段，而音乐的感染力和传播功能较之其他艺术更加强烈。同时，佛教音乐特有的韵味很吻合人们宗教膜拜和祈求幸福的心理。其音清新典雅，超凡脱俗，其韵幽远深长，唱者身心合一，物我两忘；闻者，胸襟豁然，神游情动，使人意念净化，于袅袅音声中细细体味人生真谛。几十个日日夜夜地摸索、记录，小戈终于撰写出了《九江佛教音乐溯源》，同时创编摄制佛教教育音乐电视艺术片《天音》，被推荐参加在日本大阪举行的国际旅游博览会和四川国际电视节的展播，并获得国务院外宣办的通报表彰和嘉奖。

小戈常说：走向人民，才能走向世界。在十多年的寻访中，他不仅完成了六十多万字九江民歌专稿，而且写下了五十多万字的九江民舞资料稿，三十多万字的佛教音乐资料专稿，十多万字的九江清音专稿，2004年荣获国家科学规划领导小组颁发的"国家重点科研项目个人成果奖"，他也是九江唯一一个获此殊荣的人。

"音乐不是占有而是感动"

小戈本名郭蓁群，作为中国音乐家协会会员、国家一级作曲，江西省音乐家协会常务理事，九江市音乐家协会主席，小戈深知"众人拾柴火焰高"的道理，要想多出作品，出好作品，氛围的营造是非常重要的。为了通过音协组织发挥大家的积极性，他倡议成立了创作、声乐、键盘、二胡等十一个专业学会，以学会为单位开展各种音乐活动，在活动中碰撞灵感，通过活动来发现人才，激发创作潜力。

每次见到小戈，他都是满头大汗，来去匆匆，奔走于各种音乐活动的场所，少儿合唱团、音乐比赛赛场……由他主持、组织并参与创作、辅导的九江市少儿艺术团，参加江西省第二届少儿艺术节，演出效果获得满堂红，"组织奖""创作奖""表演奖"全部夺魁。前不久，他又成功组织承办了"翠竹春韵九江市首届踏青艺术节"以及"公爵钢琴之夜——乌克兰柴可夫斯基音乐学院钢琴演奏家奥列西娅专场演奏会",受到了社会各界的一致好评。

有人说:"喜爱音乐实际上是喜爱一种生活。"的确,音乐感动了小戈,也愉悦了小戈,天命之年的小戈脸上总是洋溢着率真的笑容,他那天真烂漫的女儿戏称爸爸是"老顽童"。这位"对生活充满热情、对艺术充满激情、对朋友充满真情"的音乐家在他爱了一辈子的音符中工作着、追求着、创造着,面对丰硕的成果,社会的肯定,他却始终保持着平和的心态,正如在他创作的"春之歌"系列作品连续七次荣获全省征歌评选一等奖时所说:我喜欢把春作为人生的写照和追求,因为春展示的是希望,因为春写意的是耕耘!

让我们走进小戈用音符创作的快乐之中,融入这位音乐家寻找快乐、创造快乐、与人分享快乐的美丽情怀。

(注:该文与林琼女士联手采写)

2007年12月19日

亦文亦酒亦真情

——作家杨廷贵的人生经历和文学情怀

掩耳长发、烟酒不离的作家杨廷贵，让人一经结识就难以忘却，他那自然的率真之气给人印象尤其深刻，丰厚驳杂的学养深得他人钦敬。一半庄重加上一半诙谐，就合成了血肉丰满、文心酒胆的文人特质，影响并感染着他周围的人。

杨廷贵出生在新中国成立的那个年头，成长在鄱阳湖边一个只有70号人丁的杨老君小村庄，他的身上没有了旧时代的胎记和烙印。多凡长子都是循规蹈矩、敦厚务实不为非分之想的，而作为老大的杨廷贵，却远离了传统文化造设的标准，他那卓尔不群的叛逆意识自幼就表现出来并伴他走过了半个世纪。

1964年，杨廷贵小学毕业，父亲把他送到永修白槎一个山沟里学篾匠，不到一个月，他就翻山越岭逃了回来。他想，读书并增长知识，对于穷人家的孩子来说，是唯一同命运抗争的资本。于是，他执意要继续读书。初中毕业后，作为"回乡知青"，干了半年农活，做了一年乡村老师。在此期间，刻苦勤奋的杨廷贵买不起词典，就借来一本四角号码字典一页一页地抄写，并将一本成语词典从头至尾背了下来。1970年后，杨廷贵开始辗转在本县铁矿、砂厂、工业局、造船厂等单位，主要从事"政宣"，后来，县造纸厂投标承包，他那富有感召的演说使他一举夺标做了该厂的厂长。1989年，他到鲁迅文学院进修，回来后就调到都昌县文联，开始了他专业的文学创作生涯。早在青年时代的杨廷贵，对文学就有着狂热的追求，都昌籍作家摩罗在他的《我的第一个文学朋友》这篇文章里对此有过足够的描述。一有时间，杨廷贵就找书读，中外古今诸子百家官书野史，凡可以弄到的，他都采取拿来主义，不由分说一口气把书读完，完成了他丰厚文学素养的原始积累。

1982年，杨廷贵的第一篇小说《诞生在灵堂的雕像》发表在山西的一本杂志，第二年电影文学剧本《解缙的故事》又在该杂志刊登。满腹诗书的杨廷贵从此一发而不可收，把内心深处那富有灵性的想象，把岁月留痕穿插其中的感受写成了一本本书。

1996年，在著名作家陈世旭的鼓励下，杨廷贵的第一部著作——中短篇小说集《白色的女人》在百花洲文艺出版社出版。2000年，他又完成了他的长篇人物传记《无冕之王——罗伯特·巴乔》的写作并由北方文艺出版社出版并公开发行。2002年初，奠定他文学地位的第三本书——带着清澈之光和幽默之气的散文集《寒号鸟》由中国文联出版社出版了。

都昌自古怪才多，也许与野老泉汩汩流淌的泉水息息相关。在他这只文学领头雁的捣鼓下，一大批文学青年相继成长，不断有作品变成铅字。收获带来的鼓舞和责任使杨廷贵开始琢磨创办一张属于都昌七十万人的文艺报纸，他的想法很快就得到了县委县政府领导的支持，于是，飘散着花草芳香的《鄱湖文艺》，一朵吐放着蓬勃生机的文艺小花在十多年前一个雨后清晨美丽地绽放了。

杨廷贵还是江西省文艺评论家协会会员，他的评论《检点在历史的隧道》在2001年获得江西省首届优秀文艺评论论文奖。他搞文艺评论总是绕开众人选择的角度，所以，他有许多自己独到的见解，使得他写的评论总有新鲜味道，总有那么些深刻的见地。2004年6月，集中了他的文学观念和艺术素养，充分体现他文学才华和思想灼见的评论集《看法》一书由作家出版社出版了，给江西的评坛增添了不少亮色。九江在江西有文学的"半壁江山"之说，无疑，杨廷贵也是功臣之一。

除了文学，杨廷贵还在书画方面有着一定的造诣，他早年就加入了九江市书法家协会，后来还成了省书协会员。他将自家楼房取名为"泼水楼"，现在的院内栽种着几株绿得发亮的竹子，使人想起苏东坡先生那流传千古的名句：可使食无肉，不可使居无竹。而杨廷贵说，居要有竹，食也要有肉。他那人间烟火的气息伴着他几十年文学追求亦雅亦俗的个性就真实而生动地凸现出来。所谓大俗即大雅，想必杨廷贵先生对此有着比我们更具哲学思辨的认识。

杨廷贵对酒有着惊人的嗜爱。不论在家里，还是在外面，但凡他在场，就少不了一番酒的闹腾。轮他做东时，只见端起酒杯的杨廷贵将那掩耳长发朝天一甩，满杯的酒瞬间下肚，一场酒席之间的品文斗酒就揭开了序幕。带着醉意的杨廷贵，就开始与朋友们分享文学，交流人生，探讨社会。他的语言总是那样富有张力，让人回味和思量。圈内朋友都知道杨廷贵口直心正，坦荡率真，对于他的谩骂调侃并不生气记恨。性情中人，嬉笑怒骂，实在是习以为常。

2003年4月，杨廷贵卸下文联工作的担子，觅了一份闲职。已过天命之年拥有丰硕成就的作家杨廷贵没有如常人想象的那样寄情山水、逍遥自在，新春过后，笔者专程走访了他，见到他时，他正在家里召开"小镇会议"，组织一帮人马张罗着一部《小镇会议》的文学对话录书稿，由他主笔，列入2005年创作计划。相信这本风格别致的文集出版时将带给九江乃至江西文坛更多新鲜的空气，也给杨廷贵的文学生命带来更多的色彩和品位。

杨廷贵说，尽管如今的文学还瑟缩在某一角落，儿时的梦幻却依然如锦如绣萦绕在眼前，人类回归自己的童年和人们追溯自己童年的理想是一件多么重要和神圣的事情；有了文学精神的支撑，肉体的沉重就不能把我们的灵魂坠向地狱，这样，生命也就拥有了更多的亮色。这段话足以把作家杨廷贵对文学的痴迷真切地表现出来：正视苦难，追求光明，引领人们寻找和回归精神家园，是一个真正作家使命的神圣所在。

2007年10月21日

正义——人类精神追求的彼岸

由长江电影制片公司制作的电影《东京审判》以诸多翔实的场景再现了六十年前远东国际军事法庭十一名同盟国法官对策划、组织和发动侵略战争的日本军犯进行审判的一页历史。在长达817次之多漫长的审判活动中，以卫勃爵士为首以中国法官梅汝敖为代表的十一名国际法官，以约瑟夫·季南为检察团团长的国际检察团，以对法律的忠诚，以确凿的证据，雄辩的口才，无畏的精神，面对以板垣征四郎为代表的日本军国分子的阴险狡诈和百般抵赖，机智勇敢地将东条英机、松井石根、土肥原贤二、板垣征四郎等二十七名日本战犯告倒并最终对七名甲级战犯执行死刑。影片以乌云密布开镜，昭示着日本侵略战争的铁定史实，以及战争乌云对日本一代青年造成的心灵恐惧和精神迷茫，继而切换到一片蔚蓝的天空，寓意着以中国为代表全世界热爱和平的人民的美好愿望；影片在悠扬柔和的一长串"啦"声中结束，表达着人类对自由、和平、爱情的无限追求和热情歌唱。影片着力塑造了幽默而风趣、深沉而执着的中国法官梅汝敖、中国检察团副团长倪征燠面对邪恶英勇无畏，面对不公正国际秩序敢于斗争的正义形象，给人以精神振奋，给人以奋斗力量，给人以生命热爱。

这部电影告诉人们，正义最终战胜邪恶，正义将是人类社会追求的至高理想，永远是人类精神追求的彼岸。

正义的行为。卫勃等十一名法官受盟国委托来到东京，在对日本战犯进行审判前，须排定法官座次，首席的自然是美国，当卫勃宣布二席是英国、三席是中国时，中国法官梅汝璈愤然离席，致使开庭前的预审彩排陷入僵局。梅博士定然不能接受这个安排，在他看来，这是国际法庭，而不是英美法庭，国际军事法庭不能够成为拳击场，况且他认为在对日战争中英国态度暧昧，一味隐忍甚至投降，如此排座，那无异于挑战世界、亵渎法律。他坚持按日本投降书上战胜国鉴字顺序排位，他才出庭。他对卫博士说的一句话耐人寻味：真理只有深浅之分，没有大小之分。他的大义凛然使他挽回了面子，这个面子是中国面子。卫勃诚然被他的儒者气质打动了，被中国文化感染了，折服了，他微笑着对梅汝璈说：叫我老卫吧。这又是一次胜利，是对梅博士正义人格的写照。

正义的声音。这部电影，有太多精彩的声音让我难忘。或让人激奋，或把人感动，或使人受教。正义的声音如一丝春风，轻轻飘散在绿油油的稻田；正义的声音如一声春雷，给昏睡的人以警醒；正义的声音如一场春雨，把混浊冲洗。

梅汝璈：国际军事法庭不是英美法庭，我不希望国际军事法庭变成拳击场。况且真理只有深浅之分，没有大小之分。

梅汝璈：卫勃先生，如果我授受了这个彩排，就等于侮辱了我的国家和人民，侮辱了中国人民在抗日战争中付出的代价、牺牲、努力和坚持。

梅汝璈：我来东京不是为了愉快，我是为审判而来的。欢乐是别人的，我只是个看客而已。战争这个怪兽吞噬着生命、荣誉、国土，吞噬着人的灵魂和理想。各位法官，请原谅我的粗鲁，人类创造了文明，人类和文明的关系，如同杯子和水的关系，没有杯子，水就立不起来；没有人类，何谈文明？我们为什么要来这儿？就是要对罪犯进行严惩，我们为审判而来。

约瑟夫·季南：在这个世界上，没有比发动对其他国家的侵略更为野蛮的行为，日本国发动的侵略战争，是对世界的挑战，是对和平的挑战，野蛮的结果，世界遭受痛苦和死亡。所以，我提议，让我们以公正之心，善良之名，人类之愿，给战争罪犯予以严惩！

正义的反思。影片记录和刻画了一群日本青年和曾经参与侵华战争的军人，他们的绝望，他们的苦痛，他们死到临头的反思。战败后的日本，低迷颓废，随着帝国梦想的破灭，一大批日本青年性格扭曲，精神破碎，灵魂变异，以酒消愁，以泪洗面。剧中刻画了正反两个类型。极度扭曲、近于疯狂的反面人物雄一深受战争之害执迷不悟，他暗杀热爱和平的千叶小姐，无耻剥夺芳子爱情的权利，开枪打死和弟弟一起从征归来的日本军人和田正夫，一步一步让自己走向深渊，这是对日本战犯东条英机血的控诉！

人都有善良的一面。当我对热血青年雄一深感悲哀的同时，也对从噩梦中醒来的一群日本军民产生几许欣慰之情。原日本军人、陆军中将田中隆吉，面对法庭上广濑一郎歇斯底利的咆哮，从容打开良心的大门，将组织、策划、实施侵华战争的罪魁祸当众揭发，他平静的目光里，呈现出人性的复苏、良知的修复。和田正夫，一个曾经参与侵华战争的军人，随着庭审的进行，他开始反思，逐步认清日本侵华的实质，并不是东条英机信口雌黄所谓的"日本国对满洲人民水深火热的深切同情"，他在忏悔，他试图用自己的良知将周围的人唤醒，很遗憾他没能做到这一点。当疯狂的雄一将枪口对准他，他一丝也不慌张，平静地说：弘二（雄一的弟弟）是我杀死的，一个单纯的孩子，成了杀人魔王，他怎么可以这样啊？这也是影片中一个最为动人壮美的情节，让人久久回味。

还有芳子的妹妹樱子，响应东条英机内阁的召唤，献身于帝国，不知不觉地沦为一名慰安妇。当她回到国内，仿佛从死亡的噩梦中逃生。每一次庭审，她都一脸惊疑、痛苦抽搐的表情，季南讯问东条英机：如果国际军事法庭不对你们进行审判，你是否还要继续实施你们的战争计划？当樱子真切听到骄狂的东条英机说"是"的时候，当场晕了过去，这是良知的拷打，是生命凄美的一个痛点。

正义的审判。这部影片最集中的矛盾冲突表现在对东条英机、板垣征四郎等二十七名日本军国战犯庭审取证以及判决中执行死刑还是非死刑的问题上。面对国际军事法庭的审判，二十多名日本战犯充满了恐惧，战犯一张张狰狞的面孔表现了军国分子内心的丑恶和变态。以广濑一郎为首的日方辩护团，气势汹汹，扬言要与中国法官大战三百回合，妄想逃脱惩处。在这个情节上，中国检察官倪征燠表现了足够的功力和气度，指东打西，敏锐果敢，将板垣征四郎的精神彻底打垮，犯罪事实一件一件浮出水面，战犯在日本国民目光的失神中沦为阶下因。在十一名法官最后一轮会议上，对日本战犯执行何种处置成了全剧焦点。当时的英美法律，没有死刑规定，其他几国也是西方国家居多。因这些国家并未像中国一样遭受日本铁蹄的踏践，反日情绪不尽一致。加上中国检察团人数又少，在这样十分不利的情形下，梅汝敖和倪征燠如何发力，如何将这一正义的审判进行到底，成了观众的热切期待。梅博士也一度在心里打鼓，他完全不能预测审判结果。关键时刻，倪征燠的一句话"只要你不把老子打死，老子就要站起来。"激扬了梅博士的斗志，卫勃信赖的眼神给他增添了神圣的力量。直到投票前，他还在给自己打气，他风趣地引用一句希腊谚语缓和紧张、分歧的意见：也许，命运的看法比我们更准确。说完，他第一个在执行死刑判决书上圈定"Yes"。从5：5的紧张压抑到6：5的惊心动魄，"Yes"胜过"NO"，卫勃克服了自身的矛盾，他把选票投给了中国，中国的人文思想再次征服了他。

正义的取向。英美法律没有死刑，从一方面看，体现了对生命的珍重和终极关怀；从另一方面看，恰恰暴露了这种文化的没落和缺陷。梅汝敖理解得好：生命都是宝贵的，由于日本的侵略战争，导致了世界上那么多无辜生命涂炭，不把这些法西斯分子送上断头台，这是历史的遗憾，这是时代的悲哀，这是世界的不幸。同处在世界东方持以佛教的印度，其精神取向也有软弱无力的一面，既然众生平等，佛可以敞开怀抱，随时接纳所有的人，甚至罪人、杀人犯，佛都可以原谅他甚至爱他，这与佛教"既扬善，亦惩恶"的思想文化如何并存？季南说得好：如果我们原谅了这些战争罪犯，那这些罪犯今世的罪恶谁来报呢？等到来世吗？难道精神的期待能左右现实吗？显然，印度法官巴尔先生的观点，我们要说NO！

谁剥夺了他人的权利，谁将为此付出代价；谁害了他人无辜的生命，谁将为此付出鲜血和生命。从中国法官的身上，我更多地感受到中国文化的情理结合、刚柔并济、内外同治，具有更深的人性需求和精神向度。从这个意义上讲，西方的文化也许更有张力，而中国的文化更有彰力；如果说西方的文化显得娇媚，那么中国的文化平实而厚重！

2007年3月22日

鲁院学习心得

在鲁院一个月的学习就要结束了,只觉时光如电,每一天都不轻松,上课、研讨、整理笔记、班级各种集体活动,还有生活上的诸多琐碎。于我而言,学习的紧张远超过我的意料,总觉时间不够用,有学不完、写不完的东西,却又在每一天的紧张忙碌中丰美享受文学的思想洗礼和自由的幸福体验。

(一)

中央党校文史部副主任周熙明对"科学发展观"的文化精神内核给我们作了精彩解析:发展就是文明的整体进步,现代文化的主导精神是"以人为本",健康文化的基本特征就是"全面协调可持续";文化大都是精神层面的,文化从来都是多元的、包容的,文化犹如中医,是仁学而非科学,但它不违背科学而又不局限于科学,文化是生命之思,人类是"文化生物";世界上让人激动、让人神往、让人迷惑的事物,是头顶的星空和心中的道德,文化对象至大无外,至小无内;大国崛起,大道行思,从人类社会最高层级概念看文化,文化应成为人类社会含物质在内的大家庭的家长、族长。这些精辟的论断,让我颇有所得。

学习拓宽文学视野,我对中国当代文学的发展态势和总体评价有了一个全面的认识。以"鲁郭茅、巴老曹"为代表的五四文学，中国文学的总体走势是登山式的向前延伸，向高发展。当下，文学创作呈现一派繁荣、遍地开花的缤纷态势，2010年仅纸质小说出版多达3000部，中国文学不存在创作危机而只存在阅读危机。诚然，从艺术水准来看，当下文学作品思想艺术水准参差不齐，还处在一个很大的发展空间里。科学地审视当代文学的价值，要建立三维参照体系，与中国古代文学比较，与西方文学交锋，与中国现代文学对比，从而找到我们当下文学存在的理由。理解和审读中国当代文学，可从三个层面去看，一是看其社会历史文化的丰富内含，二是看其人性的深度与复杂性，三是看其文本汉语叙事的创新形式。

通过学习，我对中国当代文学作品存在的主要问题有了基本认识：一是对于重大历史事件、社会背景没有持续的跟踪，判断上没有确切的依据；二是对于当下生活表达没达到应有的高度，特别是过去一个时期里的高大全作品，如"三红一创""青山保林"等，这对我们的写作形成障碍；三是对于欧洲十八、十九世纪的学习没有完成，而又投入一味效仿西方的创作激情，作品从人物性格到主题思想变得模糊不清；四是对中国传统文学的学习没有完成，为吸引眼球，以至出现了诸多私人写作、身体写作、窥视写作等萎靡之风。

通过学习，我对当下中国文学三分的格局有了一个清醒的判断。《中国文学年鉴》主编白烨说，当下中国文学的整体格局可以用"三分天下"来描述，其一是文学期刊发表、刊载、转载的新锐作品和重大作品；其二是各大图书出版集团、书商以营销为手段的大众文学，作品吸引眼球却没有生命力；三是以网络为平台的新媒体文学通称为网络文学，刺激、惊悚、玄幻、武侠、神话、盗墓等题材，五花八门，酣畅淋漓，快意恩仇。令人感慨的是，当下文学好不容易走出了"文学为政治服务"的怪圈，人本主义思潮得以兴起之时，传统写作却受到极大挑战，商业写作日益庞大、强劲，大有占领文坛的逼人气势，殊不知，过分强调文学的产业化，只会损失人类生命应有的尊严，文学的民族史和思想文化传承将会在可怕的挤压下窒息死亡。

通过学习，我对文学经典有了进一步的认识，走出了经典的神圣化和神秘化误区。其实，经典是科学性的判断，更是修辞式的概述，没有海天之遥的神秘；经典不会自动呈现，经典是在阅读中产生的，文学的意义是读者阅读后创造的；经典由谁来命名？是由同代人还是由后来人去认定？当然是对作品感同身受的同代人；经典的话语权是专家学者还是普通大众？科学地讲，当是后者。

北师大教授、文学评论家张清华先生的《诗歌写作与无意识活动》，从心理学角度切入文学和诗歌创作，使我受益匪浅。人格结构最基本的层次是本我（id），遵循的是快乐原则；现实原则既自我原则（ego），超我（superego）原则能自觉进行自我批评和道德控制，包括"良心"和"理想自我"两部分至善原则。本我、自我、超我三个原则如果失衡，精神病也就产生，精神病分裂者其实就是精神反抗者，或者说文化反抗者。把这三个原则运用于文学作品中进行分析，比如歌德的《浮士德》，"梅菲斯特"代表的是"本我"，"浮士德"代表的自我，"上帝"代表的就是"超我"。把这三个层面的关系分析好了，我们笔下的人物，也就好进行个性设计、命运铺排。

（二）

鲁迅文学院白描副院长的精彩讲授，使我领悟到从自发写作到自觉写作，从生活写作到生命写作，从作者到作家，从小作家到大作家，必须要经过多方面历练：一是带着深度的感情去体验生活，于作家而言，精神生态系统的构建与和谐十分重要，无论经历苦难与否，作家须具有体验各种感情形式、洞悉各色人情世故的能力，所谓"人情练达"，陕西路遥、陈忠实、贾平凹三位作家的成功就是最好的印证；二是要有扎实丰厚的知识积累、储备和勤奋不辍的创作训练，着力培养观察能力、想象能力、表现能力；三是要以诚实的劳动态度，构建作家良知和道德底线，所谓以天地立心，为生民请愿，书写生命尊严、朗朗乾坤的鸿篇巨制；四是要从生活中提炼出丰厚的文学富矿，从语言表达的基本功到结构设置的才情再到作家人格，文学终极较量是作家人格的比拼，这个人格并非道德意义上的人格，而是作家的综合学识和修养；五是强烈的超越意识，文学的生命力在于创造，既超越前人，更是对个我经验的超越。

透视世界文学之父托尔斯泰文学作品的魅力，深水暗流，波澜不惊，他笔下的人物，热爱的，不喜欢的，他都像上苍一样关注着，洋溢着极其强烈的人道主义，渲染着巨大的悲悯情怀。他的创作实践和成功经验，应该成为所有作家的借鉴。

中国作家协会副主席何建明的一番话，总在耳边回旋：作家千万不能跟风，坚持自己的写作方向和艺术风格，才有写作取胜的可能，毕竟，个人的情感体验，个人的写作资源只属于自己。我想，坚持具有个性风格的独特性艺术写作，这是文学生命的必由之路。

鲁院成曾樾副院长说，大作品往往诞生在边缘地带、偏僻地带、被世人遗忘的地带，作家要用思想点亮心灵的发现，善于从一个可视角度转换到另一个思考角度，去发现，去发掘，把小事物写出大文章，这就是所谓的"智取"。江西本应是文学富矿的省份，可写的资源实在太多，而中华人民共和国成立以来，江西具有重大影响力的作品并不多，与其说是遗憾，不如说是我们的创作不够，当然，也有运作不够。

作家路遥在《平凡的世界》里，多次用"亲爱的"进行表达，史铁生在怀念陕北生活的文章里反复使用"我们的陕北"，让人读来温暖，这在我们现在的许多作品里难以读到，没有温情，没有朴素而饱满的爱，不能说这不是一种精神遗忘甚至品质的缺失。衡量一个作家的精神维度，评论家李建军说得好，要从两个方面去考证：作家在一个人的世界里，他的所思所想所为的真实状态，还有，在作家的笔下，他与周围发生的一切发生了怎样的关系？动物、植物、自然是怎样出现在他的面前，进入他的心灵？这些问题想通了，作家的素质就提升了，创作水平一定也会切实得到提高。

（三）

来学习之前，江西省作家协会副主席李晓君对我说，到鲁院学习就是享受文学的快乐。这二十多天的学习和生活，我把自己完全沉浸在文学的意境里，充分体验着学习的快乐，和老师同学在一起探讨、交流，享受深夜阅读思考的快乐。

什么是文学？从多个角度，我认识到：文学是处理心灵的事物；文学是作家人格之树长出的花朵；没有个性就没有文学，没有原创性就没有文学性；文学与科学不同，科学是累进式的，而文学是回归的；文学是形象艺术，是语言意境艺术，是情感浪漫艺术，文学不能成为政治思想和哲学战车的捆绑；没有个人真实的东西，一定成不了文学；土耳其作家帕慕可说得好，文学就是用一根针挖一口井；文学应该是一种充满可能的艺术，可能性的抵达，可能性的挑战；文学是与真理无关的领域，在文学里，永远没有真理发言；文学的精神内核即文学之核，它应该彰显民族性格、民族精神、历史记忆、时代见证；文学的固有品质是文学性、思想性、艺术性……

授课中，诸多老师对作家写作和经典作品进行了解析、审读，成为源源不断补充我文学精神的养料。评论家李建军先生关于史铁生的经验给我很大启示：微笑是乐观、镇定、爱的表现，后面掩藏的是勇敢与智慧的东西，脸上总挂着微笑的当代作家史铁生，他把外部世界与内心世界打通，具有对生命深沉的爱，热忱、坦诚、淡定，即使面对死亡，也是那样平静，从作品到生活，他的身上，一切具有了美感；没有爱，就不要去搞创作，史铁生的写作，是爱的写作，有信仰的写作，关注灵魂而止于肉体的写作；他的写作，是人性的写作，诗性的写作，救赎的写作；在史铁生看来，人生来都不是健全的，各有各的残缺，身为作家，必须是一个有神论者；人活着，就是为了拒绝庸俗，就是为了实现"自我人格"的书写。对照史铁生的写作，我意识到，现在有不少写作，太注重文字的外在华美，喜欢把情绪写足，没有节制，要么就是太以自我为中心，以极度的个性情感体验去写作，无法抵达人的灵魂；再就是风景描写的沦落，对外在的一切显得漠视。

在鲁院学习紧张而活泼，期间安排了好几次文学联谊活动。5月20日，全班到鲁迅文学院新院参加了"鲁十五诗歌之夜"诗歌朗诵活动。5月22日，在鲁院老师的指导下，江西作家班31位同学与鲁迅文学院领导、老师欢聚一堂，举行了师生连心的"鲁院之恋"文学联谊活动。6月2日下午，应《中国作家》主编艾克拜尔·米吉提先生盛情邀请，全班同学兴致勃勃地赶赴郭沫若故居观摩了"端午诗会"活动。5月28日晚上，全班乘车赶到国家大剧院，观赏了意大利歌剧院奉献的美轮美奂的芭蕾舞剧《朱丽叶与罗密欧》。端午节，学校怕我们孤独，临时安排活动，在杨小蕾、聂梦、王冰老师的陪同下，我们登临长城，游览颐和园。诸多的文娱活动，让我们在紧张的学习活动之余，得以身心放松。

（四）

法国作家巴尔扎克说：小说是一个民族的秘史。德国作家托马斯·曼说：小说的艺术在于，尽可能着墨外在生活，强有力地推动内在生活，内在生活才是我们兴趣的根本对象。这次学习的中心任务是围绕小说题材，阐文艺思想理论，论小说创作观点，讲小说创作技法。听了诸多报告，我吸收了很多关于小说创作、审美的精辟思想和独到见解。《人民文学》主编李敬泽先生说：小说多么神奇，它根源于人类生活的神奇，小说的任务，不是讲千奇百怪的故事，天下故事，无穷的多，也无比的少，太阳底下再也没有新鲜的事，小说重在如何讲述这个世界，在其缤纷的讲解中，给读者一种新奇；小说产生于人的"迁徙"和"折腾"之中，小说家的任务，不是叙述重大事件，而是把小小的事情变得兴趣盎然；李先生还说，从生活永远大于小说这个角度说，小说就是说"废话"，伟大的小说更是"伟大的废话"，小说的"好"，不是"压缩饼干"，而是被压缩掉的那些精华，那些人生中鲜活的经验，小说家的功力就在于无穷无尽地表达人的经验性的丰富、驳杂、完整；小说是"沉默之子"，有声音的东西不过是沉默周围的浪花，小说家千万不要霸道，把笔下的人物呼来使去，千万不可使"拙劣的花招"，准确、朴素，是小说的最好气色。《文艺报》总编阎晶明说，小说不是集体思想发言，而是自由个性的极度发挥，小说作家，要好好读懂鲁迅，他笔下的每一个人物，都能够作为概述一个时代的人物典型，作为一个时代开始、高潮、低落、衰败的符号，鲁迅先生惯用曲笔，使得小说有巨大的解读空间，复杂性、丰富性、多样性、不确定性、可能性，全部在他的小说中蔓延开来；中国文化与文学研究所所长孟繁华先生说，所谓"大"小说，就是人人心中都有、人人笔下皆无的人物故事，这就是所谓的独特性了。

成曾樾副院长说，没有细节，就没有人物，就没有文学。从某个角度看，文学与非文学的区别，只在于有无细节的描写。于一篇成功的小说来说，准确、具体、生动反映事物的基本特征给人以强烈艺术感染力的细节，是小说之血肉。作家蒋子龙这样说，短篇小说需一到两个细节，中篇小说需三到四个细节，长篇小说至少得十个以上细节。故事好找，零件难求，小说家的功夫之一，就是对生活敏锐的观察、思考和艺术发现，好的细节使得作品真实、独特、助于刻画人物、增强艺术感染力、给读者难忘的美好回味。

"读其小说，如品绍兴老酒"，有"中国短篇小说获奖专业户"盛誉的小说作家、北京市作家协会副主席刘庆邦先生，以其多年创作的实际体会，就短篇小说创作的理论探索及写作技法给我们上了一堂精彩的课。刘先生对短篇小说赋予了五种精神的承载：追求纯粹艺术的精神、勇于与商品进行对抗的精神、专注于细节精雕细琢的精神、注重语言韵味的创新精神、知难而进的精神。在一篇好的小说面前，任何容易做成的事情都显得没有魅力。短篇小说最为要紧的事情是有一颗好的"种子"，种子是短篇小说的灵魂，种子是有可能生成一个优秀短篇的根本性因素；没有种子，就无从下手，没有出发点，也没有终点。种子的形态并不固定，一句话，一个细节，一种理念，一个氛围，都可以是种子。种子可以出现在任何一个地方，相对而言，置放在后面甚至结尾更为精彩、更为深刻。关于短篇小说，目前学界普遍持三种写作手法："减法写作"，追求精练、灵动，重在一个情节；"控制法"也叫

"平衡法"写作，注重小说细节的密度分布，保持一种稳步的向前；"生长法"（刘庆邦先生所倡导，并得到中国文坛认可）写作，情节是因是果，细节是其生变、生发过程，注重递进式的细节排布，达到"步步生莲"的阅读审美。刘先生说，作家是不和谐的动物，他的价值就在于独立思考，一个优秀小说家的思维模式应是"求医思维"；短篇小说写作，非常需要爆发力，绝大多数优秀短篇小说都在青壮年写成，如同果树的挂果期，作家要羞于重复自己；中国小说，太多写实，务虚不够，缺乏哲学支撑飘逸、空灵、无生气的虚构、想象是对于"三贴近"，刘庆邦的秉持理念是贴近人物、贴近心灵、贴近艺术，并在写作技法上充分发挥综合形象的运用，通过人物后背的景物镜像，人物形象更加丰满、鲜明。

（五）

李敬泽先生的一句话给人深刻的思考：我的表达，有许多人都可以表达，我的写作还有价值吗？

评论家胡平的话总在我耳边回放：人性问题是走向文学的唯一通道，作家要有自己的信仰和世界观，这是成功与否的分水岭；大作品具有震撼人心的力量，甚至是，光有震撼力还不够，必须能够照亮别人。

以往，我接触到很多乡村题材的作品，总把乡村与城市简单对比形成强烈的反差。这次学习使我领悟到，乡村的诗意是在遭遇城市的冷漠中产生的，中国的乡村经验其实是靠城市照亮从而在差异化的文化环境中才找到真正文化记忆的答案。现实周围，有那么多写作者将二者决然对立成二元，现在看来，这样的表达太陈旧、太雷同也太乏味，没有真正的内心观照和精神思考。有道是：大人物有大人物的生活经验，小人物有小人物的生活经验。

著名报告文学作家何建明先生的经验之谈，围绕主题表达阐述写作理念：报告文学作家，首先要有政治家的意识，该写什么，不该写什么，心里要有一个清醒的认识；其次，报告文学作家要有思想家的独立和穿透意识，在作品中一定要有作家的思想视野和价值判断；第三，报告文学作家是一个社会学家，对社会、历史、人文能够透视，将其融于一体，使作品具有时代的记忆，具有历史的纵深，具有生命的鲜活；第四，报告文学作家要具有普通人的情怀，所谓回到文学的人学书写、生命书写，普通人的情感是真实的、饱满的、感人的、光亮的，闪耀着人性的光辉；第五，作为报告文学作家，要准确把握写什么，然后才是怎么写的问题，大而覆盖，料难写好，小而具体，最好切入。

围绕主题，如何找到一个好的切入点，这是写作的紧要问题。苏联作品《这里的黎明静悄悄》之所以成为传世的经典，作家针对二战主题不是正面进攻，他选择了侧面智取，写一群女兵后勤的琐碎生活，给后人留下美丽的历史记忆，也留下无限的思考。其实，艺术的取胜概莫如此，一曲《让我们荡起双桨》能成为经典，没有正面的直指"文革"，却在美好的意境里唤起人们对自由、幸福的崇尚和追求。二战期间，日本国民自杀者甚众，女歌星美空一首《一只美丽的红苹果》闻名于世，挽救了多少几欲自寻短见的日本民众，艺术的力量便是这般神奇，作家艺术家们当好好思考。

鲁院江西中青年作家班，见证了江西省文联的一番苦心。江西省文联主席、省作协主席刘华出席开班仪式，临近结业的最后一课，专程飞抵北京，他说，"在家乡的泥土上，用文学挖出一口有江西人文山水特色的深井"，给我印象至深。历史文化丰厚，红色文化灿烂，绿色文化优胜，家族文化鼎盛，客家文化兼备，等等这些，都是可以成就一番文学事业的。我想，在今后的写作中，当要处理好五个关系，一是建立起生活和艺术相通的关系，从现实生活的深处发掘照人的艺术思想；二是把握好情感基础与艺术真谛的关系，把真实、饱满的情感奉献给我的读者；三是应对好文化传承与时尚冲击的关系，以甘于寂寞的精神砥砺心志，以文化自觉体现一名作家的爱和责任；四是统筹好学习借鉴与包容、宽容的关系，走"开放型结构"的文学之路；五是并用好"走出去"和"引进来"的关系，把文化自信和文化自强结合起来，创写出有个性判断、有文化视野的作品。

当下，诸多社会问题让人深思，特别是人文精神虚弱而导致的国民性格复杂和变形，让人纠结。表情僵硬、不苟言笑是冷漠、无助的表现，对"教养"不够敏感是庸俗的表现，"钱权名"三位一体构成当下对于成功秉持的宗教，文人本身的精神变形和人格缺失导致的凌弱心态等等。我想，作家是智者勇者的代名词，所谓智勇者，即文化自觉和思想先锋。在写作中坚持什么、摒弃什么，这不是艺术风格问题，而是思想和精神高度问题。这次鲁院学习，于我是一次很好的充电，是一次心灵的净化和置换，是获得精神支撑的感受之旅、发现之旅、收获之旅。在文学精神的引导下，在文学经典的激励下，置身巨变的社会现实，蓄积厚养，用心发掘，在文学内心命令的驱使下，以抵达灵魂的写作，在现实和未来，在现实与永恒之间，用具有表达意义的文字，创写人生未来。

2011年6月18日八里庄南里鲁迅文学院

走近姚杰

当下，在九江的文艺圈内，活跃着一批思维敏捷、才情丰沛、于明识明朗明鉴中脱了几分俗气而多了几分稚气的青年艺术家。处于而立之年，作品参加国展每每取得沉甸甸奖项的姚杰，便是我早已熟知并引以欣赏的人。

表面平静谦和，内心执着奔放，人缘好、人气旺，时任九江市书法家协会副秘书长的姚杰，几年前便以令人刮目的书法成就和造诣荣膺为中国书法家协会会员、江西省书法家协会评审委员会委员、九江书画院院士、九江市政协委员。

姚杰是一个致力于紧跟时代步伐前进锐意创新进取的人。透过晶亮的镜片，他目光中的真诚就径直抵达了我的心灵。我隐约知晓，坐在我面前身体偏瘦、个子高挑的姚杰，有着同龄人所没有的一些人生经历，而艺术的梦想却一直伴随着他走过每一段风雨历程。艺术是太美好的东西，美得让人垂青，让人情不自禁，让人不肯收心罢笔。姚杰用了近十年的时间去平和心态，从艺术的稀有元素中冶炼出生命的珍宝。这些年也正是在一种磨砺中，他对艺术的领悟有了加速度的成熟，他对书法的研练有了超越年龄的深刻。因为清醒而益智，年轻好学、志存高远的姚杰，敞开胸怀，沉静思考，凭借良好的文化知识水平，运用现代多种技术手段，大量获取了国内书画界的信息资源，他敏锐而洞察的心宛若一座不曾停止作业的加工厂，他有效接纳了这些信息，他有利开发了这些资源，时刻保持一种鲜活的生命姿态，韬光养晦，提精聚气，豪迈超越，所以，成功非他这个有心之人，快乐归于他这个有为之人。

我虽在文艺界工作，却只知捡回几筐青色的文字，对书画艺术顶多会以一个搞创作人的眼光去自我感受和鉴赏一幅字，一幅画，比如，由颜楷而发生秀丽，由行草而联想到奔跑，由篆书而想起"宁静""古朴""沉重"类字眼。好在我也算个谦学之人，三人有师，努力汲取各门类艺术营养。每每与姚杰相遇，总会向他讨教一些书画章律、架构、气脉等问题，一派儒雅的姚杰便会神清气爽，一字一句地讲些写字和作画的要领和法则。他的解析是明快的，但凡练习书法之人，技法不是最为重要的东西，书法贵在创"新"，这个"新"中有时代磨合的胎印，有社会动感的神经，有生命独特的体悟，有人性彰显的刻画，用姚杰的话说，技法"精"而谓之"匠"，思想"新"而为"家"。有些人的字，一眼看上去，一笔一画，周正好看，细审之，脉络之间没有信息互动，整体布章缺少气象的奔涌，"漂亮、精致、准确、无误"断然不是书法艺术的最高境界，徒有好看，则其艺术之路必不远矣。姚杰的一番见地拨动着我如水荡漾的心，他真诚的表达风轻云淡，让我神清志益，很是动仪。打量着思想成熟度与其年龄不相匹配的姚杰，他首先是一个智性的人，其次才是一个灵气的人，最后才是一个勤勉的人。

人是社会的一个分子，生存是生命的第一本能要求，为求生存，人自然承担着某种劳动，自然在社会经济组织中扮演某一角色。开着流线型火箭筒车式的姚杰，时任电力部门下属的某房地产公司副总经理，从他的工作身份看，他是个商人，须于公司利益和客户利益之间不停口舌地周全，不辞辛劳地运作和应酬，而他的骨子里，浸淫的全是艺术。为了这份执着，他须不停地调整自己的心情，转换自己的角色，上班时，他是副总，风风火火，排兵布阵；回到家中，他擦去一脸的风光气息，一心投身艺术。无疑，从商人到艺术家，是风马牛不相及的两个角度，这需要一份自觉，更需要一份沉着，神不凝气则不定。在水与火的对立中，在现实和理想的冲突中，姚杰以其痛苦历练出来的大度和大气，大悲和大爱，寻求了一种由外到内的和谐，那就是在商业中放飞自我，在艺术中独守自我，这种精神气质和思想维度使他时刻游离于艺术而又倾心于艺术。"生活很累，追求艺术的心是轻快的，是艺术驱散了我生活中的寒气"。从他的身上，我观照着一个时代，从他的话语里，我读到了一份执着，以此近观智性的姚杰，他其实也是一个内心世界交织着深刻矛盾的人，矛盾驱使着他前进，矛盾催生着他成熟，这其实是一个真正艺术家的可贵财富。在艺术面前，姚杰是优雅的、清雅的、风雅的，在生活场内，姚杰是俗世的，俗身的，俗能的。当下，社会意识形态纷纭，学术门派纷争，价值观念多元，作为一名艺术家，想在艺术的天空中留下灿烂一笔实属不易，须修得到平和，存得住平静，耐得住平淡，方可内敛彩虹，外收烟云，在如一的追求中走出混迹的人群，走出一条属于创新的自我，这一点，姚杰显然做到了，而且做得比许多人都要好。其书友长耕在一篇文章中这样写道：姚杰既非上帝宠儿，亦非命运骄子，吾观其书法之成，便是敬于事，敏于学，游于艺，以至达到心灵净化，游离于真幻之间。长耕先生用语真诚而不腻，用心端正而不矫，也为我们不谙书法艺术的人提供了一个艺术欣赏的角度。

署号水云居士、贯月楼主人的青年书画家姚杰，二十世纪八十年代初习书学画，走过一条从楷书到隶书到行草最后到篆书的艺术之路。初始，着力于颜楷练笔，获得了厚实之功，后转行草而渐入佳境。2000年始书法作品参加国展并被叫好，三十岁那年，成功举办个人书画展，以形式新、数量巨、质量高、书路广而获得广泛好评，被书友形容为"投下一颗原子弹"。自此，中国书坛多了一位年轻俊秀的书法才子。其后一发不可收，作品屡屡参加省市乃至全国书画展皆有所成，全国书展、全国中青展、中书协单项展、全国书法传媒大展、书法导报第一届年展等，响当当的赛事活动，记录了这个来自江南水乡精神旺盛、才情丰美飘逸青年书法家的才俊美名。从颜体楷书到两汉碑版，再到简版帛书、金文甲骨，姚杰走进了自己勤奋开垦的一隅土地，这片土地上，种植着他运腕悬笔、身远心近的希望，收获着他那流星飞逝、霁月齐观的年成："五色石全国书画大赛一等奖""国电集团全国职工书画大展金奖""首届国际书法大赛提名奖""全国中央企业侨联书画展览二等奖"……

朋友之情盛，心愿遂成。早就想寻个时日去姚杰家拜门，一赏他艺术墨宝，一寻他艺术之精神，让自己也好陶冶一番，近日终能成行。走进姚杰的家门，偌大的房子，嗅不到丁点烟火之气，看不到一丝灰尘浮游，墙上是书是画，案上是笔是砚，地上是条是幅，满屋墨香，书、画、印、石、笔、砚、台几乎是他全部的家什，极具古代文人雅士情趣，把他的艺术气息彰显出来。我径直走到阳台上，满眼陶丸泥人，造型千姿百态，是艺术家姚杰一个一个造化出来的亦真亦幻、亦庄亦谐的生命想象。拿起几个憨拙逗人的泥人，柔和的色彩中我触摸到了人生的美丽，感知到生命的本真。匠心独运是艺术家的禀赋所在，在这轻盈的空间，我再次领略了一个艺术家心底蕴藏的一片瑰丽的世界，暗香浮动，幽云出岫。

接下来，姚杰把他的书画作品一一在地毯上小心翼翼地打开，一条条游龙，一线线飞瀑，一朵朵花黄，一团团红云，在我的视野里生动舒展开来。姚杰的书法作品，最为打动我的是融入隶法和行草笔意的大篆，借以宿墨在宣纸上的炸开效果，每一个字俨然就是一幅画，于静默中生出一丝想象，每一个字都是一个生命，于浏览中生发几点钟爱。从笔法到结构，从章法到布局，一扫一般篆书刻板齐整之通病，给人以鲜活的生命力度。他写字是为了作画，作画是为了更好地写字，书中有画的经营，画中有书的笔墨，可见姚杰平素十分注意艺术的修养和锤炼。他在创作中自觉放弃了"准确"和"秀雅"，主动拉开与"二王"经典的距离，在变化中图存，在创新中保留古朴，致力寻求一种展翅飞翔的张扬，却又不失传统，透出一种朴素和苍凉的意味，实为生命的精神写真、思想写意。

我信手打开几个扇面，大面积留白，中间间以竖形朱砂字屏，用印不在收尾，赫然于书墨之间，浓淡枯湿相宜，节奏忽促忽缓，给人以年轻气盛、激情澎湃、极力表现自我的印象。那是姚杰早些年的作品，而今的他再也不似从前那样气盛，奔腾的艺术在他生命的河流里气象万千，但却清风徐来，微波不兴，他着实达到柔以克刚的少壮老成了。其实，姚杰的画也很耐看，他的画算是典型的中国文人画，画面里透析出一种清新和雅致，轻松明快，不着沉重，没有过多的技巧，也看不到定式的束缚。《花鸟四条屏》《厨间四品》《贯月楼疏果写生》呈现在我的面前，一条瓜藤、一盘野果、一川烟水、一只鸟雀皆入其画其境，无不充满清新透亮的生活情韵和饱满可人的和谐时空，意由情生，挥笔自如，着墨简约，借鸟雀啼鸣摹心灵之声，一纸笔墨，写尽他的理想和他对生命的热爱。读他的画如临清泉，如访古刹，如听晨钟，真有许多的欣悦。从他的字画里，我似乎找到了古人"蝉噪林愈静，鸟鸣山更幽"的禅机。

"多一份诚恳，少一份精明"，姚杰如是说，我如是听，便听出了其中的况味。作为一名思想成熟的艺术家，姚杰十分清楚，艺术的真谛在于一个"真"字，他对书画的喜爱是纯净的，绝少功利色彩，故而用一颗顶礼膜拜的心面对艺术的殿堂。他的艺术创作如同蚂蚁搬家，在悄无声息中沉积养分，在时光如织中积累丰厚，他从没想到"炒作"自己，他十分清醒地知道前人和来者，智者非一气冲向终点，欲速不达，走走停停，审视走过的背影，更知来者之可追，他现在就是努力把艺术的路子拓宽，基础越扎实，道路越宽阔，天空越广袤，就能走得更稳，行得更远。

作为协会领导之一，姚杰深感基层书法爱好者对艺术的虔诚，也更加矗立起艺术在他心中的高度。怎样为书法同仁做些有益的工作，这是他长期思考的问题，协会没经费举办研讨、交流、展览活动，书画作品还没有真正意义上在这座古老而年轻的城市走向市场，缺乏条件培育新生力量，个别保守者刻板地去封闭和抵制新生事物，推出书法新人何其艰难。姚杰说，一个艺术家的使命决不仅仅是自我创作上的得失，他还应当承担着一定的社会责任，要提高大众审美，不能把艺术封闭在高不可攀、深不可测的象牙塔里，要通过一切可能的手段，让普通群众知晓什么是真的美，什么是真的高雅艺术，切不可神神道道，忽悠民众，招摇过市，这是一个艺术家的良知和使命感。

书画作品是书画家内在气质的一种流露，体味姚杰的书画，随意之笔，自然流溢出其率性，简约之笔，足以捕捉其灵性。他的作品总在追求一个"新"字，在构图、立意、装帧上做了大量的思考和实践，在看似简单的笔墨语言中，蕴藏了丰富而深刻、多变而多新的情感世界。

写点关于青年书法家姚杰先生的文字，着实有些难度，首先是我不谙书法，对他的书和画我总怕说些不痛不痒甚至不着边际的话，倒不是怕跌了自己的面子，只怕是有损艺术真谛；其次，姚杰这样年轻，而成就不斐，足以说明他是一个有艺术天资和思想境界的人，我真的觉得力微言轻，有恐敷衍之嫌；再次，艺术本来就是极富个性的创造活动，本就难以读懂，而要读懂艺术家姚杰，更是难为了我。可是作为一名文艺工作者，时常有一种声音在我的耳畔响起：拿起你的笔吧，代言生活，代言时代，写写一切值得你写的人和事。近水知鱼性，近山识鸟音，于是，我想起了姚杰，找到了一个比较适中的标题《走近姚杰》，之所以是"走近"而不是"走进"，我想再也不须赘言。

今晨，走在甘棠湖畔，我看到水面波纹如织，时而曲张，时而涟漪，时而吞吐，时而奔腾，多像是姚杰的一书一画，于眼目是兴奋的，于心境是愉悦的。我唯愿生活中，每天都能面对这样的愉快，每天都有这般艺术由来萌动联想的兴奋和欣仪。

2009 年 8 月 19 日

第五辑

漫笔

九江与"田园文化"

九江，得名于"九水汇聚"之誉。自秦汉以来，九江历有江州、浔阳、柴桑、德化之称谓。盘吴头，骑楚尾，得大江天然之军事屏障，兼得鄱阳湖天下粮仓之美，决然山水美雅水墨，丰沛人文传唱古今，盖上苍亲之垂之。

两晋以前，中华文化之中心位置毋庸置疑座立北国，所谓"逐鹿中原"，所谓"秦砖汉瓦"。魏晋以来，天下大乱，刀兵四起，因"五胡犯华"，大量北民被迫南迁。江州胜地，腹地辽阔，资源厚储，通江达海，包罗万象，因北来文化植入，本土文化自然与北来文化融合并蓄，再生再造，形成洪波涌动、风云激荡之万千气象。

江州自然成为全国最具影响力、辐射力、传播力之文化中心。

千百年来，江山更弦易辙，龙争虎斗不休，时势造就英雄，各种文化在此登陆抢滩，各种思潮在此吞吐飞扬，各种学派在此落地成林，有赖文化之浸淫，这方水土滋生、孕育出一个又一个俊杰英豪、名士风流、大家懿范。

因之，今日九江人，说起九江，则"历史流长，人文深厚"，则"学术成林，科举成风"，则"天下眉目之地，锦绣文章之乡"。论及九江文化，则如数家珍一般，"隐逸文化""码头文化""宗教文化""山水文化""军事文化""书院文化""茶禅文化""园林文化""红色文化""诗词文化""贤母文化""鄱阳湖文化""庐山文化""杏林文化""田园文化"……

时序进入人类21世纪生态文明时代，文化软实力日益成为一个国家、一个民族、一个地方发展之核心竞争力。九江文化资源如此丰厚，思想活力如此飞扬，可九江，究竟以哪种文化优先表现，以此作为经济社会发展之能动？

关于这个话题，九江人从来就没有停止过争论。有说，九江山清水秀，风光决胜，中国古代第一幅山水画《庐山图》源于东晋画家顾恺之，九江理应打"山水文化"牌；有说，九江自古就被称誉为"三大茶市""四大米市"，"装不完的吴城，卸不完的汉口"是以为证，九江当以"码头文化"作为代表；有说，浔阳自古盛名天下，诗词林立，李太白"浪动灌婴井，浔阳江上风"，白居易"同是天涯沦落人，相逢何必曾相识"，权德舆"九派浔阳郡，分明似画图"，苏东坡"横看成岭侧成峰，远近高低各不同"，宋公明"他日若遂凌云志，敢笑黄巢不丈夫"，九江足以冠名"诗词文化"；有说，一曲《春江花月夜》，弹尽浔阳往事，兼得龚自珍"千古寻阳松菊高"之赞誉，九江理所当然树"寻阳文化"牌；有说，九江自古为军事要塞，历来为兵家之争，岳飞屯兵九江抗击金兵十一载，朱陈大战鄱湖十八年，太平天国争夺九江要冲，抗日战争中有"万家岭大捷"，解放战争我人民解放军横渡长江直捣国民党南京老巢，九江自然可以"军事文化"作为标签；有说，庐山"五教祈福"，高僧大德在此修道、著论、执席、传教，宗教文化还不足以代表九江文化？还有说，中国四大贤母，有两大贤母与九江有关，一则陶母"截发延宾"，二则岳母刺字"尽忠报国"，九江诚然应该亮出贤母文化牌……

丰富多彩的文化资源，各具特色的文化标签，有如一座高楼之四梁八柱，若善以策划、创意，足以演绎一场世人瞩目的文化大戏。一台大戏，足以拉动本土文化旅游经济，提升九江影响力、辐射力。若文化旅游拉开序幕，则九江文化真正实现由"静"到"动"，由"虚"到"实"，由"名"到"利"，为经济发展、社会和谐、文明进步提供智力支持和智能推动。这是文化之幸事！此乃九江之福祉！

所谓文化，非但有"文"，还需有"化"；非但"精神思想引领"，且具

"艺术价值转换"；非但作为一个地方文化名片，兼而服务造化现实之功。

以上列举诸多文化资源和文化现象，若择以文化标签，我最为推崇"田园文化"。

我以为，"田园文化"，既是历史的，又是未来的；既是中国的，又是世界的；既是具象的，又是意象的；既是一元的，又是多元思想、价值的集中体现。

而"田园文化"之旗手，无疑是陶渊明！

陶渊明给世人留下142篇（首）诗文辞赋，我们说"文如其人"，则其生命之性情、思想之深造、精神之品格、艺术之运力，足以在中国乃至世界矗立起一座难以企及之文化高峰！

田，即田地，我们赖以存在的基础；

园，系家园，人类精神世界的完美归属。

田园就是渊明的全部，是他的血脉，是他的生命，割舍了田园，也就割舍了他的全部幸福和希望。

田园，既可避世保全，又称心适意于人间当下，真可谓"静念园林好，人间良可辞"。

田园，既是生命成长之元点，又是精神回归之终点。

"田园文化"理所当然成为大美九江之文化名片！

"田园文化"理所当然服务九江经济社会之发展！

作为文化名片，或许有人会问，"田园文化"其内涵何在？其灵魂是什么？又何以体现？

东晋诗人、辞赋家陶渊明，大量诗文描写其田园生活场景及劳动收获体验，"晨兴理荒秽，戴月荷锄归""方宅十余亩，草屋八九间""农人告余以春及，将有事于西畴""相见更无言，但道桑麻长""少无适俗韵，性本爱丘山""商歌非吾事，依依在耦耕"……田园作为陶渊明衣食之本，耳目之娱，口腹之甘，乃生命之承载。归园田后他以子思自况，当年，子思寄居卫国，缊袍无表，三旬九食，取道晏如。彭泽归来，乐以田园，比起子思来，日餐有酒，温饱不愁，何苦独悲！

虽得田园之资，然，陶渊明对现实生活并无更多要求，耕织称其所用，菽麦尚以保饥。肥美之食有则享之，无则不思，若以屈节辱志获之则万不可取，先师之言"君子固穷，小人穷斯滥矣"，坚定其内心操守。一则"嗟来之食"的故事令其感怀咏叹，"吁嗟身后名，于我若浮烟"，他，可以忍受饥寒，可以拒不为官受禄，诚不可忽视劳动价值，决不为营营苟苟而舍弃生命之尊严！

说到陶渊明，我们自然会联想起另外一个大诗人谢灵运，谢灵运足足比陶渊明小二十岁，以辞藻华美之山水诗歌盛名天下。山水诗与田园诗有形影之处，核心思想却不可等同，山水诗，更多注重诗人个性审美体验，而田园诗，则更多关注人与自然相依和谐。提及"田园文化"，不能或缺另一个人，净土宗鼻祖慧远大师。前秦陷荆襄，"漆道人"道安和尚分张徒众，慧远率一群僧侣欲往罗浮山，取道浔阳时，为匡庐绝美山水、田园、灵气所摄，以为此地足以息心、养性，故而在此设以精禅道场，弘法理佛。初至南岭，慧远为南岭气象、田园风情所动，题作诗文《游庐山记》。后，置般若莲台，聚众十八高贤，译著西域佛学经典，开创净土法门，名播天下，与北方鸠摩罗什二分天下。陶渊明小慧远三十一岁，却与慧远法师交游甚多，建忘年之交，虽不入莲社，却志趣于东林从游。

田园之乐，即安居之乐、天伦之乐、林泉之乐、悟道之乐。迷途知返，是现实生活之需，更是精神之旅。返归田园，由狭小天地回到广袤生活之中。在田园里，陶渊明找到属于自己、证得自然为师之心灵世界桃花源。在他看来，自从盘古开天，人类真正幸福和自由，惟有无怀氏、葛天氏、羲皇及黄唐四世才可实现，这是他从不怀疑的人生信仰。设想当他第一次仗剑行游从刘子骥那里听到"桃花源"这个名字，他就将"桃花源"等同于心中的"君子国"，苦苦寻找、孜孜追求，上古社会的淳朴酣实、自由任真从未在他的心里遗忘，尽管王事靡宁，刀光剑影，浮生如梦，却从未放弃贫寒士子的责任和担当。

人活着，便应有梦想，梦想便是生命的花朵。田园里的陶渊明眼前忽然亮了起来，他感到一种远古之风化作白云栖息在他的窗口，他觉得有一件重要的事情要做，有一种力量激赏着他，面对一轮千古明月，桃花源里的幸福与安宁、自然与乐知、称情与忘忧在他的面前一一呈现。

陶渊明是超越的，又是脚踏实地的，在不断的探寻中，在播种中，在收获里，寻得人生大道，获取人生真意。足膝田地，心灵家园，陶渊明心智成熟与价值选择，甚得慧远法师开示。在与慧远、刘程之、周续之、宗炳、雷次宗等众多东林弟子理论趣谈中，由一心习儒尊儒转而问道学道，甚至获益于慧远"生命空观""慈悲万物"之认知体验，静享田园之美，乐以舒啸林泉，纵晚年生活极度贫匮，"倾壶绝余沥，窥灶不见烟"，"造夕思鸡鸣，及晨愿乌迁"，却初心不改，无所恨怨，固穷守节，委化自然。

陶渊明对生死予以冷静思考之诗哲，所谓"天地赋命，生必有死"。仕程十三载，凡五进五出，每次归来，持以自然平和之心，始终关注社稷大运，始终不忘"士"之职要，或教或劝，或勉或励，或寄或寓，以其高蹈远迈、清操靖节之坚守，彰显家国情怀之厚德。

陶渊明思想、精神，陶渊明情操、节义，足以体现封建社会古代一介知识分子、文人、寒士之于王朝、社稷之责任担当和精神自觉！

龚自珍评陶渊明：渊明酷似卧龙豪，万古浔阳松菊高！

"人生归有道，衣食固其端""乃不知有汉，无论魏晋"，理解了陶渊明这几句诗，也就理解了陶渊明生命历程、思想追求和精神归属。劳动之美，孕育了靖节之志；田园情怀，寄寓着家国情怀。

征士而不忘奋斗，靖节而勤于养德，正是陶渊明田园思想之灵魂，更是孔孟道统与老庄智慧融会贯通之国学精髓。

"田园文化"，是陶渊明思想儒释道之有机结合。

在陶渊明看来，道纵心而不纵欲，纵酒而不纵情，正合乎其性情。循道者，理智为树干，欲情为枝叶，叶愈繁，干易折也。因之，纵贫富交战，道胜则无戚颜。

"田园文化"，是陶渊明身上天地人之和谐统一。

热爱生命，追求光明，寻思大道，坚守自我，永远是后世知识分子体现良知良能之行动指南和精神参照。内化于心，外化于行；不忘初心，方得始终。日出而作，日落而息，陶渊明田园美学，给我们最大的思想启发是：平凡中，蕴藏着生命无所不在的审美发现；劳动中，寄托着人类对天地自然造化的神圣敬畏；奋斗中，永志不忘立德、立功、立言的价值实现。

"田园文化"，更是陶渊明诗文真善美之艺术统一。

陶渊明诗文中，关于"真"之表达很多，"傲然自足，抱朴含真""天岂去此哉，任真无所先""真想初在襟，谁谓形迹拘""养真衡庐下，庶以善自名""此中有真意，欲辨已忘言""自真风告逝，大伪斯兴"……元好问评陶诗：一语天然万古新，豪华落尽见真淳。陶渊明诗文艺术之精湛，源于田园思想美学之启示。

真者，生而有幸，道之精髓；真者，葛天无怀，世无纷争，美哉！

夏日，门前林木留下浓荫，清风吹动诗人的衣襟，了无官场束带的拘束，有的只是进退往来的自由无羁，极享乡村景致的逸美之乐；避人幽居，息安绝游，居在深巷远离车辙，静下心来弹起素琴，品读《六经》，卧起自由，享受精神畅游之乐，园蔬多趣，余谷犹存，葛巾漉洒，独得天伦之乐。料想诗人偃仰啸吟，好一派悠闲之姿。

秋日，万物萧瑟，天色黯然，此时菊花盛开，为林木增添亮光，放眼远望，郁郁青松覆盖群山。但见松菊，贞纯秀逸，独立不群，犹似霜中傲然之士，真可谓是"芳菊开林耀，青松冠岩列。怀此贞秀姿，卓为霜下杰"。

陶渊明儒道交糅杂合而生成的"田园文化"，生而快乐，生而有趣，积极乐观，生命最高乐趣在于精神之快乐体验，并非物质消费之身娱。"田园文化"的审美认知，之于当下社会普遍存在的物质主义、浮躁之心、乖戾之气，理所当然是一剂清醒镇静之良药。

当下社会，生活节奏不断加快，各种利益关系盘根错节，难免使人焦虑紧张、精神失衡。举目乡村，遍是田地荒芜、杂草丛生，"空心化"极其所在。党的十九大报告引领未来，将"乡村振兴战略"作为中国全面小康社会建成的重点，这正应合了"田园文化"价值开发的思路和"乡村文化旅游"的精准实施。弘扬"田园文化"思想，打造"田园文化"品牌，创造"田园文化"效应，正是九江文化发挥优势、回馈现实的历史机遇。

我以为，"田园文化"之于九江经济社会全面发展，一则带出其他诸多文化，比如"隐逸文化""山水文化""宗教文化""贤母文化""书院文化""诗词文化"等，这些皆与"田园文化"紧密关联；二则实施与精准脱贫、乡村振兴相契合的"田园战略"，发挥名人效应，弘扬乡贤文化，激发内生动力，推出"菊花""陶酒""紫芝""秋葵""云雾茶""榆柳"等农业文化产品；三则弘扬国学文化之需，励志、求真、教育、和谐、孝义、厚养、薄葬等，皆人性善美之好，集中体现"耕读传家久，诗书继世长"，文明风尚将提升九江精神气质和城市形象；四则以发掘、研讨"田园文化"为抓手，推出一批"田园思想美学"之文艺精品；五则激励当下知识分子，以"田园文化"为精神维系，忠于社稷，关爱生民，立功立言，担当使命。

和谐社会，质性自然。"田园文化"之弘扬、传承、标识与放大，乃是诗书传家、风仪继长、见贤思齐、各美其美之现实所需，更是九江文化经济与名人效应优势结合之优先选择。

2019年12月10日

我写《锄山鼓》

时光针脚拨回到十三年前。

2007年4月21日，和风惠柳，春光明媚，古艾大地一片欢腾。对于37万武宁人来说，这一天注定了具有某种重大历史意义，将极大改善他们的生产和生活，重构他们的希望和诉求。

这一天，时任国务院总理的温家宝和国家林业局局长贾治邦一行亲临江西武宁，视察林改工作。风是轻的，空气是甜的。

武宁长水村一排高大秀丽的红豆杉下，时任武宁县委书记的董金寿等当地领导干部，头顶红日，身披流霞，就集体林权制度改革的创新成果向温总理作了专门汇报，"山定权，树定根，人定心"的九字真言，得到温总理一行的高度赏识。

走进林农家，家家林果飘香；走进丛林里，朵朵山花含笑。林业经济成为当地的发展趋势，绿色环保日益变作山区群众的行动自觉。在红豆飘香之中，温总理掩抑不住内心喜悦，欣然命笔，挥写"山水武宁"四个金灿大字。从此，"山水武宁"有如出阁的清纯女子，款款走到时代前台。

目睹山青水秀的壮丽画图，有感林改试点的动人事例，温总理欣喜地说：林权改革是一场"绿色革命"；林权制度改革对于江西特别是对于山区和林区来说，不仅使绿化的速度加快，生态切实得到很好的保护，而且使得山区、林区的农民加快了致富速度。这项改革，与二十世纪改革开放初期安徽凤阳小岗村土地承包到户一样，具有同等重要的历史意义！

有幸见证了这一历史性时刻，有感改革时代的波涛律动，我先后八次走进山区，走进林改试点第一线，深入采访，切身感受，用心思考，历时三年多时间，完成了一部以林权改革和新农村建设为时代画面、以赣鄱周边农村生产生活为背景的小说创作。作品命名为《锄山鼓》，双重象征和寓意："锄山"，象征"分山到户"，"鼓"乃时代"鼓点"，象征"集体林权制度改革"。"锄山鼓"又称"田野上的舞蹈"，是武宁当地的古老山歌，高亢豪迈，有唱有和，集体出工时，唱和一曲，有增添干劲、娱乐身心之妙，当地人称其为"打鼓歌"。

时任中国林业出版社总编辑的刘先银先生给我发来短信，用"记录时代改革发展主旋律，展示山区群众的发展意愿、思想转变和精神追求"这段文字对《锄山鼓》的创作主旨予以概述。我以为，《锄山鼓》着力表现生态人文、绿色经济、城乡互动、改革和谐这几幅社会图景，采取时代纪实加故事构造的手法，以"踏界""分山""确权""颁证"的林业产权制度改革为背景，以刘、丁两个村庄、两大家族从对立走向和合为主线，塑造了一位亲民爱民、重情重义、敢于担当的林区乡长刘春明朴实而鲜活的形象。故事讲述刘春明怀着对土地的忠诚和家乡的热爱，带领乡村干部和群众，打破陈规陋习，克服人事掣肘，积极推动分山到户，大力发展和壮大林业经济，扎实推进社会主义新农村生产建设，用心建设人与自然和谐相处的绿色家园，自觉保护家乡的田野文化——"锄山鼓"，使一个交通不畅、生活封闭的贫困山区一跃成为生态优美、文明进步、富裕和谐的示范乡村。同时，塑造了一批把科学发展观自觉落实到发展林业生产、推进确权落地的县、乡、村干部集体群象，展现了青年知识分子自觉担当、解放思想、勇于创造的生命情怀，展现了当代农民新观念、新生活、新形象。

一个美好的愿景，就这样从欢喧的城市走到绿色的山村，走向铅字印刷排版的故事架构里。

《锄山鼓》是我调到文联工作后自主要求的第一次小说创作尝试。之前十多年在诗歌园田耕作，虽有过无数次小说创作的动念，却一直找不到合适的故事切入点和写作冲动的感动点。林权改革，惠及千家万户，尤其是山区人民的获得感、幸福感，让我一下兴奋起来，激发我、催生我为之奋笔代言。

2010年春天来得更早，小说《锄山鼓》杀青，中国林业出版社将其列入当年全国林业重点出版计划，江西省林业厅和九江市林业局，对该书交付出版给予后续制作的期待。同年9月，中共九江市委宣传部将该作品列为全市重点文化工程。2011年5月，江西省林业厅将其列入全省林业宣传工作一个重点，省林业厅领导还欣然命笔为该书题作序言，这是对一个青年写作者最好的激励！

遗憾的是，世事纷纭，《锄山鼓》错过了一个十分难得后续制作的机会，个中委曲，非三言两语可详。身边文友为之遗憾，我倒是心静如水，去来任之，原本就是奔着练笔而来，并无现实功利之贪念，世事如棋局易变，但以笔墨乐心之！作为一个基层文艺工作者，没有在火热的生活中袖手旁观，没有在风急浪高的潮涌面前畏惧退却，能够用文学命笔表达自己所想，足矣。

我们生活在一个春风浩荡的宏伟时代，日升日落，潮汐潮退，每一天内容如此相似，而每一个人的活法却是千差万别。选择了阳光，文字就有了温度，有了纹理；选择了阴影，文字便失去光泽，在冷漠中蜗行。"山水武宁"缘遇《锄山鼓》，一个地域的历史和人文，乡愁和记忆，将在衷情文字的眉目里活色生鲜、郁郁葱葱！

八亿农民的泱泱大国，赖以生存的土地始终是中国农民的命根，"三农"问题始终事关中国发展之大局。江西是全国林业大省，我所亲历见证的林权改革，从"荒山野岭"到"绿色银行"，从权责不分到分山到户的产权明晰，从生态破坏的"乱砍滥伐"到植树造林的"生态绿色经济"，"山定权，树定根，人定心"的武宁经验，作为江西林改的成功范例迅即在全国各地推广，江西的后发优势也因此夺人眼目。之于广大林区和林农而言，从林权改革的被动到自主构建林业平台的主动，从画地为牢的封闭生活到广阔作为的全新尝试，林权改革如雨后春风，一夜吹绿神州大地。

红土地江西物华天宝、人杰地灵，山之富矿、江之枢纽、湖之鱼谣、泽之珍禽，这些都是绿色江西的天然优势和生态品牌。集体山权改革之前，生态得不到有效保护，林业耕地日益减少，工业污水肆意横流，野生动物和植物快速灭绝，村组之间、邻里之间因为权属问题纠纷不断，山区群众发展林业经济动力不足、办法不多，山区成为落后、封闭的代名词。正是武宁的林改经验，给四千多万江西老俵树立了穷则思变的信心，乘上资源整合的"绿色快车"。

文字见证岁月，岁月如诗如酒，难忘与瘦梦、翁还童、钟新强、周冲、刘芙蓉等文朋诗友的诗兴雅聚，难忘与县文联主席雷鸿尧上山下乡的一路笑语。船滩的采茶戏，深山的"火炉角"，畲族的古民居，长水村的红豆杉，神雾山晴雨，武陵岩漂流，"什锦汤"美味，柳山和浑山的传说，都让我心动神仪。一声声亲切的"捞子"，陌生在一瞬间消除……

因写作《锄山鼓》，我的心与武宁更近了，我的性情与武宁似乎有了千丝万缕的契合。行走古艾大地，山更绿了，水更亮了，空气更甜了，思路更宽了，往昔"撂荒田"悉以流转，当年"荒野岭"披绿出镜。一个林区，就是一个动人的窗口，一片村庄，就是一条绿色的丝带。林权改革给中国农村注入了美丽思想，同样，林权改革在广大山区干部群众的心中种下了文化自信和精神自觉。林权改革的深入推进，解决了中国林业多年来发展存在的深层次问题和错综复杂的矛盾，满足了人民群众对林业经济、林业产品多样化的市场需求，林改以其源源不断的成果呈现，"一村一品"的乡村振兴指日可待。

有缘见证"绿色革命"的林权改革，有幸经历思想奔涌的壮阔时代。"好雨知时节，当春乃发生"，《锄山鼓》的砥砺创作，正应和着这样温润的气候，记录着时代的潮声、风雷。

2020年9月2日

岁月花桥

2017年5月初，我受组织委派，到赣鄱地区国家十三·五扶贫开发村——都昌县周溪镇花桥村担任驻村第一书记。

翻开"驻村管理"的红头文件，驻村第一书记履职要求甚是明确：基层组织建设、产业项目实施、扶贫资金监管、村庄整治推进、矛盾纠纷协调、乡村发展规划……

文件且对驻村时间有明确规定：第一书记、驻村队员每季度驻村时间不能少于五十天！

第一书记，责任可谓明确和重大！任务可谓光荣而艰巨！

农村工作，千头万绪，各种复杂的人情和利益关系，如同密密麻麻的雨丝，又像是交织缠绕的线团。可我担忧的还是个人能量不足，工作开展不力，有负组织期望；我更担心的是体力不支，刚作完体检的报告提示，我的身体免疫系统已拉响临界警报，唯恐因病不能履职被中途召回，有失颜面。况且，我在本单位对口联络四个文艺家协会工作，文艺会员过千，活动赛事频繁，心有挂碍，唯恐顾此失彼。

本单位男少女多，女士驻村诚有不便，而满足第一书记条件的确实找不到合适人选。脱贫攻坚事关政治站位，领导找我谈了两个小时，烟云渐散，纵有这样那样的顾虑，最终只能服从组织安排。

鼓起勇气，打起精神，在迎面而来的炽风热浪中，没有任何农村工作经历、底气略显不足的我，背着千斤重担的压力，掩不住内心一丝慌乱，戴着"驻村第一书记"的帽子，于枇杷果黄时节，柳丝飞舞之中，忐忑不安地来到花桥。

花桥，名字有如一幅生态质感的画图。它位于都昌盛产珍珠的周溪镇最西边，碧波荡漾的鄱阳湖水流淌到千家万户的门前。村里辖一面积千顷、水波不兴的孟浪湖，村民口语喊作内湖，内湖与外湖（鄱阳湖）由一条灰色玉带般的长堤分野。站在堤坝上，极目远方，点点舟帆如同一块块岁月补丁，一块补丁就是一盏渔火点亮的希望。至于花桥如何得名尚且不知，料想，一定会有一串美丽花开、驿道古桥的故事，等着有缘人、有心人去采撷、去发掘。

初到花桥，一切都是新鲜的，一切都是未知的。

此际，"精准识别"的入户核查拉开序幕，而村里许多建设项目正在紧锣密鼓实施之中，如击鼓传花一样令人目不暇接。市县乡村四级联动，组成扶贫攻坚小分队，深入全村98个贫困家庭，开展走访慰问、人口核实、信息登记、房舍拍照，尽可能更多、更精准采集到第一手贫困信息资料，配合周溪镇扶贫站将信息录入国家扶贫网。"精准识别"是脱贫攻坚的基础，可贫困识别难度较大，青壮年劳力大部分在外务工，留下老少守营，劳动收入委实难以准确计算，一位村干部打趣说，收入核实犹如"摸着石头过河"。

一周走访下来，委实累得够呛，咬牙还得坚持，不能第一个回合就败下阵来，让别人指着看笑话。换个心情，云开雾散的前方，似乎一双双期盼的眼睛迎着我们，一本本盖着钢印的贫困户登记证照亮沧桑而略显卑微的脸庞。扶贫工作成效考核里有一项"群众满意度测评"，每上一户，带路的村干部吆喝一声，指着每一位扶贫队员，张三李四地介绍给农户认识，让他们长记性，随时说得出帮扶单位，叫得出结对帮扶人的名字，尤其是第一书记。

精准扶贫，是一件造福于民、施利于民、惠政于民的乾坤大事、德政工程。泱泱大国，八亿农民，这是不争的事实，尽管"城镇化步伐"正在改写着这个庞大的数字。所谓"乌鸦反哺""乳羊跪恩"，过去，亿万农民用肩挑背扛养活了中国十几亿人口，为大国崛起付出了太多的牺牲，该是真情关注、真心帮助农民谋取福祉的时候了！

要实现中国的现代化，进而实现民族伟大复兴，战略重点理应是缺乏"自身造血功能"的贫困乡村。一方面，要消除短衣少食的"贫困人口"，一方面，要壮大农村集体的"经济总量"，如此，"一村一品""专业合作社"才有可能生根开花，群众的获得感、幸福感才可能提升。支农扶贫无疑是根本出路，可怎么扶？中央开出了"扶志、扶智、扶德、扶勤"的"八字方针"。我想，扶德当为首要，德尚则清明，德兴则廉贵，德施则贫除。要脱贫，必须加速动能发展，给贫困村组装型号对路的"发动机"，可这个"发动机"的按钮在哪呢？

都昌是全省贫困县，因为人口基数大，全县纳入贫困人口的绝对数量就大。2761人的花桥村由五个自然村、十七个村民小组组成，全村贫困人口多达369人，贫困发生率高达13%，距离整村脱贫摘帽贫困发生率低于2%的目标差距很大！要实现脱贫当从何处下手？又当如何制定实施精准的帮扶举措？

站在花桥村变革转型、创新发展的路口，一边是热风吹雨的时代浪潮，冲击着花桥人固有的传统思维，一边是田野稀疏的五月乡村，吱吱呀呀的独轮车遍布我渐渐打开的视野。

走马花桥，下村上户，面对一个个干部群众，有充满期待的目光，也有半信半疑的眼神，更多的是贫困群众的淳朴和善待，尤其令人感动、暖怀。我在心里给自己打气，要放下身段，与群众同甘共苦，虚心向党员和农伯学习。

静谧的乡村夜晚，明月清风，渔火愁眠，直面现实贫困，心头百思千想，在驻村日记本的扉页，我写下一行简洁的文字表达初心：但愿，一切如我所愿地发生、改变和到来。

日子，在湖草腥味中一天天过去；岁月，在悲欢交织里一点点沉淀。

驻村履职期间，亲历农村点点滴滴的苦和乐、荣与枯，感怀湖区群众醇厚甘洌的性情挥洒，面对一双双期盼的眼睛，思索一道道有待破解的难题。

吃百家饭，学习方言俚语，参加群众大会，协调村组、邻里纠纷，把我的结对帮扶对象当亲戚走，聊以随笔文字，抒怀驻村感受，采撷乡村故事，代言三农诉求，成为我丰厚回味的湖村夜话。尤其是信手记录的文字，有序缀连的篇章，权且作为我"深入生活，扎根人民"的贫困村调研和脱贫攻坚的一线报告。

乡村生活节奏有别于城市，每天清晨六点不到，各种各样的喧闹声不绝于耳，上学的、出工的、晨练的、买卖的、收拾垃圾的，人语车嘈，鸡鸣犬吠，令贪睡人苦不堪言。多年的积习，我晚上爬格子总要到一两点，指望早晨多睡一会，哪怕多睡半个钟头也好。晚上想早睡也不太可能，要么镇村开会，要么群众上门，要么赶写材料，要么温习扶贫政策。中午也休息不好，三把椅子一拼，只能舒缓一下酸胀的腿脚。驻村岁月，苦乐相伴，得失自知。苦是乐的馈赠，乐是苦的升华。

我脸皮薄，性情柔和，遇上什么事，一时半会丢不掉，心里塞得满满，与我所期许"人过五十，不做加法，只做减法"的愿景相违。回想驻村一年半的生活，每遇尴尬之时，总有无力之憾。

去群众家走访，总少不了有人拿贫困户和低保户说事，东家县里有房，西家买了小车，南家子女在外开厂，北家打牌还吃低保，然后，诉说自家的生活如何困难、子女如何不成气候。听话听音，他们是奔着贫困和低保而来。我许多次面对这样的窘境，无从满足大妈大嫂的诉求，她们反映的一些事情，或许道听途说，也不足以点概面，我认真倾听和记录，获得村情民情研判的第一手资料。

贫困和低保，在广大农村成为群众眼里的"唐僧肉"，谁都想吃上一口。扶贫当以扶志，支农当以支招，不以"贫困"为荣，而以"贫困"为耻，从而激发"我要脱贫"的内生动力，何其重要！

所谓扶贫先扶志。在大大小小的会上，我把这一朴素的道理反复向群众宣讲，助力群众提高思想认识，提升村组干部的觉悟境界。

农村社会是典型的熟人社会，花桥村交通闭塞，文化生活单调，"小道消息"少不了市场。闲散在家的个别留守妇女，留意村里的一点一滴，稍有风吹草动，任由发挥，乐此不疲为村民提供新鲜出炉、活色生香的故事。也许，她们并无恶意，图个嘴巴快活而已。故事一经人推波助澜，即为村里的"新闻头条"。一次，市文联领导下村走访结对帮扶的贫困户，结果，村里有人四处传播，市文联又下村慰问了，结对的人家都得了五百块钱，这无根无据的消息不胫而走，有几个贫困群众心里不平衡，当夜跑到我的住所，要求由市文联干部结对帮扶，让人啼笑皆非。

驻村工作队寄居在湖下嘴村，四周都是人家，住户如蛛网密织，距离大湖（鄱阳湖）不过两百米远。起风的日子，湖草的腥味连同花絮飞到面前，飘过头顶，银色鱼鹰飞跃长空，尽情展示它们健美的舞姿。渔村湖景，风来雨收，别有一番殊异情致。

举手投足，交心会意，我与四周群众结下厚实情谊，经意与不经意间，就把自己视作一个新来门户。都昌民风民俗繁盛，各种祭祀节庆礼仪如流，生活在他们中间，领略、照搬、习用传统礼仪，极大丰富了我的驻村生活体验。可问题同时也就来了，东家嫁娶，西门丧葬，南楼落成，北府宴学，我时刻都在村里，不敢说不知道。隔三岔五，就会遇上这些事情，佯装不知，我委实做不到。不去吧，面子过不去；去吧，总不能打空手，否则被乡亲视为不尊重人。可是，去了东家，漏了西家，群众自然有想法，再次见面，好不尴尬！

说件最尴尬的事。驻村不久，得知某同学在县城某个部门担任领导，料想这么好的人脉资源，一定能为村里争取一些扶贫项目。头天晚上，我兴冲冲给该同学发去短信，约好时间上门拜访。第二天一早，扬鞭振武，径直造访该同学。十几年前的同学，他还是那副体形模样，不过添些苍老。我自报家门，他瞄了几眼，移开视线，淡淡地说，省厅领导来了，我正在开会，你们有事找办公室去。那一刻，我不知如何形容我的尴尬以及惊讶！直面同学冷淡的眼神，我如同掉进冰窖一般身心紧缩。乘兴而来，败兴而归，感觉像是被扫地出门的我，一路上垂头丧气，百思不得其解。

自大和任性，都有可能让人变形。我想，我要学会更多的幽默和风趣，化解生命中无所不在的拘泥和尴尬。生活中难免遭遇自失和不测，误解甚至伤害，许一份自嘲，取一份大度，可以把身心安抚，把陌生化解，把逆境转换。

尴尬，其实也是艺术人生的一剂调料。

2018年10月，全省对驻村第一书记提出年轻化要求，我的驻村生活画上一个句号。离任之际，我的心里五味杂陈，恩谢、牵挂、悲欣、遗憾、愧疚，各种思绪交织，复杂的心情难以释怀。

想来，有三件事让我遗憾至今。一心想促成公益扶贫，美好的初衷却未能如愿，如石落湖面，激起几丝涟漪，最终沉入湖底，了无声息；亦如升起的风筝，忽而断了丝线，那些美丽的鸟儿，不知飞向哪里？

2017年5月，九江文艺界一位老大姐介绍深圳一家爱心公司来到花桥，考察农村"留守儿童"的生活状况，当即拟定"教育帮扶"计划，为花桥村完小提供四块多媒体黑板、总价值约五万元的教育捐赠。消息一传出，师生一片欢腾，我开始策划、张罗受赠仪式。未曾想临近活动日，公司负责人打来电话，声称公司正在改组，原定的计划只能暂时搁浅，十分抱歉云云。电话这头的我，像一只泄气的皮球，蓄积的热情化作一头茫茫雾水。不知，这一搁浅，还能否等到风生潮起的那一天？

正所谓，计划不如变化快！

2017年7月的一天，单位打电话给我，说一家公益组织发函至市直各单位，凡领有扶贫任务的单位可以报送十个贫困户名单，该公益组织拟为建档立卡贫困户免费提供优质饮水机，切实改善贫困群众的生活用水质量。办公室同事把领导签批的文件复印件发到我的微信，我立即找到村里领导，一起商量这个惠民项目。合计了一个下午，拟定了惠送名单，形成文字报告按时交上。可饮水机项目迟迟没有音讯。其间，我打了N多电话，对方每次的回答都是一句话：再等等，我们还要上户核实！

左等右盼，不见来者，料事情有变，我也懒得再问，饮水机项目最终不了了之。群众见了我也不再追问，且让愧疚之意，在时间的流逝中，慢慢化散罢。现在想来，我隐约感觉，这个项目不是纯粹的公益项目，也许与商业促销捆绑，很有可能就是"买一赠一"的那套。只是，我，又一次，刮了自己一个耳光。

酷热难当的八月，一位友人告诉我，他正在组织一个劳务输出项目——中德双元教育培训，为贫困户家庭高中毕业未能考上大学的孩子谋求一个出路。流程是，先报名，由代理公司进行审核，发录取通知书，然后，集中送到师范大学，进行为期四个月的德语培训，培训结束，语言测试合格者，将统一安排到德国一些城市，有偿实习半年到一年，再安排到有关养生理疗机构工作。朋友送货上门，我自然高兴，甚而有几分得意。一番宣传发动后，我们推荐了四个孩子，送到江西师大进行专业语言培训。热切期盼孩子们抓住这个改写人生的良机，提升本领，走出国门，见识大千世界，实现自我价值。

四个月的等盼，我似乎也是培训班的一员，心里始终怀有牵挂。晨光中，黄昏里，站在阳台，远望一片烟波浩渺的湖面，内心止不住为学子们祝愿，也为他们捏着一把汗，毕竟只给他们四个月语言培训时间。

最可怕的结局到底还是来了，未能通过语言测试的孩子们一个个沮丧回到了家里，他们觉得愧对父母，也愧对第一书记的我。其实，我比他们任何一位还要难受，就像播下一地种子，迟迟看不到萌芽，哪怕看到令人欣喜的一片也好啊！

所幸，四个孩子遭遇失败后并没有放弃，抹去一行咸涩的泪水，调整心态，重新规划、定位、出发，在千里之外的城市奋力打拼，先后找到属于自己的精彩舞台。

遗憾，是历练人生不可或缺的养分，也是生命走向成熟的动力。但愿，我的遗憾，留给花桥人民一份岁月情真的记忆！

金菊盛放，点点秋黄，作别花桥，把希望渔火和岁月风尘装入行囊。我与花桥百里之遥，心里却无时无刻不在惦念着那片留下足迹、情谊、汗水和收获的土地。

时间，播下了我的葱翠愿景，也收割着我的悲欣情深。

置身花桥，面前都是新鲜葱翠；离开花桥，一切都化作湖草腥味的文字。刚到村里，那些三五成群的土狗们无不用警惕的目光紧盯着我这个"不速之客"，唯恐我心怀不轨，而今，再回村里，一个个摇起了尾巴，与我一路随行，如同卫士一般忠诚。

花桥，我不是你的匆匆过客，我更愿是你的一块希望补丁。

作为第一书记，我一直用心善待，希望通过微薄的力量搅拌一下沉闷的空气，用思想的活水滋润村庄，用触摸的情感安抚贫困。可我也知道，根深蒂固的传统思维，难以逾越的时空之差，我无"撒豆成兵"之术，战胜现实贫困总有不尽人意。行走在习惯思维的沿袭和逆袭之间，我唯有期许和祝福……

2019年底，花桥村一路过关，顺利通过省检和国检，一举脱贫摘帽，第一书记获此消息，我禁不住拿起笔来，重温驻村生活，写下岁月感言：

不忘初来乍到，贫困走访的场景，各种各样的大病和慢性病，让人心生悲苦，肝病、肾病、心脏病、脊髓炎、高血压、肺癌、小儿麻痹、脑瘫……糖尿病很少听说，村干部戏言，糖尿病，是你们城里人的，轮不到我们，听了不辨滋味。

不忘每天上班，经过卫生所，张医生介绍我与群众认识，第一句话总是：蔡书记是县级干部，到我们村里来搞扶贫的。花桥群众对我这位"县级干部"的第一书记来花桥工作抱以热切希望，可是，我给花桥人民做了什么呢？

不忘那座古老而寂寞的"花桥"，至今，它依旧躺在岁月的深处，陪伴它的只有那一簇簇无名的野花、枯荣的湖草。当年，朱陈大战鄱湖十八年，多少马蹄在它的身上踩出斑斑血迹，多少厮杀的声音弥漫在它的周围。文采飞扬的冬妹应邀前来，从清澈的溪水中掬起一捧清泉，动情地说，古驿花桥，我一直在周溪诗词里寻找你的背影，在蓼子花海中感受你的滋润，今天，我找到了你的故事文本，找到了生命流年的注脚。花桥，让我和你有个约定，相约没有贫困、没有荒芜、没有隔阂的希望田野！

渔鼓声、唢呐里，队列朝着既定的方向出发，彩旗飘扬在蓝天碧水的家园。花桥，脱贫攻坚，有你，有我；乡村振兴，依然需要你和我。

热风吹雨洒江天，沉睡百年的大山醒了，披上一层绿色的云锦；两座光伏发电设备隔湖相望，激情的宣言告别贫困；环湖大道迎着朝霞，走向远方，走向未来。生态花桥，你恰似从鄱阳湖底打捞上来的一块瓷片，历经岁月幽深，而今在扶贫政策的阳光普照下光鲜亮泽，注定为我一生所收藏。登高放眼，富有传奇色彩的朱袍山、输湖、马山、远古枭阳……与花桥一衣带水，与花桥气息相通。得天之佑、得地之利的花桥，必将最终消灭贫困，阻止"空心化"的蔓延，向世人展现一幅风光无限的生态画图。

花桥，你不只是我曾经驻足的回眸乡村，你更是我生命中砥砺前行的精神属地！我一直存有一个念想，依照你的前世今生演绎一个故事，以"花"为带，以"桥"为路，在生态文明的引导下，从历史的深处荡出，向幸福的小康进发！

……

聚焦"精准扶贫"，着力"农村小康"，在脱贫攻坚的坚实阵地，在农村社会改革发展急遽转型的最前沿，身为一名文学工作者，真情状写时代变迁，倾情传达群众心声，在风急浪高的波澜壮阔里，在人民群众的喜怒哀乐中，发掘都昌地域历史人文，展现鄱湖人家火热生活，以"人文关怀"的视角悉心思考农村社会现代化治理，不忘文学初心，代言巨变时代，我没有理由缺席。

回望驻村扶贫，品咂况味人生，让我许以美好的生命愿景：发挥文字的力量，参与农村社会建构，为"三农"政策的落地生根、扬花抽穗提供情感慰藉和智力支持；培育公德、传播美德，弘扬劳动光荣、扶贫扶志，期盼思想之树结出信仰之果，激发贫困群众自立自强、内生动力的信心；参与乡村文明新风建设，朴实明净的文字种植希望，绿风吹拂的希望编织家园，生态文明的家园善积余庆。

情怀，抽丝集结；思想，守正出发。美丽都昌，红日升起，脚踏清波，放歌而来——只为一段不曾忘怀的时光，只为表达对曾经生活过、丈量过的土地的一片深情回望。

政策与制度，集体与个人，命运与奋斗，平凡和感动，皆在16万字《花桥纪事》的只言片语之间。隐忍之笔触深入卑微灵魂，涓流之情感融于琐碎小事，热诚之目光聚集乡村振兴，字里行间，情谊花桥，留下我一串岁月甘苦的屐痕。

2020年2月12日

鲁院周记

　　再次来到朝阳区四环外八里庄十里堡，再次打量鎏金闪耀的"鲁迅文学院"五个门楣大字，又一次文学朝圣之旅，一叶云帆在心河跃升。

　　七年前，江西省文联为提升本土文学品阶，扶持江西作家走得更高更远，与鲁院联手在全国首办"江西省中青年作家培训班"，三十二名学员，一个月学习研修，学时不长不短，留下年复一年的回味。中国作协领导、诸多一线作家登台讲学，传道解惑，令我眼界大开，心性益清。这次培训，冠名为"全国基层作协负责人培训班"，学时一周，三十四名学员来自全国二十五省市自治区，基层作协工作联络、文学活动组织实施乃是这次办学主旨。

　　庐山站，挥手兹去，G488次和谐号列车壮丽启程。临窗坐定，阳光丰美。一路上，山川沟壑，天堑通途；一路上，街市村闾，秋景夺目。五个半钟头的高铁欻欻，随手翻起《陶渊明诗文集》，心绪和悦，全无饥渴之意。下午五点，从北京西站下车，广场上，早已排起里外三层回字形长龙，出租车鱼贯而入，又在余晖中缓缓流淌。我足足等了五十分钟，在人头攒动中缓缓移动，被一辆墨绿色叫不出名字的出租车轻轻拾起，如约起行。二十三公里车程，本以为可在七点前抵达鲁院，赶上一个邀请外国友人参加的诗歌音乐会，班主任谭杰老师早已在微信群里发布了这一消息，给四面八方赶来的同学下点佐料。可京城格局就是不一般，人多车多，车多道多，道路宽敞却处处拥堵，司机并不急，慢条斯理地说，咱北京，不堵车那才叫怪呢。

上四环，放开速度，过红领巾桥，抵达目的地，已至戌时。华灯灿放，烟霭如织，一眼望去，"鲁迅文学院"收入眼帘，我欢快的心在夜色流澜中洋溢。熟悉的，是头顶的星光流云，正在熟悉的，是来自全国各地的文朋诗友。

一周的学习，在朵朵云霞的交相辉映里开启。开班仪式甚为简短，简洁明了，主题鲜明。鲁院副院长王彬主持，他看上去神采奕奕，随和性情，容易亲近，有一种自内而外的磁场。目光亮如秋水、一脸福泰祥瑞的谭杰老师强调学习纪律和起居行止，"禁止在课堂、楼道甚至房间里吸烟"，这句话带电一般让我心生恐慌，昨晚我把自己关在斗室，在古白文字中穿行，吞云吐雾，好不惬意！类似我六十年代出生、从事文字案头工作的人，半数以上有吸烟的习惯。时序进入生态文明，"控烟"成为全社会共识，单位还给我安个"控烟工作领导小组副组长"的头衔，然，"戒烟"两个字好写难做，我几次试图作悲壮告别，结果却是徒劳，无功而返。要命的是每戒一次，烟量更甚，仿佛应了魔咒。想想，香烟这玩意，虽说有危身心健康，可郁闷中化散愁绪，寂寞里带来燃意，有谁见过、听过抽烟倒下的呢？我一向冥顽如此，每被妻子奚落、女儿责怪，你就不能不抽？实在戒不了，也该减减！

中国作协副主席、书记处书记阎晶明老师的第一课《文学如何实现高于生活》，站位高，立意远，由新中国建立后三次社会主要矛盾变化的认识导入文学创作主题选择的自觉，论证当代作家书写人民、关注现实、情系家国的成功之路。我尤其认同一点：任何一个时代，一个国家和民族，作家写作从来都绕不开政治，没有社会背景、政治指向的写作从来都不会成为经典。一个人，活着，首先是内心的政治要活着，如同火山喷发所需储存的能量。没有政治的归属，就是彻底的生命虚无，身心不一，灵魂出窍。当下，人类的发展既快速又迷茫，一面是高楼大厦的挺拔雄壮，一面是小我卑微的轻尘无力，多元文化价值的交汇和激荡，我们的内心一刻也难以真正平静。作家历来被誉为"人类灵魂的工程师",唯有参与现实发展和变革,担负"文学引领社会发展进步"的使命,用心血文字书写和建构完美秩序,追求"天下大同""民胞物与""命运与共"的人类共同理想,才是铁肩道义、天地立心。

顺着鲁院成长的轨迹,我们追寻到位于育慧南路的新鲁院,参观中国现代文学馆。胡老师一脸欢欣的优雅讲述,从近现代文学到当代文学,从"鲁郭茅"到"巴老曹",从汉语写作到外文译著,从小说散文到诗歌戏剧,每一部闪烁人文光辉、解密民族个性的经典,横亘于历史与现实之间,指引生命与精神前行,让我们感受文学艺术的月朗星辉。同学们尽情观摩,用心聆听,举步学林,艺海拾贝,采集作家成长的足迹,徜徉在阳光洒满家园的文学世界、思想工厂。

日历轻轻撕去一页,起承转合的时光镜像里丰富了一抹多姿多彩的色调。鲁院安排分成两个小组开展学习交流。无须标签而坐,但求同心相应。高矮胖瘦,南腔北调,亦文亦艺,且抒且怀,各色性情一览无余。我是一遇到发言就往后退让的那个人,可一开言,话又收不住阵脚。从组织宣传部门自主要求到文联凡十六载,从事作协组织工作十年有五,有太多感受,有太多话想说,却要有所把控。开门见山,直奔主题,与各地同仁分享九江文学工作特色:启动一年一度文艺繁荣工程,对重大主题创作进行扶持,对省级以上获奖作品进行配套奖励;即将组建名作家工作室,组织本土题材创作,开展文学公益服务;编辑《九江作家报》,推荐本土作品发表,与全国各地文学组织进行交流……小组发言结束,来自新疆乌鲁木齐的组长段蓉萍当即决定,让我和湖南邵阳的张千山、四川苍溪的黄庭寿代表一组参加结业仪式上的大会发言。段组长目光如泓,同学们掌声如潮,我无从拒绝。真实感受,当下的文学生态、创作环境面临和遭遇太大的市场冲击,市县作协"三无"的窘境注定基层作协工作活动的局限性、被动性,困难多,困惑更多。一边是创作者的艰辛跋涉,一边是羊肠小道的摩肩接踵,若隐若现的高峰遥不可及……

周六早晨,秋风渐起,阳光跳跃,暖意与寒凉交织。院内,高大的泡桐树叶茂果实，如事业有成、风华正茂的四十岁男人，富有灵性的银杏如正人君子，尽可能保持谦和与从容，木槿花时缄时妍，宛若来自新、青、辽、冀、沪、苏六地女同学的心照。同学们三三两两结伴外出，舒散心情，采撷秋艳。来自重庆永川的作协主席蔡有林，盛情邀请我和成都市文联文学部部长代兵、贵州沿河县作协主席冉茂福，一行四人外出会友。一路上，家门兄长与我讲起诗经、楚辞、汉赋、唐诗、宋词。一直以来，有林兄笔耕不辍，对传统诗词赏爱有加，他因此被《子曰诗刊》吸收为常务理事。从平仄韵律、相对相粘、起承转合、形象细节等方面，他以自身的创作体会，通俗易懂而又生动鲜活地与我一一讲析，远古的风，或雅或颂，轻轻在我的耳边回荡。

小聚时光，无限流连。行伍出身、从事军备生产的儒商耕夫热情接待我们，一同在座的，还有"鲁十五"的青年作家赵燕以及来到北京修道的访问学者胡先生。耕夫文学资历厚深，他是重庆璧山区的作协主席，且担任国内某家散文杂志的副主编。事业有成的他信心满满，壮志凌云，举手投足之间，透散出儒商的睿智和性情。耕夫健谈，善于归纳，妙语连珠，如同一个乐队的指挥，一下就把满屋子的氛围调动起来，既话文学，也谈人生，嬉笑怒骂，性至情生，言表之间，给我们留下欢谑而幽默的印象。

周日有约，来自福建的钟兆云（笔名赵云）同学邀上湖北咸宁的李专主席等一道去北京近郊体验滑雪。我天生胆小、拘谨，凡事不敢贸然，万一闪失，怕是伤筋动骨。几位幽香若兰、素颜清雅的女同学听说结伴，坐上动车到另一座城市采风神游去了，她们不需要男生陪伴，坚定走向无所畏惧的探寻之旅。太原文联的王宏伟在微信里发出结伴去潘家园旧书摊的邀约，本来，我对光顾旧书摊蛮有兴致，可刚刚，吉林谢华良与韵达快递联系上，约定在鲁院门口见面，我要把《我的鲁院》系列文丛一堆书籍提前寄走，只想轻轻地来，悠悠地走。出了院子，目及之处，红叶如染，秋色丰盈，阳光里的轻尘，正一点一滴在人车如潮的街市上起起扬扬。鲁院门前，一位黑而壮实的快递员，早已等盼我的到来。书寄走了，心里少了一份记挂，却又莫名涌起一股寂寥。倘若，此刻在家，我一定是坐在宽大的阳台上，静静享受一杯浓茶、一本诗书加上一份悠闲游哉的快乐。

午后时光,天空那么高远。出租车驰行在耀眼夺目的秋阳之中,京城的神圣与神秘,在我的心里激扬、扩散和渗透。车行南里,不经意望见"中国作家协会"的牌楼。我想,这正是文学谦卑、平和之写意,也是作家守拙、厚藏之寄寓。当下,外在浮华甚从,精神信仰衰弱,正需文学鼎力担纲,正需文学补钙强基,中国作家既要守望麦田,更要勇于亮剑、发声,以思想穿透、精神烛照之锋芒,警以碌碌世人,唤醒苍生黎庶。

有缘千里来相会,我们与诗词欢乐拥抱。第一时间,我见到了诗刊编辑聂权,一位出生三晋大地的青年诗人,他内蕴丰厚,审美雅致,平和谦逊,曾到我们九江参加"九派诗会"。聂权把一部刚刚出版的诗集《下午茶》签名相送,清新淡雅的诗行,透出茶水一样的光泽,柔和而灵动。那边,有林兄正与《子曰诗刊》的三位编辑老师相谈甚欢、谈笑风生、情致盎然。来自河南信阳的江老师一副斯文,看上去中规中矩、敬业乐思;来自湖北与我一江之隔的刘能英老师热情好客,把家乡带过来洗好的甜柿——奉送到我们面前,轻咬一口,甜润脆美,生津止渴;坐在电脑前排版、手指生花的青年编辑,来自广西,既爱诗词,亦好书法,可谓是才情并茂。会议室里坐下,庄重沉稳的李少君副社长与大家照面,就《子曰诗刊》的办刊理念、发行思路听取在座意见。坐在我身边的刘老师欣言,修水徐春林已在当地组建"子曰诗社回坑作家村分社",诗词作品在《子曰诗刊》开辟专栏,明年三月还将继续举办"廊桥诗会"。刘老师又说,濂溪区王品科先生也已组团加盟"子曰诗社",寄望于我发动力量,开辟新地,壮大诗社阵容。钱龙宁同学难掩兴奋,与江老师就入社程序、社员资格认定、推出作品专栏等事宜进行相商。此际,我还有幸认识了来自宝鸡理工学院的南彦龙教授,他专程自秦地而来,办理"子曰诗社"的入会手续。我用陕西话与他亲密无间地交流,渭尘朝雨,灞桥折柳,只觉在一起的时光分秒弥足珍贵,这就是缘,诚恳相待,一见如故,亲密无间。

赶回鲁院"百草书屋"(中国作协副主席、鲁迅文学院院长吉狄马加先生题写）时，时至戌半。来自青海西宁的柳小霞、甘肃临夏的王国虎、青海海北的赵元文三位同学早已在此享受与经典同在的小聚时光。稍后，湖北咸宁的李专、福建福州的赵云也赶了场面。结业在即，聚时无多，难得同学一场，彼此坦露襟怀，期许他年复遇。小霞同学取来香茗，以茶当酒，以诗言志，由近及远、且惜且眷地与大家交谈起来。额头光亮的赵云同学少年成名，辞采飞扬，真佩服和羡慕他，自参加"鲁十三"学习，十年时间，竟成就文学专著十余部！

又是一个奇思妙想之夜，坤华流莹。几天时间里，在鲁院学习生活、相识相知的一幕幕在脑海里不停回放：山东德州的刘洪忠同学，他走到哪里都带着相机，时刻不忘给大家留下精彩的瞬间记忆；陕西安康的蒋典军同学与我同桌，宿舍相邻，他把带来的茶叶与我分享，可惜我不能陪他小酌；上海的董芳同学，她盛情邀请我觅得时日去上海一游，共叙文学嘉美情谊；广东肇庆钟道宇同学掷地有声：我们只朝前看，力争培养锻造出一批"80后"甚至"90后"在全国有影响的文学新锐；云南普洱张富春同学，他的发言，我似乎嗅到一拎普洱茶的浓郁芬芳；北京平谷的王友河同学，把设计精美、略带墨香的杂志《平谷文学》赠送与我……还有门卫小郭，他的责任心让人不容小觑，膳厅服务员、来自山西、河北等地的几位小姑娘，任何时候展示给我们的都是向日葵一样圆润甜美的笑脸，还有宿舍楼层后勤服务的那位大姐，每次外出，她都温馨提示出行事宜，并详细告诉地铁、公交线路……

原中国作协创研部主任、鲁迅文学院常务副院长胡平给我们带来的一课《作协组织工作中的几个文学问题》甚是获益。从四年一度的茅奖评审说起，文学成名可用"众里寻他千百度"来形容，六千部小说评出一部获奖，沙里淘金，胡老师慨言，真正的文学经典，足以体现一个国家的综合实力，比如二战后，一部《索菲的选择》，文学力量唤醒人性的良知，催生德国日耳曼民族的精神自觉和大国崛起。基层作协无不承担服务中心的任务性写作，为提升任务性写作的艺术品位，首要厘清作品的价值定位，是文献价值、宣传价值还是文学价值？一个成熟的作家，不应拘泥于收集和采访的素材，大胆舍去方可制胜获得！宁肯的《中关村笔记》、徐剑的《大国长剑》、许淳的《第四极》、章泥的《迎风山上的告别》等等，便是近年来任务写作成功的范例。

时光一分一秒，流淌着文学的思考，承载着艺术的梦想。渐渐熟悉的面孔，在一次次照面中愈加亲切生动。鲁院，你的博大情怀，你的迷人华章，你的思想灯塔，你的精神桥梁，真叫人不忍离去！

下级服从上级，培训班提前一天结业，仪式更加简短。我和湖南张千山、四川黄庭寿、重庆蔡有林、上海董芳、江苏张毅菲六位同学分别上台发言。王彬副院长一番小结后与邢春副院长把深蓝色的结业证书交到代兵、段蓉萍二位组长的手中，我看到许多同学的眼里，是烟霞还是波光？是续写还是断章？结业有些仓促，有些遗憾，不以我们意愿为转移的深度遗憾。愿我们带着这份遗憾，在充满荆棘、机遇和挑战的文学道路上，共同经历、见证和分享，彼此祝福、珍重和期盼，以文学的名义，坚持，进取，胜利！

别了，我的鲁院；再见，我的三十三位同学。

丽日蓝天之下，芸芸众生之中，我们的目光，永远，永远在一起。

2018年11月8日于九江八里湖畔

远方花开

——我与《泉州文学》

十年前，我放弃经济开发区优越的工作环境，来到九江市文联，以本埠文艺期刊《浔阳江》编辑部主任的身份步入九江文艺界。从不后悔自己的选择，如梦里的一朵春花，在阳光下，在星夜里，徐徐开放，静静吐放。

文友相亲，艺海同舟。八年前，与各地文学杂志、文艺期刊开始进行交流，吹着一股海风的《泉州文学》在我的面前打开了：青草的淡香，甘果的津甜；流泉欢鸣，舟楫拍浪；沙海拾贝，暖阳晴空……我的文学之旅中，多了一份亲切的陪伴。因自然而亲切，因无语而花开。远方，一叶云帆在梦中悄然登陆。

说起来，还得感谢潇琴女士。第一篇散文《逝水流年》，是她向我约的稿。因为《泉州文学》是全国发行的文学杂志，传播之广，受众之多，自然不敢将就。写完了近三千字的散文《逝水流年》，没有立即发给潇琴女士，之后又几易其稿，觉得语句上没有硬伤，结构上尚为合理，情感真实而不失丰沛，这才定稿，放心地发了过去。不到半个月就收到了来自泉州的礼物——《泉州文学》，《逝水流年》作为重头稿件在杂志的显要位置刊发。半个月后，一张200元的稿费单送到了我的手上，绿色的情意如青青的原野，等待的是收获，等待的是梦想花开……之后，我又相继在《泉州文学》发表了三篇散文，两组诗歌作品，感谢这片文学土壤，感谢杂志社各位编辑同仁，我的文学视野更加开阔了，我的写作底气更加厚实了，我的文学朋友更多了。

杨少衡、李建民二位先生便是因了《泉州文学》这座桥梁而结识的名家。说来也巧，结识杨少衡先生不久，因贵州贞丰面向全国征歌，与《小说月报》杂志社联合举办征文、征歌颁奖活动，在千里之外的云贵高原，我与杨少衡先生得以面见，他的宽厚，他的亲切，连同小说作家独有的睿智，给我留下了永久珍存的记忆。也是因为《泉州文学》，我与李建民先生始有电话、信息往来，切磋文学，探讨人生，品吟时代风云，见证我们文学往来的情谊。李先生散文功底较厚，学养也渊深，他给我寄来了几篇散文佳作，谦虚地让我指正，其实，我执行主编的《浔阳江》属省内交流文艺期刊，一半以上的版面，用来培养本土新人，李先生的来稿是为我们期刊增光添亮！

几年过来，添了新岁，往事成为品谈。在我个人的艺术简历中，总有几行"X年X月，在《泉州文学》发表XXX作品的文字。《泉州文学》之于我，是怎么也割舍不了的一段情谊！

更值一提的是，潇琴女士对我的信任，其实也是对九江文学的支持。六年下来，我先后推荐了本地三位作家的散文和小说，在《泉州文学》上发表，丰富了九江的文学成果，加深了九江作者与泉州文学的情谊。于公于私，我都要感谢《泉州文学》，感谢生命际遇中的相识相知。

"又是那年三月三，风筝飞满天"，好像一首歌里唱到。走过了三十三年的华光，清新而亲切、精致而温暖、成熟而丰硕的《泉州文学》，在时光的流变中，迎来了属于她三十三岁的韶光。在高兴与祝福之余，有了一种"相约文学、相约泉州"的期盼。很想见到《泉州文学》的编辑同仁，携手远方，在一路的花开与泉流中领略生命之美，文学之光。

2013年3月19日

文学情怀

　　历经几番抉择，心情一点一滴被文字照亮、暖和起来。再没有比与文字为伴更加美好的工作，我可以在时光的背后，任意采摘远古的一缕芬芳，与浪漫的心灵一起远航。

　　每每接触新鲜的面孔，打量闪亮的眼睛，从一篇文章说起，从九句诗语说起，从一段台词说起，如同拧开水龙头，文学的话语如同清澈、透亮的泉水，喷涌而出，目光点染，心灵湿润，全身心都温暖起来，如同一个信徒，手捧真诚，走进庄严的庙宇，浑身洋溢、奔涌着妙不可言的欢欣与期待。

　　在我的身边，活跃着太多的文学人，或执意于书写生命文章，或秉赋于阳光、善性发言，用文字表达光荣与梦想，表达真情与渴望。我是千万个他们中的一员，与他们的心情何其相似。2008年深秋的某个下午，卫平、陈新来到文联，一落座就说起最近九江文坛的事情。卫平说：文学的最高境界是做人，一件真正有价值、有分量的文学作品，一定出自一位做人做事一并到位的写手，这写手的内心一定是安宁的、祥和的、欢乐的。我以为，好的文学作品，有作者内心世界真实情感的倾注，有其对生命、事物独特的感悟和见解。每个人眼里的世界都是不一样的。"静"能让人思考，孤独、不快乐的人同样可以出好作品，只要他能在文字上面用心。当然品行是最重要的，所谓做事先做人。我以为，卫平这般见地是客观的，也是用心体验出来的深刻和高度，他以一个诗人的目光和胸怀，过滤着这个物质时代的泡沫，把文字的品性功能和精神实质精准入微地表达出来了。文学滋润的花朵，是唤起人的知觉与回忆，文学盛长的果实，是让人获得对生命理性认知的庄重和尊严。

文学没有阶级之分，却因为文化、土壤的不同使得在不同国度、民族、地域有其不同的艺术气质和审美心理。一个热爱写作的人，谁不是把文学视作心中的信仰呢？谁不曾被文学经典深深打动和感染呢？探寻文学审美意识的思想根源，不难发现，中国的文学经典作品，都深深烙上儒学或者道学的文化印记，与中华传统思想的源泉一脉相承，儒学仁义、智慧、孝慈、忠烈，道学旷达、粗放、自然、任意，两种思想既分庭对立，又有机融和，儒的知行和一、体用不二，道的妙悟天开、超凡脱俗，为中国文学提供了源源不断的创作动力，文学思想、艺术审美也就有了鲜明的标高、准绳。美善和谐统一，文华德才兼备，尽善尽美之境界。

天空有阴云密布的时候，大地有冰封千里的时候，唯有文学的情怀和神奇力量，终将冲破乌云，抵达天堂，凿开冰封，与泥土、鱼虫真切对话。怀着悲怜，文人的笔下，活跃着一副副众生之相，把生命的苦与乐，真与假，伟大与平凡，宏大与卑微勾勒出来；怀着虔诚，文人举笔用心建构精神和秩序，诉求热爱与尊重；心存敬畏，使文学人有了一颗敏锐的反思之心，有了一颗庄严朝圣之心，拥抱真实与朴素，在内心的命令下，写出有生命情感的文字；正因悲悯、虔诚和敬畏，一个文学人，热爱生命，热爱自由，讴歌爱情，讴歌时代，尊重科学、尊重历史，在现实与历史对比与反思中，获得一种坚定力量和精神动力，用良知推动良能，在现实的大地上，收获一枚枚珠贝，开出一树树琼花，织出一道道彩虹。平淡的日子有了回味，无序的漫行得以校正，这便是文学情怀，永远年轻、永不止息的激情与渴望、审美与创造。

怀着文学的情怀，宜丰人编剧的电视连续剧《婆家娘家》系列，都是发生在平头百姓身上的衣食故事，表现了他对底层的关注与共情；已故的作家杨廷贵先生，几乎在每一篇文艺评论文章里，都能找到悲悯与虔诚的情节；诗人陈新，语言十分淡白，却在这淡白里有他对生命的真情流露和深刻认知；写散文的邱林、铁马先生，文字朴素无华，感情却十分深厚，让人读来心动，小说旗手丁伯刚的叙述，总让人回到孩提年代，拣回那一颗颗童真之心，童趣之心；被我们称为"浔阳才子"的陈杰敏先生，他的文字总是那样富有灵性；激情挥洒自如的雁飞、林德元等人，都让人感知生命在激情里燃烧出浓烈和灿烂。

愿我的文学朋友，都有一颗纯净的心灵，怀着大爱无边、大美无形的情怀，感念天地之间，写出受人尊重、让人感动的文字，把"人"字大写，把"人"字神写。

2009年元月4日

文艺应助力提升大众的审美情趣

在社会发展进步越来越借力于文化软实力的当下，文艺受众面日益提高，文艺繁荣迎来了新的际遇。绚丽的舞台，精彩的演绎，创新的表现，在动感的声乐中，浪漫和时尚纷呈，科技与文化并存，令人眼花缭乱，浮想联翩。不容忽视的是，在文艺百花争艳的同时，一些"低劣"文艺节目也以迎合之势、做作之态大张其是，充斥到各种文艺演出、文艺晚会，严重干扰了大众对文艺审美的认知，伤害了观众感情，无益于青少年一代价值取向和身心的成长发育。

应该说，文化引领、文艺繁荣是中国社会进入人本主义时代的标志之一。文艺节目艺术形式的多样化，文化思想的多元化，文艺传播渠道的多层面化，为文化全面引领社会发展，为社会文明的进步提供了无限的期许，文化成为核心竞争力是全社会的共识。

在功利主义的驱使下，当下诸多名目的文艺演出、文艺晚会，展现在我们眼前的一部分文艺作品和文艺节目，文化内涵缺失，没有精神养分，令人纠结，令人义愤。君不见，在光影闪烁炫目的舞台上，狐媚之气、虚张之气、肤浅之气比比皆是，"戏不够，美女凑"的戏分不断上演，这种态势使人躲避不及，让人心口堵塞。

我们不禁要问：这就是中国国民需要的具有中国特色的社会主义文艺

吗？这就是文艺与市场借助美女拼图实现完美结合的亮丽图景吗？这就是文化创新旗帜下文艺风骨与神韵的艺术表现吗？

笔者在文艺界工作多年，思想上不至于陈旧死板，审美上不至于无端偏颇，对于当下部分文艺作品的叫座叫响、文艺节目的热买热卖却持有许多疑虑。笔者经常观看电视文艺节目，时有低级趣味的打情骂俏，低俗不堪的情感贩卖，没有任何文化内涵的贫嘴斗说，还有各种所谓"秀"的节目闪亮登场。再就是任由编造的古装戏、宫斗戏错乱时空，让社会大众对历史人物、历史事件真假莫辨，一头雾水。在影视界，一些电影电视，一味追求咄咄逼人的大资本豪华投资，一味以大腕导演执导、明星加盟为卖点挣得票房。特别让人难以接受的是，电影电视画面上，视生命如草芥的杀人如麻、喋血遍地，持枪弄棒的那些血腥场景过于泛滥，那种对生命的无端摧残和漠视，令人触目惊心！

想想，我们皆为人子，我们也皆为父母。当这些没有文化艺术品位、没有精神思想养分的文艺作品、文艺节目大量进入孩子们的视线、侵入孩子们稚嫩心灵的时候，我们还坐得住吗？作为文艺创作、编导和表演者，当我们冷静思考这些上演作品来源于我们自己的时候，我们有什么理由证明给孩子，我们是有爱心的人，我们是有文化情怀的人，我们是有责任的家长。作为一名文艺知识分子，为社会提供精神思想动力和智力支持，我们的良知良能又体现在什么地方？！

每每这个时候，想起经典，作为精神的不朽，作为记忆的永恒，作为生命的宣言，经典永远是活着的精神，永远是人类追求理想、获得能动的良师益友，给我们以温暖，给我们以方向，给我们以审美的力量。而现在的舞台上，放眼望去，花影缤纷，热浪一浪高过一浪，动感、热烈、刺激、豪放、张狂、作态太多太多，不知要把观众带进一个怎样的境地。如此折腾下去，我们还能希望电视文艺给孩子的教育带来什么有价值的养分？于生命而言，赖以吃饱穿暖的粮食和物质固然重要，然作为思想感情的人，精神层面的富有却能让人活得有方向感、活得有存在感，活得有幸福感！

文化大发展大繁荣的到来，给了我们两个方面的思考：一是如何发挥文化软实力，引领经济社会的全面发展、不断提升社会文明和人的思想进步；二是为了我们活得更有精神创造意义和思想审美力量，使文艺更好发挥"文以教化""艺以启智"的能动作用，文化和艺术部门应如何主导和引导、文艺工作者应秉持怎样的态度进行创作和作为？给群众健康有益的文艺作品，提升观众的审美情趣，净化文化环境、文化空气成为全社会文化人的责任和担当。

　　在文化自信、文化自觉的基础上实现文化强国，除了要提升文艺作品的文化内涵和精神养分，更重要的是全面提升国民的文化素质和健康独立的审美心理，读书学习，激浊扬清，学会继承和批判，防止文艺"娱乐化"单极消费的泛滥，自觉远离和抵制那些一味靠搞笑、低俗文化的入侵，让"三俗"没有存在的市场，让彰显人类美好精神追求为思想主题的文艺作品呵护我们的心灵。

2019年10月7日

2019文艺献辞

（一）

窗外大雪，雪花播撒，围火而坐，烟茶相待。多年没有这样下雪了，陡然间，时光慢了下来，窗外孩子们欢喜的尖叫声更具穿透力。

值此安分之际，写点文字罢，权以记录时光一页。

2019突如其来，渴望与你不期而遇，在文字变得苍劲而高远的山路上，轻点刹车，弯道轻松驾驭。

说感奋，你的一个个大奖，一本本证书，一部部新作，温暖启动着我们的记忆，思想开始导航。

说感谢，你的一次次理解、微笑、祝福，烁生的力量瞬间将冰山融化，河流山川本是一脉。

说感怀，生命的一天天由新而旧，人生的一出出悲欣交集，生存的一线线云开月朗，哦，复苏的春天正在到来。

（二）

雪天寄语，与九江文艺界同仁共学共勉。

——文以载道，艺以启智。载"温暖人心"之道，载"光明永驻"之道，载"独立精神"之道；启"美与发现"之智，启"远离污浊"之智，启"乐艺养德"之智。

——相亲而不相轻。亲合作，不轻独处；亲原创，不轻编撰；亲乡土，不轻过客。

——文艺人要带头摒弃"三俗"。文艺批评，说真话，讲道理；文艺推送，有品鉴，不跟风；文艺交流，树形象，端表里。

——树立"以人民为中心创作导向"。写群众活泼语言，体群众悲欢疾苦，尊群众劳动创造。

——共同筑牢"意识形态"的思想堤坝。不传播所谓的"小道消息"，不为事物表象所迷从，不带个人私怨去表达。

——呵护九江"文艺家之家"。我们的家风：靠作品说话，凭德艺齐家；我们的家训：文章千古事，翰墨永留芳；我们的家规：一切按照文联、文艺家协会《章程》办事。

——在"三城同创"中建功立业。亲近文明健康生活，美而雅，学而思；书写九江人文故事，深挖、细找、出新；歌唱家乡美好生活，提气提神，祝福祝愿。

——共同推进九江文艺事业繁荣发展。用文艺点亮浔城百姓的多姿生活，时时彰显书香九江的水墨情韵，处处看到文艺志愿的服务景致。

衷心盼望，在九江市文联这个同心相应、同气相求的大家庭，共同成长，共同进步！

2018年12月30日

新春寄语

2020年元春，九江市作家协会第六次会员代表大会顺利召开，简朴、端方而不失热度。四十二名新的理事会班子成员带领全市六百六十余名作协会员踏上新的征程，期许与企望，为锦明瑞丽的春天插上高原览胜的翅膀。

文学从来都是寂寞中默默燃烧的事业。写作从来都是辞旧迎新的出发和抵达。文字从来都是生命淬火的经历与沉淀。文学人，不忘初心砥砺，任凭灵动的冷暖思考，借以自觉的使命担当，智慧书写生命的传奇和文明传承的荣光。

通江达海、千舸争流的九江，包容开放，风云际会。1.88万平方公里的赣北大地上，向来都是文风昌盛、翰墨飘香，一部又一部慑人眼目的文艺精品力作，续写着"江西文艺重镇"的光华与功业。丁伯刚、樊健军、阿乙、凌翼等为代表的九江作家，以鼎盛之作跻身当下中国文坛，开启九江文学人攀枝折桂、不负韶华的创作新时期。

前辈作家王一民、吴清汀、叶绍荣、赵青、宜丰人、林德元等笔锋犹健，徐春林、蔡凌燕、张慧敏等新锐作家乘风而来。站在时代的观景台，俯视人间万象，每一个心怀光明的文学人，无不对这个巨变的时代充满期待，无不为壮阔的人生书写蓄积力量！

一路跋涉，一路用心，文学人生是这般充满艰辛和挑战，艺海拾贝的无边光景何其令人心仪神动。师从自然，德化苍生，善性美雅，阳光通达，九江文学人，必将在渐次打开的中国农历中，悉心感悟四时节序的安详流转，豪情抒颂中华博大文化的基因生成，守正创新，智勇创造！

2020年元月23日寄言新春

寄语"庐山音乐文化节"

千古浔阳，人文圣山，中国田园诗歌在此发祥；放歌山水，登高吟诵，九江音乐文化源远流长。一曲《春江花月夜》千古传唱，盛名全球；周瑜屯兵九江，完成千年一叹的男儿伟业，同时，创作了气势超拔的《大河吟》（现已失传），被列为古代十大名曲。在风雨如磐的历史岁月，作曲家聂耳船行九江，《义勇军进行曲》的铿锵旋律，鼓舞着国人壮越前进！《义勇军进行曲》后来成为《中华人民共和国国歌》，成为中华民族奋发图强、民族复兴的精神和力量源泉。九江，不愧为中国的诗词之市、音乐之乡！

庐山"中国音乐文化石刻"和《中华人民共和国国歌》大型摩崖石刻，正如谷建芬老师所说：已经成了中国的音乐文化符号；也正如徐沛东主席所说：庐山音乐石刻已经成为中国的音乐文化品牌；中国音协主席赵季平肯定这项事业形同黄钟大吕的文化工程；胡松华老师为庐山音乐文化石刻亲自题写"音乐圣山"，把庐山推上了"音乐圣山"的宝座。

随着庐山音乐文化石刻的持续影响，"大音中国音乐奖"的创立，千名音乐人唱响庐山系列活动的举办，以及大音中国（庐山）文化园的创建，庐山音乐夏令营的设立，"大音中国"创作基地的挂牌，大音中国音乐盛典全国组织委员会的形成……文化引领，艺术示范，九江必将成为在全国享有文化盛誉的音乐城市，庐山"音乐圣山"的地位也必将得到进一步确立，这一切将会深刻地影响九江、庐山的文化旅游，更好树立九江、庐山的文化艺术形象，进一步激发、激活九江文化的影响力、创造力和辐射力！

"中国梦·庐山情——千名音乐人唱响庐山"活动，将是一次书写音乐荣光、彰显音乐礼赞、提升音乐境界的寻梦之旅、创作之旅、友谊之旅。如诗如画的九江，将为各位音乐家尽显音乐才华，尽展艺术风采提供一方绚丽的舞台。让我们采云追月，让我们豪情高歌，开始大音中国的彩虹之旅！

2016年7月20日

"庐山恋"文化现象的思考

　　记忆中的《庐山恋》这部爱情风光旅游片，是爱情、文化、风光、时尚的优美组合，带着新锐的探索首次突破思想和爱情禁区，给人心灵极大的震撼。一句用英文朗诵的台词"我爱妈妈，我爱祖国！"让人难以忘怀。故事男女主角的心灵交汇掩映在庐山自然美景之中，高度体现了人与自然和谐的图景。

　　当下，是图片文化比拼的时代，能够拍摄以庐山自然风光为背景，以九江历史人文为线索的影视作品，无疑对于宣传九江和庐山，做大做强庐山旅游，做新做好九江文化旅游产业，是一个很好的创意。九江需要发展，九江需要进一步对外提高知名度，九江要把最美的东西展示给世人，九江需要打好"庐山牌"。"桃花源""庐山温泉""春江花月夜"，这些都是"庐山恋"文化范畴，都有蓄势开发的价值。当然，开发"庐山恋"文化，要以保护自然生态为前提，不能急功近利地把商业利益摆在第一位，我们要对得起今人，更要对得起后人。既要科学地保护，更要科学地开发。

　　电影《庐山恋》只是单个的文化事件，作为一代人心目中的爱情经典，有它特定的时空背景。而我们需要的是一个"庐山恋"文化整体概念，由此而延伸众多文化项目。我以为，只要内容、情节、人物、背景任何一个方面与庐山相关的影视文学作品，都是广义的"庐山恋"，都有助于发展"庐山恋"文化旅游事业。通过新的情景展示，世人将对九江地域文化有更深入的了解，对庐山历史人文有更明晰的解读。

"庐山恋"系列影视文化，要以九江、庐山的历史和人文为载体，肯定"码头文化"中丰富、驳杂、兼容、灵动这些积极的一面，体现九江和庐山在时代变迁的大潮中寻求创新、敢于超越和突破的精神取向。艺术上，要集中体现一个"美"字，爱情的美好，人性的美好，思想的美好，生命的美好。要着力表现庐山玫瑰般色彩的美丽和迷人，取景和色彩上，要诗意刻画庐山"春如梦，夏如滴，秋如醉，冬如玉"的神韵和特点。春有春和，冬有冬韵，"避暑胜地"这个词不要滥用，这会给游客一个误区，也会贻误我们自己。

重拍电影《庐山恋》是一次重新认识九江、盘点庐山的文化创意，所谓政治庐山、人文庐山、自然庐山，我个人以为都不够全面或者说不够准确，倒是人文、自然、爱情、财富结合在一起的"玫瑰庐山"比较准确。有了这个新的定位，庐山必将对世人产生巨大的张力和引力，世界庐山的魅力指数才真正得以提升。

2012年7月27日

钟情书写灵秀

说起瑞昌剪纸，立马有一串熟悉的名字在我的面前浮现：刘诗英、胡桑桂、柯翠娴、张友清、王木莲、柯雪英、吴志纯、徐菊姐、黄水菊、陈凌云、陶俊生、雷在花、周宇兰……

素有"剪纸之乡"的瑞昌，民间艺人无数，剪纸高手辈出。1987年，全市作了一次普查，全市共有剪纸艺人两千之众，遍及全市27个乡镇，剪纸艺人中，女艺人占比92%。

面对这一组数据，有两条信息十分确切，一是剪纸艺人传承之多，二是剪纸艺术几乎为女性独揽。

我不由想起在瑞昌广为传唱的两首民谣：

其一：好曲烧好酒，好米锻好粑。求亲要巧姐，玲珑会剪花。

其二：走路要望水竹枪，敬神就要烧好香。求人只求英雄汉，讨亲要能绣鸳鸯。

以上两首民谣，给我这样一种认知：在瑞昌市，凡是待字闺中的女孩都得学会几门手艺，尤其是善工剪纸、绣花之能事。剪纸、绣花无疑是姑娘在娘家的必修课程。

在瑞昌当地，有"细工""粗工"之说。人们称心灵手巧、善巧剪纸绣花的女孩有"细工"之美，而称身板结实、体态健硕的女孩有"粗工"之好。"细工"是智慧的表现，能娶这样的姑娘为妻，家里能有这样的一位媳妇，无疑能生育，培养出聪明伶俐的下一代，改变这个家庭世代积贫积弱的命运。"粗工"是健康的证明，小伙娶到一位好身板的老婆，一定能生出健旺、活俏的儿女，子嗣兴旺，在农村还有什么比这更为重要的呢？

长期受贫穷、落后、封闭所困，人们把既有"细工"兼有"粗工"或有其一的女孩视为"好根种"。一切就会随之改变，日子会逐年好起来，家风一代接一代盛传，富贵随之而来，幸福指日可待。

朴实的乡村，养育了朴实的心灵。朴实的愿望，浇沃了朴实的艺术。

传统的观念催生出乡村文明。在世代的生产、生活和文化教育中，瑞昌女孩，尤其是农村姑娘，自懂事之日起，无不羡慕身边那些穿针拿剪飞针走线的大姑娘、小媳妇，大妈大婶甚至是年过六旬依旧精神的太婆外婆。会做针线活自然是心灵手巧，能扎出各式花样的更是英娴德能。于是，经常会有这样一些画面在你的眼前出现：三五个初大成人的女孩，围着一位戴着老花镜一脸慈祥的太婆，一个劲地吵着嚷着央求太婆教她们剪几朵花样；农闲时节，一群小媳妇、大姑娘凑在一起，手拿针线，对着一幅花鸟画图，学习刺绣，一边绣花还一边叽喳评艺；在乡村的某个中学，女生收拾课桌时，除了书本、文具以外，你经常能够看到一把小巧的剪子，一根明晃的银针；在市区的某个文化展所，面对展出的剪纸画、布贴画，一群小女生手拿相机和手机拍个不停，不肯散去……可以说瑞昌剪纸艺术，在当今的市民生活中深深扎根。这是文化精神的代代延续，这是艺术审美的大众追求。

文化的基因源于传统，艺术的造化蕴于钟情，钟情书写灵秀，信物表达真情。在瑞昌，至今还时兴一种传统，一位姑娘若是相中了一位后生，她会在生产之余，拿起剪刀，按照后生的脚码，剪出一叠鞋样，制作出舒适美观的鞋垫，拿起针线，绣出一朵朵象征美好、象征天长地久的心形金花，绣出一幅幅象征富贵、象征吉祥的鱼龙鸟兽，送给意中人。这是爱的信使，这是情的交织，这是心的触摸，这是意的传达。

山之灵秀，水之柔情，尽在一针一线的飞行穿越之中。

2014年4月26日

音乐赏析随记

　　一位友人发给我一条信息：禅的最高境界是无字，音乐的最高境界是无词，爱的最高境界是无言。我想以这样的文字开头，记录下音乐此刻在我心田深处的跳动或流淌，弥漫或浸润，映照或扩散。

　　我最爱听的一首歌是电视连续剧《三国演义》片尾曲《历史的天空》，是由歌唱家毛阿敏演唱的。每每听到"聚散皆是缘哪，盛衰岂无凭呵"处，满是潮情奔涌的心间，竟被一种无法言说的悲欢与感慨所激荡，所充盈。是歌词的意境联想，还是音乐旋律的渲染抵达，我说不清楚，也无从厘清。"言为心声"，这"言"字，我理解为，既可以是语言文字，也可以是艺术符号。艺术之所以相互通透，都是因心而生情，因性而传情。文学之于音乐，如同诗歌的意象与意境，既相互构筑，又相互解析，又像是一对热恋中的男女双方，既相互抵触，又相互融合，这之间是需要用一个"情"字来关联的。

　　像我这般年龄的人，自幼没有条件接受音乐的熏陶和教化，启蒙教育无非是唐诗宋词，无非是历史评说，无非是壮志豪情，全然没有今天这般被音乐装饰的小资生活。音乐带给我的，无非是它作为载体所带来优美动听的歌词，一首民歌让我回味无穷，台湾校园歌曲足以把我带回阳光稀薄的童年，却很少能用心去感受音乐呈现的丰富世界和表现的生动情怀。所以，当今天晚上，朱良凯教授在九江妙音素食给我们带来音乐审美讲座时，我既是虔诚，又是张皇，坐在这里颇有些滥竽充数的意味。朱教授问，一支曲子，最要紧的是它优美动听的旋律吗？虽然这是一个大家几乎不约而同予以否定的提问，但是，要把否定的理由说个明白于我是一件何其愚钝的事情。大学时有一位女生描述我：唱歌五音不全，弹吉他只会单弦，跳舞只会三步四步。我天生就欠缺音乐细胞，更谈不上音乐素养，到文联工作后，才因为工作缘由略微有所改善。记得中学一篇课文《老残游记》里，古人是这样表达曼妙音乐的听觉感受：余音绕梁，三日不绝。子曰：三月不知肉味。想来白司马确是一位集文学和音乐之大成者，他把倾听音乐的丰美感受用最出彩的文字进行了描摹和诠释。正因如此，音乐在我心中一直占驻雄伟的高度，它的神奇力量无可阻止地织结着我人生的记忆，打捞着我遗失的梦幻。

作为国家一级作曲、蜚声海内外的民乐演奏家朱良凯先生，可谓是品作星繁、高足遍地。据主持活动的蓝洁女士介绍，朱教授以其丰硕的创作和演奏成就曾被美国前总统里根请进白宫，演奏中国各地民乐，成为中国第一人。另外，朱先生还奔走于海陆之间，把最典雅的中国民乐带到地球村每一个部落，就连远在毛里求斯的非洲也有他亲手创办的中国民乐学校。朱先生一面用通俗的语言解析音乐作品的八个要素，旋律（包括复调）、和声、调式、调性、节奏、节拍、音色（配器），讲解这八个要素的功能、特点和表现情景，一面由两位九江青年音乐骄子示范演奏，首先登台的是英俊闪亮的吴迪，他用几种式样的笛子吹奏了新疆、云南、河北、江西等地的民乐，活灵活现地展示各个地域的人文特征，接着，"浔阳一花"之称的郑渝凡旖旎上场，一套洁白连衣套裙的郑小姐文静得如同清清池塘里的一叶荷钱，她轻轻地在古筝前座下，分开两手，目注深情，先是一声轻而悠扬的滑翔音，继而见她弹跳的尖指在筝弦上飞瀑流云，先后给大家带来《渔舟唱晚》《彝族舞曲》《春江花月夜》等民乐名曲，音乐随之而来的千般风情、万般思绪在这祥和的时空次第荡漾开来，我由此想起白司马在《琵琶行》中写道"唯见江心秋月白。"坐在我身边的诗人黄继华先生真切无言，即兴赋诗一首题曰：心静止水空万里，丝竹吟风月满地。有缘天籁神灵秀，妙音更可天堂比。把他内心的喜悦和感知细细刻录下来。

讲完音乐的八个要素，朱先生将其创作于二十世纪八十年代初的乐诗《岳飞》播放给大家欣赏。一段段或铿锵壮烈，或欢乐激扬，或低婉泣诉，或宁静肃穆的气流波动在耳鼓间，飞扬在胸膛里。人的心灵，真是奇思妙想的一个宇宙。有时，是一座山，召唤我们去攀登，去跨越；有时，是一汪海洋，任凭我们去放舟，去远航；有时是一际平原，让我们马踏平川，挥戈向前；有时，是一片荒丘，让我们垂手无能，心念惨淡。我想，音乐作品之所以把我们真切打动，快乐或悲伤，希望或愤懑，正是因为它对人类心灵的冲击，对生命灵魂的洗礼。"出自内心方能进入内心"，面对伟大而不朽的艺术神圣，我们只有投入整个身心去体味，去理解，去走进，得以享受，获得升华。文学和音乐同根同性，文学通过文字风景抵达内心，音乐则是以变幻的旋律回荡心田。文字有形有韵，而音乐无形有韵，二者的通透，都在于一个"悟"字。一悟，有型；二悟，有声；三悟，有神。

2006年8月15日

善爱生命

　　伸向孩子乃至幼儿的凶杀案件接二连三地惊人上演，人类追求和谐社会、幸福家园的美好愿望蒙受羞辱和重创。一朵朵含着阳光雨露的鲜花被无辜摧折，一颗颗罪孽深重而低微卑贱的灵魂钉在遭受唾弃的耻辱架上。透过一起起悲天灾难，反思一起起不该发生的血案，深层次社会矛盾引起生命绝望导致的人性变态是其根源。文以载道、艺以育人一直是我们文艺工作者的责任使命和精神追求，面对商业经济大潮波涌伴随而来的精神扭曲、道德滑坡、信仰缺失等消极颓废现象，我们又该做怎样的思考呢？难道我们真的就可以袖手旁观，把这些痛心疾首的不幸统统推诿给社会吗？

　　是的，国家政策越来越好，经济指数不断攀升，社会物质极大丰富，群众生活日益改善，耕有其田，活有其路，世人皆可追求幸福、快乐生活，何以至于厌世悲观、埋仇伏恨、无情轻生进而残害无辜生灵呢？这说明，社会底层还是有不少问题，还是有许多本应该解决的问题没有切实引起重视，没有公平公正地处置好。底层的声音很微弱，需要我们附耳聆听；底层抵抗风险的力量极其弱小，需要全社会伸出一双双温情的手。当下，三大歧视仍然形同毒瘤恶疾，肆虐着社会机体：有钱人对无钱人的冷漠，是为富不仁；弄权者对底层布衣的摆弄，是高高在上、作威作福；精英文化对草根文化的轻鄙，情感距离日益拉大。三大歧视导致社会分出了经济利益阶层，分出了文化身份阶层，甚至分出了生命人格高下，这种强弱的鲜明比照，社会公平思想、平等人格失衡，信仰消解，秩序惑乱。

拯救人类信仰危机，爱护每一个平凡、低微的生命，有责任心、有道德的人应当站出来，用科学的方法，用文化的手段，用道德友爱的力量，用生命关怀的感召，带着智慧的大爱，破解这道极其复杂的社会难题，化解人世风雨、冰霜、冷漠，校正一切行将偏离的人生航向，授予人类获得幸福和快乐认知的密码，升起人类信仰的旗帜，善爱生命，终极关怀。

任何一个时代，都要靠一种精神支撑，任何一个时代，都需要一种英雄气质。英雄气质是伟大的生命气质，它禀赋光荣的使命，它担当正义的力量。当下，我们构建和谐社会，我们建设幸福家园，尤其需要一种自觉的文化力量，具有这种文化塑造力、建构力、奉献力的人就是这个时代的英雄。文化培养着人的智情性命，文化是生命的知觉，文化是生命的信仰，文化更是生命健康成长的阳光。关爱生命，要着力宣传"生命美好""活着就是胜利"，一切枪战、警匪、武打无一例外充满了暴力，渲染着仇恨，于受众是百害而无一益。得天地之灵性，人的力量是用于生命创造，用之于对生命、宇宙无穷无尽的思考和探寻，而非用来快意恩仇的宣泄。快意恩仇终究是一种社会破坏力，大肆渲染只会使人偏执，使人智昏，让人疯狂，无视生命崇高的尊严，用自己的绝望拿别人的生命作赌注，残暴掠夺他人的生存权。快意恩仇很容易让人丧失理智，丧失道德的基本良能，长途班车上播放那些下三滥的打斗、枪击片，看人头落地如操刀切瓜，这是对生命的亵渎！现在，社会上经常有那么一帮孩子，手持棍棒、刀具，伸手就"摆平"，张口就"去死吧"，让人触目惊心，让人痛心疾首。给青少年一片干净的天地，给孩子们一个伟大、幸福的理想，给下一代一个认真、负责的交代，是天下同为父母的职守。千万不要跟孩子说，"打拼"是"打斗"和"拼杀"的叠加，打拼应该理解为自己给自己一种坚定的信念，一种精神上从不服输的自励，决非拳脚相加的暴力夺取！

现在的影视传媒，的确有些问题，一打开电视，不论国外的境内的，不论长褂的短襟的，十之七、八都与枪战、凶杀、殴打有关，似乎离开这些，观众就没有视觉激情，影片就没有矛盾的戏份，就没有夺人眼球、摄人心魄的东西，实在是谬误！我一向认为，影视故事固然需要矛盾，依靠矛盾发展情节、推动故事蔓延，可真正表现矛盾的方式是什么？是人的内在，是心灵的挣扎，是思想的泅渡，是精神的裂变，而不是一把冰冷的手枪顶着后脑，不是一把寒闪的钢刀架在脖子上，这种对矛盾冲突的理解和渲染并不是最好的表现方式，不值得倡导！人是天地自然造化，生命是创造一切的万物之灵，再也不宜这样去假设矛盾、编造故事、描写暴力，这是对生命的轻蔑，也是对生命的否定！用文化的力量建构和谐社会，用关爱悲悯的情怀珍爱生命，一切文艺工作者应切实担负起抚世安人的使命和重任，忠诚艺术良知，热爱世界和平，书写人生奋进、理想当道，以宏伟的思想悬壶济世，引导崇书尚礼，引导尊人爱己，给人以精神出路，给人怀想和追寻人生幸福的彼岸。人活着，谁的内心没有苦痛？谁的内心没有曲隐？谁的命运会是一帆风顺？文化将给人以精神力量战胜小我，以律己之心宽人以天，拷问、审视自己的知行，不怨天尤人，不自暴自弃，不酿造仇恨，更不至于将极端的仇恨削成无情的利剑挥向社会民众！

2010年5月22日

人类诗意栖居的文化图景

建筑有悠久的历史和旺盛的生命力。有些伟大的建筑虽然已经成为废墟，因其有着漫长历史时间沉淀与生发而价值犹存，考古，是一个"审视"过去痕迹的有效方法。一个地域，一个民族，认识它，很多时候是从建筑开始的。建筑，是一种符号，是大地上的诗行，它蕴含着内在的气质和一种构造力，那便是建筑文化的力量。

绝妙建筑的本质活力源于建筑师的热情，相比其他任何艺术形式，人们能在建筑中发现更多的内容，每一幢建筑、每一条街道都是展示建筑作品的画廊。当我们多次参观一个地方后，一种累积的效应出现了：就像听音乐或者看油画时，各种感觉似曾相识，一种美妙的鉴赏，一种对体验的某种记忆和对艺术的心领神会。与远古时代相比，我们有些失落地发现，许多城市和乡村的建筑，在建筑艺术上表现出来的无力和苍白让人震撼，于是，我们有了一个基本判断：现代诸多建筑缺少内涵，明显的文化底气不足。通常是造价低廉，与周围环境格格不入。

资本市场更看重资本回报。现代主义提供了新的大批专业人士，这似乎是一条通往一个华丽新世界的路径。可是当下，不少城市建筑明显表现出暴发户的浮浅。

乡村是一个面对面的社会，祖祖辈辈扎根安土，形成了由地域分割的民风民情。千百年来，从语言到饮食到民居各有特色。然而，所有这些文化胎记正在后工业化洗礼和冲刷中渐渐消失。"民以食为天"，在解决温饱之后，人类安身立命的第一件大事就是盖一间像样的房子，于是，在苦心经营和积累的血汗钱里，一幢幢房屋雨后春笋一样拔地而起，有了后世子孙赖以继承的祖业。可是当你打量现实眼前，就会觉得有许多莫名的遗憾从心底滋生：所有的房子都是一个面目，四四方方的火柴盒，仿佛一个模子里的流水线产品。不同的是经济条件充裕的便花花绿绿地装饰了釉面砖，条件不好的也就不那么讲究，素面朝天，安身适用即可。

"形而下者谓之器"，建筑艺术正如器皿一般，承载着人居生活中的实用性、功利性，但作为大地上长久的风景，建筑仅仅有这些是不够的，特别是引领一个地方的城市建筑。随着时代发展，建筑的内涵本应该日益丰富，而不是在黑瓦粉墙的老宅子消失后，迷失在前不见古人，后不见来者的迷惘中。面对暗淡无光的建筑，这是一种集体失语，城市文化格调完全沦失，没有了胎记，失去了根脉。

由此，我想说说建筑哲学与美学方面的话题，只有从这个方向出发，才能使建筑文化在急功近利中实现集体突围，从失去几千年文明重心的悲怆记忆中突围。许多建筑精英开始从建筑文化出发，用哲学的视野重新审视现代建筑，他们认识到改革开放，直接促进了以大工业为主文化形态的形成。城市文化的形成与迅速崛起，建立起了以"经济利益最大化"为内涵的超越价值。"经济利益"在当下生活中渗透越来越深，占据的分量越来越重，成为文化个体寄予身心要求的自觉追求。哲学家詹姆逊说：平面化、无深度以及复制将是后现代文化的基本特征，而都市建筑正是后现代文化的一个缩影。

不知道从什么时候开始，拔地而起的建筑成为城市扩容做大的步履。在工业化的热潮中，一个个自然村庄一夜之间，被一片片工业厂房、标准厂房所替代，"千人一面""千城一面"，鳞次栉比的建筑群延伸了城市的经纬和脉络，却带给人太多雷同的印象，似乎难以与建筑文化、艺术审美结合起来。在水泥路四通八达、"新市民"数量飞速壮大、城镇化不断加快的步履中，一块块生地快速"出阁"变为熟地。曾几何时，"公租房""廉租房""经济适用房"成为城市百姓乐此不疲关注的热点。失去土砖瓦墙，像"沙丁鱼"一样挤进方格子般城市的务工人员，一茬茬、一拨拨从乡村迁住城市，开始四处求生活动，在"失去祖业，失去土地命根子"悲苦的记忆中，思想格式化，灵魂商业化，精神沙漠化，他们无从以"建筑文化"去面对四周坚硬的水泥外壳，也无从以"艺术审美"去自觉要求。建筑就是安放下身子，能摆放锅碗瓢盆的住所，唯一的要求就是经济适用、安全坚固，没有其他诉求。

建筑是城市的表情。曾几何时，"穿衣戴帽"在一些地方流行开来，一夜之间，一片片五颜六色的"帽子"斜坡似的金属屋顶爬上了农舍，像一朵朵霞云在袅袅炊烟中穿梭。许多人会从"形象工程"的角度去说它，以大不满的口气去批评它。其实，我们也许更应该换个角度、换个维度去审思、去打量它，关注"建筑形象"从一个侧面体现了现代文明的诉求，让我们欣喜看到生态文明的曙光。

建筑是城市的眼睛。看一个人有没有精神，只需看其眼神的明亮浑浊。看一座城市，则只需看那些有代表性的建筑形态。呈现在世人面前的建筑，把一个城市的底蕴底气毫无保留也毫无遮掩地透散出来。那些来自远古又写意现实的建筑，是一个城市文脉不断、文明传承最好的证明；那些既有西洋风格又富东方表情的建筑，是一个城市开明开放、富有活力的表现；那些既有乡村风情又不失都市韵味的建筑，是一个城市社会和谐、秩序井然的证明；那些倚势而建、错落有致的建筑，表达出天人合一的城市规划思想；那些通透式、全景式展现的建筑，表达出一种"天人合一"的文化亲和……

建筑是城市的心灵。每一座城市都有自己的光荣，每一座城市都有走过的沧桑。无论是悲痛的记忆，还是深刻的反思，也无论是活态文化的复苏还是文化基因的培育，城市的优雅个性，城市的文化形象和艺术品位，都需要借助城市的建筑去定位、去展示、去表达、去提升。每个城市有自己的优势资源，有自己的发展之路，有自己的文化特色。作为城市灵魂的建筑，作为城市地标的建筑，作为城市形象的建筑，从某个角度上说，具有文物保存价值的建筑理应成为城市核心竞争力的一个组成。

历史与今天一脉相承，人与自然和谐相依，文化和艺术荟萃和融，应当是城市建筑总体设计理念。当下，各地的城市公园、城市广场、主题文化雕塑群、文化墙（柱）日益增多，公共建筑的关注度日益提高，要求城市规划建设者务必站在更高的点，规划实施有历史和现实观照的建筑。一尊雕像，是城市人文价值的窗口；一座楼台，是城市沧桑的烟雨记忆；一段古墙，是城市历史的兴衰见证，建筑，并非越高大越壮美，也并非越古色越迷人。"修旧如旧"并非是文化建筑设施的法宝。根据商住建筑、工业建筑、民用建筑、公共建筑功能区划的不同，建筑总体要表现出人文主义、自然和谐、实用与美观并举，既不能贪大求洋好大喜功，也不可照搬硬套。建筑的美，也像是一首诗，美在"意象"；也像是一首曲，美在节奏；也像是一支舞，美在造型。

在生活节奏越来越快、"城市欲望"无限膨胀的当下，建筑越来越陷入两种迷思，其一是赋予建筑太多本不应该承担的象征性意义，其二是建筑变成建筑师个人"优雅的嬉戏"从而忽略了建筑本身的价值，而一味重视建筑行为价值，这个背后的思想逻辑就是重视建筑的经济性、象征性，而没有将建筑功能、空间价值优先考虑。欲望让我们把建筑从周围环境中分割出来，我们忘记了建筑的本意是让我们容身，让我们更加诗意地栖居。一味将建筑当成"物"在其身上赋予各种符号，直至将我们自身淹没，这是城市建筑文化的总体缺失。

城市建筑文化的危机已经引起了建筑界之外包括文化艺术领域在内人士的关注，我们开始反省，开始重建人与自然、人与城市、人与建筑、人与空间之间的秩序。从日本的"六本木城市中心"到柏林的"索尼中心"，从"洛克菲勒中心"到"法国国家图书馆"乃至北京"鸟巢"，这些空间设计的艺术化，不再是一味高高在上的象牙塔里的艺术，而是更为贴近日常生活大众化了的艺术，使建筑与艺术、空间与艺术达到了审美与使用功能更完美的结合。在江西省武宁县，有一个叫余静赣（余工）的建筑设计人，他首倡"十方建筑"，立志打造中国农村建筑及规划第一品牌，以培养为十亿农民盖房的现代建筑师为主旨，以大手笔打造中国新农村和新城镇建设规划体系，实现中国新农村"现代化、科学化、地域化、体系化建设"的宏大愿景，令人心仪神往。

其实，我们从来不缺建造一座宜居城市的激情，缺少的是构建良性制度的文化自觉。我们再也不要成批出现"找不到根"的建筑！中国民居源远流长，从永定土楼到凤凰吊脚楼，从肇兴侗寨到丹巴藏寨碉楼，从喜洲白族民居到赣南客家围屋，从龙川徽派民居到西江千户苗寨，从山西大院到延安窑洞，从利川鱼木寨到西双版纳傣族竹楼都是建筑文化的精髓。

"城市使人类生活更加美好"，在城市加快发展、做大做强的今天，人类衣食住行的生存空间日益逼仄，而心灵世界更加自由、更加开放、更加广博。城市建筑，安放的不只是人的身体，，更需要安放人的灵魂。

建筑文化，理所当然成为人类追求精神家园的审美需求。

2010年11月22日